French manucure

GÉRALDINE
MAILLET

French manucure

ROMAN

Non seulement la vie est horrible,
mais en plus elle est courte.

WOODY ALLEN

10 janvier

Une bourrasque glacée transperce les arcades de la rue de Rivoli. Clarisse se protège derrière un pilier. De pauvres guirlandes égayent les échafaudages. Des sacs de couchage inertes recouvrent la bouche d'aération du métro. Les touristes marchent vite. Des champions de rollers slaloment entre les flocons.

Clarisse grelotte. Elle voit son reflet dans la vitrine en soldes. Consternant. Une heure devant le miroir de son dressing pour choisir une mini-robe en skaï rose, un gilet en mouton frangé, des collants panthère et des nu-pieds lamés. Pourquoi ces sandales alors que Météo France annonçait d'importantes chutes de neige sur la capitale ? Clarisse travaille dans l'événementiel. Elle doit frapper les esprits. Elle ne peut pas miser sur son physique qui n'a rien d'exceptionnel. C'est donc grâce à ses tenues anachroniques, au risque d'y perdre la santé, qu'elle compte dans son agenda la ligne directe de la plupart des personnalités du Bottin mondain. Un éternel sourire ponctué de grands éclats de rires, et elle apparaît comme une valeur sûre du métier. Bonne copine des femmes qui ne voient pas en elle une rivale, franche camarade des hommes qui n'ont jamais exprimé autre chose que de l'amitié, tous l'adorent. Les dégaines de Clarisse sont inoubliables, mais personne ne cherche à l'imiter ou à la séduire.

Clarisse renifle. Elle fouille dans son cabas, sort une flasque. Déjà vide. Des mois qu'elle ne ferme pas l'œil sans une dose de Lexomyl. Elle joue la femme épanouie, mais son job est de plus en plus difficile, elle supporte son fils de moins en moins et son mari ne la touche plus.

Désabusée, Clarisse remonte la rue à la recherche d'un taxi.

Une vieille dame gagne à grand-peine la station. Un soupir d'épuisement et elle pose sa longue journée de shopping aux pieds de Clarisse.

— Je n'ose imaginer que vous allez passer devant moi.

La vieille dame affiche une expression innocente.

— Ah, excusez-moi, je croyais que vous travailliez... heu... J'ai les jambes en compote, mademoiselle, vous ne voyez pas d'inconvénient si je prends votre place ? J'ai peur de glisser.

— Vous me prenez pour une pute et une conne à la fois ?

— Vous pourriez être aimable, tout de même. Je rentre dans ma soixante-douzième année.

— Chère madame, moi, je rentre dans mon appartement pour lequel j'ai emprunté sur vingt ans, je dois donner le bain à mon mouflet qui prend la baignoire pour une piscine à vagues et moi pour sa bonne à tout faire, je prépare le dîner que mon mari savoure en tête à tête avec son ordinateur, je finis mon travail et le chablis de la veille puis je m'endors avec l'atroce sensation de passer à côté de mes meilleures années. Je suis en train de crever à petit feu dans l'indifférence générale...

Sonnerie du Motorola. Une jolie blonde apparaît sur l'écran.

— Qu'est-ce que tu fais, Clarisse ?

— Je me transforme en statue de glace face au Louvre.

Au bout des ondes, un long soupir.

— Appelle un taxi.

— Merci pour le tuyau, Noé. Dix fois que l'opératrice G7 m'apprend qu'il n'y a pas de voiture dans mon secteur. Tu parles d'un scoop. J'ai appelé le 118-218, je suis tombée sur une femme à l'accent exotique, elle m'a donné tous les numéros des compagnies de sa liste et en désespoir de cause celui de l'agence Avis la plus proche. Une Fiat Uno avec climatisation et toit ouvrant peut être mise à ma disposition, place de la Nation.

— Fais du stop.

— Tu es dingue, Noé, trop dangereux.

— Habite dans le XVIᵉ, comme tout le monde.

Clarisse lutte contre les crampes pour garder un bras tendu vers le ciel.

— Taxiiiii ! Imbécile !... J'adore mon quartier. On est à deux pas des grands magasins, à cinq minutes de la butte Montmartre, il y a un jardin d'enfants absolument charmant à cinquante mètres de la maison et l'école est au coin. Nos voisins sont très sympathiques. Je ne veux pas que Gaspard fréquente des minettes en Prada jusqu'à sa puberté.

— Tu as tout faux, Clarisse. Les minettes s'habillent chez Gucci. Prada, c'est pour les mères qui camouflent leur quarantaine en se tassant dans des tailleurs trop serrés. Je déteste tes clichés.

Clarisse foudroie l'image à deux mégapixels de sa camarade. Ça sent Midnight Poison jusqu'ici.

— Taxi, taaaaaa, l'enfoiré ne m'a pas vue...

— Magne-toi, Clarisse. Tu me manques vraiment.

— Quel plaisir de manquer à quelqu'un, même si je sais que tu ne supportes pas de rester seule.

— Je deviens pitoyable. J'ai dîné avec tous les célibataires intra-muros.

— Tu vas trouver, darling... Taxi, taxi ! Merde, il est aveugle ou quoi !

— On verra... je ne suis pas d'humeur en ce moment, mon odeur vire, je deviens racornie, amère, rance. Je vieillis à vue d'œil.

— Tu sais ce que m'a dit Gaspard l'autre jour ? « Je veux me marier avec Noé. » Tu te rends compte ! Mon fils, la prunelle de mes yeux, la chair de ma chair, a décidé de faire son Œdipe avec toi. Je lui ai demandé pourquoi il ne voulait pas se marier avec sa maman, il m'a balancé : « Noé est une belle princesse, toi t'es une sorcière. »

— C'est exactement ce que je t'explique. Je plais aux garçons de moins de dix ans qui me voient aussi sexy que Cendrillon.

— Taxi, taxi, et oh... connard ! Bon, je fais au plus vite.

Clarisse range son téléphone.

— Bonsoir, vous attendez un taxi ?

Des mocassins en reptile, un long manteau, une écharpe assortie, une chapka.

Clarisse rentre le ventre.

— Non, je vous attendais.

Clarisse n'en revient pas d'avoir dit ça. Quelle erreur. Allumer un homme si élégant... Elle a froid, elle a soif, elle a envie de faire l'amour devant un feu de cheminée sur une peau de bête.

— Vous désirez peut-être mon manteau ?

Raffiné, prévenant, courtois. Là, c'est trop. Cinquante euros qu'il est homo. Clarisse attire les gays. Dommage, elle ne peut pas parier avec lui.

La gravure de mode retire ses gants. Marié. Elle aurait perdu un billet.

Paul est un bon mari, certes il n'est pas très beau, et même pas beau du tout, mais il est un père attentif. À part son manque de vigueur, elle ne peut rien lui reprocher. D'ailleurs, ce bellâtre n'est vraiment pas extraordinaire. Fringué comme un nouveau riche, un producteur de téléréalité, un architecte has been, un trader sans chauffeur. Un plouc, une chochotte. Elle ne va pas tromper Paul avec une caricature. Ce serait absurde. Elle ne l'a jamais fait. Si, hypothèse improbable, elle était sur le point de flancher, ce serait pour un être exceptionnel, un peintre, un poète, un alpiniste, un chef d'orchestre, un botaniste... Pas un tocard parfumé et repassé.

Clarisse renifle tellement fort qu'elle doit avaler. L'individu la regarde, déconcerté. Clarisse s'empourpre, puis se fige.

Sauvée par son portable, la nounou.

— Ulrika ? 39,5 ! Il a vomi ? Une cuillère à soupe de Motilium et de l'Efferalgan. 20, 21 kg ? Mais je n'en sais rien, Ulrika, il fait peut-être 22, je ne passe plus ma vie chez le pédiatre... Regardez son carnet de santé... Oui, j'attends... (Par discrétion, le don juan recule d'un mètre et offre son profil à Clarisse.) Non, 53 c'est le périmètre crânien. Gaspard a six ans, Ulrika, ce n'est pas un enfant américain... 24 kg... Parfait... C'est normal qu'il ait mal à la tête... oui, c'est normal qu'il ait mal aux yeux, oui, des courbatures. Bon sang, Ulrika, vous avez déjà été malade ? Quoi encore ? (Clarisse observe l'homme en détail. Enfin, une goutte apparaît au bout de son nez.) Oui, Monsieur rentrera sans doute avant moi. Il aura dîné. Merci, Ulrika. Ce n'est vraiment pas le moment... Passez-le-moi. (Clarisse tente un clin d'œil complice. Pas la moindre réaction.) Allô, mon chéri... T'en fais pas, Ulrika va te donner les médicaments, mais non, tu ne vas pas mourir. Ça arrive à tout le monde de vomir. Papa viendra t'embrasser dans ton lit. Sois gentil, Gaspard, va te coucher. Je ne vais pas te chanter une berceuse... Écoute, Gaspard, ça suffit, il faut que tu dormes. « La pluie c'est flic floc, la pluie c'est plic ploc, la pluie c'est flitch, flatch, floutch, bloub, chlouf, les pieds dans l'eau, la pluie c'est blouc, bloc... » Allez, mon amour, va faire un gros dodo... « J'ai froid aux doigts, j'en ai deux j'en ai trois, j'en ai plus que ça, j'en ai bien autant que toi, j'en ai ci j'en ai là, j'en ai cinq à la fois, cinq à gauche et cinq à droite, ça fait deux mains qui sont froides, mais comment les réchauffer... » (Le gentleman aide la vieille à grimper dans le taxi, puis la salue en s'inclinant. Ulcérée, Clarisse hausse le ton.) Gaspard, tais-toi et arrête de pleurer. Passe-moi Ulrika. Gaspard, Gaspard ? Comment ça, elle est partie ? Je vais me fâcher. Une dernière, mais après tu me promets... Gaspard, c'est promis ? « Les grêlons, les grêlons, sont de tout petits glaçons qui tombent en ribambelle lorsque la pluie se gèle, les grêlons, les grêlons, font des trous dans les melons des trous dans les tomates... » Mais je sais que tu n'aimes pas les tomates, c'est une chanson, Gaspard, arrête de pleurer. Non, je ne connais pas de chanson avec le soleil. (Clarisse éternue. Le dandy sursaute.) De toute façon le soleil est très mauvais pour la peau. « Monsieur le vent, monsieur le vent gronde tout le temps, madame la pluie, madame la pluie pleure jour et nuit, ce sont les nuages qui me mettent en rage, dit le vent, ce sont les nuages qui ne sont pas sages, non vraiment... » Je vais raccrocher, bonne nuit, mon chéri, je t'aime.

Casanova sort son portefeuille, Clarisse va avoir droit à sa carte.

— J'ai quatre enfants. Ma femme attend le cinquième. Vous en désirez d'autres ?

— Un autre ayatollah imberbe ? Non merci, pas ce soir.

— Ça, c'est Anna le jour de sa naissance, elle pesait deux kilos, une vraie crevette, ma femme l'a allaitée pendant un an pour lui donner des forces, là c'est Andrea avec la varicelle, puis Anja devant la patinoire, elle fait un sport-études pour devenir championne. À en croire son entraîneur, elle sera prête pour les Jeux Olympiques d'hiver de Sotchi en 2014. Enfin Anastasia, mon aînée, mon portrait craché, elle écrit des chansons de country music depuis qu'elle a dix ans. Là, nous sommes tous les six devant les chutes du Niagara, ma femme est enceinte...

Clarisse sort un bout de Sopalin et se mouche de toutes ses forces. Le type ne l'entend même pas, il sourit niaisement en regardant les clichés de sa progéniture.

— Vous n'avez pas de photo de Gaspard ?

— Je suis une mère indigne. En plus, il n'est pas du tout photogénique. Gaspard n'est pas très beau. Il a les oreilles décollées, un menton qui se dérobe, des grands yeux globuleux, le teint bistre. Il est toujours malade.

— Mes enfants, c'est toute ma vie.

Comment a-t-elle pu être sensible à ce guignol ?

— TAAAXIII ! ! !

Clarisse ne savait pas qu'elle pouvait crier si fort. Une Xantia Picasso verte recouverte d'autocollants « Algarve is Paradise » se gare.

— J'ai fini mon service, je rentre chez moi, vous allez où ?

— Parfait, monsieur, moi aussi. (Clarisse plonge sur la banquette arrière.) Au revoir.

L'homme retire sa toque en fourrure.

— Acerola, Coryzalia, Stodal, Stérimar cuivre... S'il n'y a pas d'amélioration d'ici la fin de la semaine, passez aux anti-inflammatoires. Bonne soirée et prompt rétablissement.

Clarisse claque la portière.

— Roulez, je vous en supplie, je suis tombée sur un psychopathe, un pédiatre refoulé qui dégouline de bons sentiments, il faut se méfier, il était louche, mielleux, je le savais, j'attire les pervers...

— Attention, pas de saletés dans mon taxi, je vous préviens... Les toxicos, j'ai déjà donné.

— Ne vous en faites pas, monsieur, je suis plus que normale.

Clarisse expectore, le chauffeur pile.

— Pas de saloperie dans ma voiture, compris ?

— N'ayez crainte, j'ai juste une crève atroce.

— Je vous dépose où ?

— Avenue Henri-Martin.

— Ça ne m'arrange pas.

Clarisse ferme les yeux. Elle frissonne. Jamais elle ne trompera Paul. Ils vieilliront ensemble sans désir, sans plaisir. Clarisse renifle encore.

— Ça suffit, mouchez-vous.

— J'aimerais bien mais je n'ai plus de mouchoir.

— Votre foulard...

— Vous avez raison, ce foulard est immonde, il ne m'a jamais plu. C'est un cadeau de Jeanne, une de mes meilleures amies. Jeanne a toujours eu un goût douteux. Remarquez, c'est le premier cadeau que je garde, d'habitude elle m'offre des objets pour la maison, des sets de table en macramé, des bougeoirs en forme de légumes, je refile tout à ma concierge...

— Ma femme est gardienne.

— Beau métier.

— Et portugaise.

— Beau pays.

— Vous connaissez ?

— Non, mais la chambre de mon fils est tapissée de posters de Cristiano Ronaldo et il donne incontestablement envie de faire le déplacement.

— Ce petit merdeux préfère jouer en Angleterre.

— Maintenant que vous le dites, c'est vrai qu'il a une tête de petit merdeux.

— Taisez-vous, c'est le meilleur attaquant du monde.

— Je me tais.

— Mouchez-vous.

Clarisse se vide dans la soie avec un pincement au cœur.

Le chauffeur jette un coup d'œil dans son rétroviseur surchargé de breloques.

— Vous en tenez une sévère.

— Un petit refroidissement. Rien de méchant.

— Tu parles... Vous êtes pleine de microbes, un vrai bouillon de culture. Je sens que ça va me tomber dessus. J'ai la trouille des aiguilles et je refuse les vaccins. Trois mois que je passe entre les germes...

— Vous devez être immunisé.

— Faut faire gaffe. Mon petit dernier a commencé par avoir une grosse rhino, on s'est pas méfié, c'est tombé sur les bronches et aujourd'hui un kiné vient tous les jours à la maison pour le dégager. Les trois premiers sont des forces de la nature. (Le chauffeur baisse son pare-soleil.) Tenez, lui, c'est Miguel à l'aéroport de Faro avec mes parents, Miguel veut devenir footballeur professionnel. Petit pont, grand pont, bicyclette, il a un pied en or massif... celle-là, je l'adore, c'est ma femme, Luis et Carla sur un pédalo à Palavas aux dernières vacances, Carla s'était fait piquer par une méduse, 41 de fièvre, la nuit aux urgences...

De quoi parlait ce chauffeur de taxi avant de fonder une famille ? De ses ambitions, de ses rêves ? Du jour où il aurait des enfants ?

18

L'existence est une succession d'échographies, d'amniocentèses, de maladies infantiles, de cris, de berceuses, de caprices, de goûters d'anniversaires avec des bougies de plus en plus serrées.

Clarisse ne déroge pas à la règle. Quand Paul appelle pour demander comment ça va, elle répond, « il va bien, il a la colique, il fait la sieste ». Le bonheur de Gaspard est le baromètre de l'ambiance à la maison.

*

* *

— J'ai besoin d'un truc fort, Noé. Tu ne peux pas imaginer mon état.

Noé referme la porte blindée de son duplex.

— Noël, ma chérie, Noël, rien de plus.
— J'ai failli tabasser une vieille dame qui m'a demandé gentiment si je tapinais. Tu te rends compte de la violence que j'ai en moi ?
— Tu devrais prendre des cours de krav maga, tu te contrôlerais.

Noé prend Clarisse dans ses bras et l'embrasse affectueusement. Leurs baisers résonnent sur le marbre de l'entrée.

— C'est bon de te voir. Tu pleures ?
— Je viens d'arracher mes faux-cils, ça faisait *gay pride*.
— Tu as besoin de quelques semaines pour récupérer.
— J'ai envie de buter tout ce qui bouge, Noé.

Noé compatit. Ça ne se voit pas à cause de sa récente injection de Botox.

— Alors, comment ça s'est passé ?

— Comme chaque année. Même pavillon à Suresnes. Même belle-mère aussi décorée que le sapin de l'Hôtel de Ville. Même beau-père qui a décidé d'écrire un one-man-show pour Gad Elmaleh qui portera certainement plainte quand il l'apprendra. Mêmes belles-sœurs antipathiques. Mêmes neveux dévorés d'acné. Mêmes santons ébréchés, mêmes guirlandes faites main, mêmes charentaises mâchouillées par les caniches successifs. Mêmes huîtres trop grasses, même chapon trop sec. J'ai bu tellement de mousseux que j'ai encore la gueule de bois.

— Et Paul ?

— Il a fait des câlins à sa mère, il a ri aux pauvres vannes de son père, il a régressé avec ses sœurs, il ne m'a pas calculée de la soirée.

— Paul t'aime.

— Paul est diplômé d'HEC, il a fait son master finance à Harvard, il a son permis bateau, son permis moto, il a fait de l'escrime à un niveau régional, il a une odeur de transpiration supportable, il met tout seul ses affaires sales dans le panier à linge, il ne ronfle qu'exceptionnellement, il n'est pas vicieux, il est droit, raisonnable... C'est vrai, j'aurais pu tomber plus mal.

— Tu veux que je te plaigne ?

— Ses principales qualités sont en train de devenir terriblement ennuyeuses, Noé. Je ne pensais pas que ça arriverait aussi vite.

— Vous devriez partir une semaine en vacances tous les deux.

— On ne saurait pas quoi se dire et ce n'est vraiment pas le moment. J'ai un travail de clandestin chinois. Paul s'endort en paluchant son Mac... C'est impossible.

— Tu pourrais demander à ta mère de garder Gaspard pendant les vacances de février.

— Tu plaisantes ? Ma mère n'a pas une minute à elle. Elle part en stage raquette-Sudoku à Méribel avec son club de troisième âge puis enchaîne avec une croisière sur le Nil qu'elle a gagnée dans un tournoi de bridge. Je n'intéresse pas ma mère, Noé. Elle m'imaginait brillante journaliste du 20 heures ou mariée à un prince héritier... Sous les feux de la rampe, dans les magazines people, reconnue dans le monde entier, traquée, paparazziée, imprimée sur de la porcelaine et des billets de banque. Depuis que je suis payée pour rester dans l'ombre et mettre les autres en avant, elle a atteint le comble de la déception.

Noé ne peut s'empêcher d'étudier son allure dans l'immense miroir du premier salon. Les mèches cendrées éclaircissent son visage et font ressortir ses yeux bleus. Les escarpins tendent idéalement ses mollets. La jupe révèle un IMC de papier glacé.

Clarisse renifle.

— J'ai la pépie. Où sont les autres ?

— À la cuisine.

— Très *casual*, ce soir.

— J'ai libéré mes caméristes, on est plus tranquille pour discuter. Surtout ce soir, Gab a décidé de se refaire les seins.

— Elle s'est disputée avec Christophe ?

— Je ne vois pas le rapport...

— C'est évident, dès qu'un couple bat de l'aile, la femme harcèle son chirurgien esthétique et l'homme s'achète une Porsche en leasing, passe sous les UV, s'asperge de phéromones et se coupe les poils du nez.

— Je suis tombée dans cette spirale infernale des retouches et je ferai tout pour protéger Gab de ce piège. On ne peut pas dire que je sois un exemple à suivre.

Deuxième salon.

— Gab se cherche, Noé. Ça lui passera. Elle s'imagine qu'un 90C va être plus efficace pour trouver l'homme idéal qu'un site de rencontres.

— Gab a vingt-sept ans, Clarisse. Elle ne cherche pas à titiller la libido de ce Christophe qu'elle a rencontré à un turbo dating il y a dix jours et dont elle se contrefout. Elle a toujours été complexée par son corps.

— Je lui donne raison, Noé. Si j'avais le cran, je m'installerais des gros calibres comme les tiens.

— Qu'est-ce que ça t'apporterait ? Regarde-moi. Les seuls hommes contents de me voir sont mon plasticien, l'anesthésiste et l'infirmier. Je cherche désespérément quelqu'un qui accepterait de finir avec une femme d'occasion qui passe sa vie au garage pour parfaire sa carrosserie. Sans parler du gamin que j'ai sur les bras !

Troisième salon.

— Au moins, tu t'amuses.

— Si seulement... Bon, Clarisse, surtout pas un mot à Gab au sujet de ses seins, elle m'a fait jurer de ne pas en parler.

— Si elle te l'a dit, c'est qu'elle veut qu'on en parle. Tu es l'AFP et Reuters à toi toute seule.

Clarisse pénètre dans la cuisine ultramoderne, laque blanche et granit impala. Un four à vapeur, un four micro-ondes, un four Tepan japonais, des tiroirs chauffants escamotables, des plaques à induction... Même Starck serait impressionné.

Gab, col roulé et jean noirs déplie son mètre quatre-vingt-quatre et embrasse son amie virilement.

— Bonne année, Clarisse. Et surtout la santé pour toi, Gaspard et Paul.

— Merci, Gab. Pareil pour toi.

— À part que je n'ai pas de mari, pas d'enfant et que...

— Et que tu es vernie. Je suis certaine que la plupart des divorces se déclenchent lors de ces maudites fêtes de fin d'année. Jeanne est déjà partie ?

Noé touche son ventre plat.

— Jeanne craque. Elle pleure dans la bibliothèque. Le baby blues. C'est le quatrième, mais elle n'a jamais été autant déprimée.

Clarisse s'effondre sur la banquette Liaigre. L'appartement de Noé est chic jusqu'aux fusibles.

— Une de mes assistantes a donné sa démission ce matin. Elle prétend que mon dress code porte préjudice à son image de marque. Quelle merdeuse ! Je peux avoir un verre ? Je lui ai tout appris et maintenant elle me crache dessus parce que je ne passe pas ma vie dans les boutiques de luxe. Tu en penses quoi, Noé ?

— Disons que ce n'est pas ton fort, mais c'est ce qui fait ton charme.

— Je cherche un peu d'originalité.

— C'est gagné, et même au-delà de ce que tu espères.

— Tu sais, Gab, au lieu d'être en noir de la tête aux pieds, si tu faisais un petit effort d'imagination, tu te poserais moins de questions sur tes seins.

Gab lance un regard sévère sur Noé qui se précipite vers la cave à vin encastrée.

Clarisse se mouche et attrape un verre vide. Il faut qu'elle boive, elle doit se détendre.

Noé sort une bouteille. Elle a peur de se blesser, elle tend le tire-bouchon à Gab.

Cette perspective radoucit Clarisse.

— Vous me trouvez ridicule ?

Jeanne apparaît dans l'encoignure. Un pantalon large bleu marine, une grande tunique à carreaux informe, des chaussures bateau.

— Vous parlez de moi ?

— Mais non, Jeanne. Ne sois pas parano. C'est moi qui suis visée. Bonne année, je suis contente de te voir.

— Tu es bien la seule. Qui a envie de fréquenter une multirécidiviste ? Avant, on était complice, on se disait tout, maintenant vous m'évitez parce que j'ai quatre gosses et que je n'ai rien à raconter. Je sais, vous vous voyez dans mon dos en disant on ne va pas trimballer une otarie, elle serait capable de venir avec le tire-lait et le Baby Phone...

— C'est un parfait résumé de la situation, Jeanne. Je ne vois rien d'autre à ajouter.

— Arrête, Noé, tu es cynique.

— Tu n'as pas idée de ce que Gab et moi endurons. S'il y en a une qui doit se plaindre, c'est votre hôte. D'abord, je suis la doyenne du groupe, Jeanne n'a pas trente ans, malgré sa légère surcharge pondérale et le risque mineur de maladies cardio-vasculaires, elle a la vie devant elle et le meilleur des époux. Moi, je suis divorcée depuis maintenant trois longues années et j'ai des relations déplorables avec mon ex-mari qui...

Noé tente de pleurer. Une minuscule larme sur son visage inerte et poudré. Le mascara waterproof permet de telles sautes d'humeur.

Clarisse vide son verre de chianti, éternue et se mouche dans une serviette en lin brodé.

— En sept ans de mariage, je n'ai jamais songé à divorcer, mais parfois je t'envie.

— Au moins quand tu rentres le soir chez toi, tu retrouves quelqu'un.

— Quelqu'un, c'est un bien grand mot, Noé. Paul est un courant d'air.

Gab relève ses manches.

— Vous avez voulu vous marier, les filles, personne ne vous y obligeait. Moi, je refuse de tomber dans ce schéma. Je refuse la promiscuité. Chacun son intimité, son lavabo, ses chiottes. Ne pas pouvoir pioncer seule quand on le souhaite... C'est la dèche.

— Tu verras, Gab. Toi aussi tu finiras par avoir le fantasme de la robe meringue. Noé l'a eue, elle était signée Valentino, Jeanne l'a eue, elle était signée Pronuptia...

— Je ne me marierai jamais.

— La mienne était dessinée par une styliste de la Star Ac'.

— Épargne-nous ce souvenir, Clarisse. Tu étais indécente. Paul a supporté ton exhibition le jour le plus important de votre vie, il supportera tout le reste.

Clarisse remplit son verre à ras bord.

— Bon, écoutez, mesdames, mademoiselle, je vous adore mais je crois que ce dîner n'était pas une bonne idée. J'ai senti des ondes hostiles dès que j'ai quitté mon arrondissement. Le moindre petit reproche est susceptible de me plonger dans une dépression sévère, je préfère ne pas m'éterniser.

Jeanne. Agacée.

— Tu te défiles pour notre première soirée de l'année.

— Pas du tout. Je suis au bout du rouleau et tu n'as pas l'exclusivité de la déprime post-Épiphanie.

— On trinque, allez, on recommence à zéro.

— Non merci, Noé. J'étais ravie de dîner avec vous, mais je m'éclipse, c'est plus prudent. Je vais commander un taxi. Vu ma chance, je tombe sur le seul de la capitale atteint du syndrome de Tourette, il m'insultera, rien de personnel, juste une crise, on fera deux cents mètres en vingt minutes, je n'aurai pas assez d'argent, je m'arrêterai à un distributeur, un voyou me menacera avec une clé à molette, je lui filerai tout ce que j'ai, les policiers me demanderont de faire un portrait-robot, à la vue de mon coup de crayon, ils me feront souffler dans le ballon, Paul débarquera au commissariat les traits tirés et me dira que je suis ivre et que je lui porte l'œil. Ciao, et encore tous mes vœux de bonheur.

Clarisse se lève. Il est hors de question qu'elle rentre avant Paul.

Devant la porte d'entrée somptueuse, la mâchoire serrée, elle saisit avec rage son cabas de plage. Personne pour la rattraper. Où aller ? Dans un café ? Pour enchaîner les demis entre deux poivrots au comptoir ? Un film ? Une dernière séance au Majestic

Passy ? La dernière fois que Clarisse est allée à ce cinéma, elle y avait été traînée par Noé pour voir *Camping*. Noé avait croisé auparavant Franck Dubosc dans la loge présidentielle de Roland Garros et elle prétendait qu'il s'était passé quelque chose. Un coup de foudre, très fort, très passionnel, très intense mais très platonique comme toujours avec Noé. Le pire n'a pas été de voir le film mais de sortir rue de Passy à l'heure de pointe et de tomber sur son ex en terminale, Jean-Charles de Jiscourt, polytechnicien brillant dont le père historien et la mère journaliste au *Monde* l'invitaient très souvent à déjeuner le dimanche après la messe. Jean-Charles a sauté au cou de Clarisse, mais très vite Noé, portée par son exubérance légendaire, lui a volé la vedette et s'est vantée d'avoir un papa polytechnicien, ancien patron d'Axa, aujourd'hui retraité sur l'île de Mallorca. Jean-Charles avait eu mention très bien au bac et était un amant plutôt inventif comparé aux binoclards de base plus inspirés par le triangle de Leibniz que par le triangle féminin... Mais c'était au milieu des années 90 et, entre-temps, Clarisse s'est mariée, le voyage de noces a été repoussé, elle a eu un fils despotique qui n'a pas été baptisé, elle a résilié son abonnement au *Monde* et sa meilleure amie est plastiquement et financièrement irréprochable.

Une clameur.

— Reviens, on t'aime et on a besoin de toi.

Clarisse amorce un demi-tour. Face à face avec le trumeau XVIIIe. Elle n'est pas très ridée mais l'ovale de son visage s'affaisse, le cou s'épaissit. Trente ans, le plus bel âge ?
Noé élève le ton.

— Arrête de faire la tête. Tu as promis de me présenter un copain de Paul. Je n'ai pas eu de *date* depuis une longue semaine, tu me connais, je ne supporte pas d'être sur la touche, je vais être obligée de rappeler Salomon.

Clarisse ressurgit dans la cuisine, livide et tremblante.

— Donne-moi un truc à manger, Noé, n'importe quoi. Une pomme en vingt-quatre heures, je suis attaquée par des étoiles filantes.

— Tu es cinglée, Clarisse.

— Pourquoi, Noé ? C'est trop ? Je devrais me contenter d'un quart de golden pour pouvoir rivaliser avec toi.

— Laisse tomber, ma chérie. Tu es chiante quand tu es bourrée.

*
* *

Clarisse se jette sur le pain aux olives, puis sur la bouteille de rouge. Elle enchaîne les verres. Les muscles se ramollissent, elle retrouve des couleurs. La douce mélodie de l'alcool. Le joyeux tintamarre.

Gab mange, Jeanne dévore.

Frénétique, Noé fait les cent pas.

— Tu en penses quoi, Clarisse, je rappelle Salomon ?

Clarisse esquisse enfin un sourire, les états d'âme de ses amies la rassurent.

— Jamais.

Gab inspire. Les copeaux de parmesan sentent le lait pour le corps, les aubergines farcies l'eau de toilette, les *grissini* le sérum aux acides de fruits. Noé ferait-elle sa toilette dans la cuisine ?

— Il te rendra heureuse.

— Tu rêves, Gab. Elle va souffrir le martyre.

Jeanne interrompt sa mastication pour exposer son point de vue.

— J'approuve Clarisse. Noé rêve d'une famille recomposée, pas de la cour des Miracles. Salomon est très gentil, mais il a cinq enfants turbulents, une ex-femme rottweiler, une mère qui compte pour trois et ses deux sœurs sont aussi collantes que des patchs...

— Il m'aime, Jeanne.

— Évidemment qu'il t'aime. Tu t'es vue ? Tu l'as vu ? Son orgueil de mâle est flatté. Tu connais les hommes, la grande blonde svelte est aussi valorisante qu'un coupé AMG.

— Il est très bien, un bon vivant, affectueux, généreux... Le seul problème, c'est que je dois me convertir.

Clarisse, Jeanne et Gab se sourient. Seule Clarisse prend les devants.

— Tu parles d'un problème, Noé. Tu sais très bien que tu es incapable de t'imposer des règles. Même tes rendez-vous chez l'esthéticienne, tu les déprogrammes sans arrêt. La synagogue, ce n'est pas l'institut Carita. Tu dois voir le rabbin un après-midi par semaine, c'est du vrai boulot, darling. Tu n'auras pas le loisir de l'annuler parce que tu t'es cassé un ongle.

— Salomon n'est pas un loubavitch, Clarisse. Il lui arrive de manger des Mac Bacon.

Clarisse finit son cinquième verre de chianti et fixe la bouteille de vin avec un profond désarroi. Quelle différence entre sa descente et celle d'une alcoolique mondaine ? Il faut qu'elle réagisse, qu'on lui foute la trouille, qu'on lui fasse honte. En attendant, elle préfère se déchirer...

Noé se sert une flûte de Coca Light.

— Il adore Tadeo et ses enfants s'entendent très bien avec moi.

— Tu les as vus deux fois au Jardin d'Acclimatation entre une barbe à papa et un tour de manège, tu ne voudrais pas qu'en plus ils tirent la gueule.

Jeanne, la bouche pleine.

— Clarisse a raison. Ce n'est pas une vie pour toi, tous les vendredis soirs, shabbat, je te connais, tu ne supporteras pas.

Noé fait la moue en se remettant du gloss repulpant. La perspective de programmer à l'avance tous ses dîners du vendredi est affligeante. Mais celle d'atteindre quarante ans dans mille quatre cent soixante jours, seule et résignée, semble encore pire.

*
* *

En attendant le signal, Jeanne se contente de dévorer des yeux le cheese-cake Dalloyau.

Clarisse s'agrippe à son verre, le vin lui a donné soif.

Gab rédige un texto avec un regard lubrique.

Noé ne s'est toujours pas posée. Elle est incapable d'avaler une bouchée de quoi que ce soit.

— Fais-nous profiter de ta bonne humeur, Gab.

— Je ne sais pas par quoi commencer.

— Pas la peine d'en rajouter. Si tu nous dis que tu fais l'amour une fois par semaine et que c'est correct, on l'aura déjà extrêmement mauvaise.

— Je suis en train d'écrire un scénario.

— Pour quoi faire ?

— Pour faire un film, Jeanne, un long-métrage.

Jeanne se glisse difficilement dans un cabriolet Louis XV.

— Mais enfin, tu es actrice.

— Tu exagères. Le statut d'actrice, c'est autre chose que des pubs nazes et quelques apparitions dans des téléfilms. Moi, je veux faire du cinéma. Mais je n'ai pas la carte.

— Quelle carte ?

— 1 mètre 84, c'est rédhibitoire.

— Dans les James Bond, la méchante est immense.

Noé grimpe sur un tabouret Ora-ïto et lève les yeux au ciel. Elle trouve la naïveté de Jeanne charmante et distrayante mais, ce soir, elle est à côté de la plaque.

— Immense, mais aussi canon.

— Tu n'es quand même pas moche.

— Pas moche, ça ne suffit pas. Croyez-moi, j'ai étudié le problème, mon seul espoir est de me créer un rôle sur mesure.

Noé consulte nonchalamment son Palm.

— Et il sortira quand ?

Clarisse lorgne les deux bouteilles de champagne. En fait, il n'y en a qu'une. Combien de coups devrait-elle asséner sur la tête de Noé pour qu'elle se taise définitivement ? Elle trinque contre le magnum de Ruinart.

— Tu vis sur quelle planète, Noé ? Gab essaie de t'expliquer qu'elle essaie d'écrire un scénario pour essayer de faire un film. C'est un projet. Tu as trois ans pour penser au fourreau de l'avant-première.

— Tu n'en as pas assez de donner des leçons à la terre entière, Clarisse ?

Vexée, Noé pose la pelle à tarte. Servir les autres est anxiogène. Les bruits de vaisselle, les bouches pleines, les dents parsemées de nourriture. C'est immonde. Demain, elle doublera sa séance de Power Plate.

Clarisse étouffe un renvoi aviné.

— Je ne donne pas de leçon, je suis juste totalement sidérée par ton absence de lucidité. Ce n'est pas parce que Gab écrit un scénario que le film va se tourner. J'organise en moyenne cinq avant-premières par an, à chaque fois je rencontre les producteurs et les metteurs en scène, je vois plutôt le haut du panier, la crème des crèmes, ceux qui ont un budget important. Eh bien, même eux planchent sur une dizaine de projets pour qu'un seul se réalise. Il y a un déchet énorme. Pardonne-moi, Gab, j'ai confiance en toi, tu sais à quel point c'est difficile, laborieux, comme tous les métiers, encore faut-il travailler pour en être consciente.

Clarisse transperce Noé du regard. Ce soir, elle a l'alcool pointilleux. Elle aurait dû partir. Aller écluser dans un bar à vins. Et ne pas rentrer, ne plus jamais rentrer, fuguer...

Jeanne pousse son assiette. Elle a dîné tôt avec ses enfants, maintenant avec ses amies. Deux fois trop.

— Tu as songé à des acteurs ?
— Je tâtonne. Je fais des listes...

Jeanne aussi fait des listes. Tous les jeudis, pendant deux heures, elle coche scrupuleusement sa liste de courses. C'est la *sortie* de la semaine. Après être passée en caisse, elle s'offre un thé avec des sucrettes et un muffin au comptoir du Starbucks Café. Elle observe les gens, les Caddie, les jeunes mères aux sourires las et les landaus customisés. Pendant ce temps, elle oublie que la moitié du ravitaillement est en train de décongeler. Et elle oublie tout ce à quoi elle a renoncé.

— Mon oncle est comédien.
— Tu es mignonne, Jeanne, mais j'ai besoin d'acteurs *bankable*. Je ne trouverai jamais de financement avec des inconnus.
— Il a sa troupe de théâtre et il fait des impros au Festival d'Avignon.

La voix de Clarisse déraille.

— La classe, Jeanne. Préviens-nous la prochaine fois, qu'on fasse le voyage.

Noé se lève pour débarrasser. Elle se ravise aussitôt. Où va-t-elle mettre ces assiettes gluantes ? Elle ne sait pas ouvrir le lave-vaisselle. Soulagée, elle se rassoit.

— Ça parle de quoi ?

— Quatre femmes. Quatre amies d'enfance qui se réunissent une fois par mois pour refaire le monde.

Noé frémit.

— Tu es gonflée !

— Cool, Noé. Je n'ai pas l'intention de dévoiler tes secrets.

— Je refuse que tu exploites ma vie privée, Gab. Je te préviens, si je trouve un seul détail me concernant, je ne t'adresse plus jamais la parole.

Jeanne jubile.

— Je trouve l'idée formidable. Si tu veux m'interviewer, je suis à ta disposition.

— C'est une fiction, Jeanne. Pas un numéro de *Confessions Intimes*.

Noé ne décolère pas.

— Interdiction formelle d'évoquer mon divorce.

— Ce ne sera pas *ton* divorce mais *un* divorce, Noé.

— Tu changeras les noms, au moins ?

— Bien sûr, mais je viens à peine de commencer.

Clarisse ouvre une nouvelle bouteille.

— Fonce, Gab. Presse-nous comme des citrons. Je suis derrière toi. Appelle mon personnage Clarisse et divulgue mes secrets. Elle peut se biturer à longueur de journée, être barrée, antipathique, misérable, radine... Un artiste a tous les droits.

— Vous êtes un point de départ. Après j'invente tout, j'extrapole. Pas de panique.

Noé ronchonne.

— Uma Thurman, Charlize Theron, Nicole Kidman... Je ne vois pas quelle actrice française peut jouer mon rôle. Je te préviens, j'exige au minimum un droit de regard sur le casting. Quitte à passer pour une femme vaniteuse, perfide, cyclothymique et dépensière, autant être une bombe.

— On n'y est pas encore, Noé. Plusieurs semaines d'écriture, après il faudra trouver un financement, un réalisateur... mais, c'est promis, je te soumettrai mon choix.

Clarisse liquide un autre verre avant d'inspirer profondément.

— Brad Pitt est payé pour lire un scénario. Même s'il refuse ou lit une page sur deux ou fait lire à son imprésario qui le pitche, il prend son blé. Vous trouvez ça normal ? Moi ça me met en rogne. Si je le croise un jour, je vous promets, je le démolis. Ça lui remettrait les idées en place à ce péteux. (Clarisse boit cul sec.) Tu sais, Gab, méfie-toi des agents, méfie-toi des producteurs, méfie-toi des comédiens, méfie-toi des concierges, méfie-toi des péquenauds en chapkas, méfie-toi de ces satanés taxis, méfie-toi des footballeurs portugais, méfie-toi des gendres idéaux, méfie-toi, darling. C'est la jungle dehors. Il n'y a que des gens qui veulent t'abattre, tout le monde a un double discours, tout le monde parle dans ton dos. Méfie-toi de ce que tu vois, de ce que tu entends, de ce que tu lis, de ce que tu bois... Ton idée de film me comble, Gab. Toi, au moins, tu es utile, tu ne renonces pas, tu crées, tu jouis... C'est bon de chialer avec vous.

Jeanne cherche le regard de Clarisse. En vain. L'alcool s'est installé.

Gab tente de subtiliser la bouteille de vin. Mais il est trop tard. Clarisse est en roue libre. Très loin.

— Et je fracasserai la gueule des sexologues qui injectent de l'acide hyaluronique dans le point G des femmes frigides. À partir de quand une femme est-elle frigide ? C'est ça l'arnaque. On l'est toutes à un moment ou à un autre. Pas la peine de me regarder avec ton air de pucelle effarouchée, Jeanne. C'est toujours bien quand Luc te rabote le cul ? Il s'y prend de la même manière ou il innove suivant les saisons ? Tu ne réponds pas ? C'est quoi ton problème ? La queue de Luc est devenue un sujet tabou ? Vous avez établi des nouvelles règles sans que je sois au courant ?

— Tu es crevée, Clarisse. Tu devrais t'allonger dans une chambre.

— Je suis en pleine forme, Noé. Je commence à me détendre, et j'en profite pour dire ce que je pense à mes meilleures amies.

*
* *

Après s'être remis de la Terracotta et avoir inspecté ses facettes, Noé réintègre le groupe.

— Tadeo va à la même école que la fille de Vincent Lindon.

— On est contentes pour toi, Noé.

— Je ne t'ai pas adressé la parole, Clarisse. Je le dis à Gab. À mon humble avis, il peut être de bon conseil.

Clarisse n'est plus capable de se lever. Elle en tient une sévère, la troisième de la semaine, la septième de la nouvelle année. Elle a un irrésistible désir de chanter la *Marseillaise*.

Jeanne n'a plus d'ongles. Elle regarde la french de Noé et cache ses doigts boudinés sous la table.

Le téléphone de Gab retentit. Un SMS. Elle rédige la réponse avec un sourire indécent.

— J'ai rencontré un acteur danois sur la pub que je viens de tourner pour des assurances. Je vous épargne mes deux phrases de dialogue, la perruque que j'ai dû porter pendant trois jours, le costume grotesque retour de Katmandou... Oui, un peu le style du gilet de Clarisse. Bref, le type a quand même flashé. Le genre héros de péplum, Conan le barbare analphabète. Tout ce que j'aime.

— Non, tout ce qu'on aime.

Gab vérifie son écran de portable. Jeanne, Clarisse et Noé s'accrochent à la table comme si la prochaine révélation de Gab allait les propulser à l'autre bout de la pièce.

— En fait, mon meilleur coup depuis que j'ai commencé à les classer. Massif, tendre, résistant, imprévisible, le rythme dans la peau, un Prince Albert qui décuple le plaisir...

— Un Prince Albert ? Fais notre éducation, Gab. *Paris Match* n'est pas omniscient.

— Un piercing sur le gland.

— Miséricorde. Ce rocher est maudit !

Les trois en chœur.

— Et alors ?

— Rien de spécial à part un sexe en bambou et des boules plus grosses que des noix de coco.

— Arrête, aie pitié de nous.

— Cinq fois par jour. Je suis accro.

Clarisse se lève. Ça tourne. Elle s'écroule sur la banquette Minotti.

— Ça vous dérange si j'allume une clope ?

Noé. Fébrile.

— J'ai un pétard, si tu préfères.

Jeanne. Offusquée.

— J'allaite, Noé, je ne crois pas qu'inhaler du benzène, des nitrosamines, du formaldéhyde et du cyanure d'hydrogène me soit recommandé.

— On va dans le fumoir, ma puce, tu n'as qu'à finir les restes. Si ça ne suffit pas, il y a les croquettes au saumon d'Onassis. À propos, il est où ce chat ? Minou minou...

L'angora blanc arrive nonchalamment dans la cuisine.

Noé à quatre pattes, le dos légèrement cambré pour demeurer élégante.

— Il était où, le bébé à sa maman ? Il était où, le plus beau du monde ? Il vient faire un câlin à sa reine d'amour... Oui, je sais, ne me blâmez pas, je fais un transfert sur Onassis, et ça n'ira pas en s'arrangeant si Gab continue à rencontrer des hardeurs taillés comme des baobabs et moi... personne.

— Il s'appelle comment ?

— 185, rue Oberkampf, troisième étage gauche.

— Et tu fais quoi de Christophe ?

— La question n'est pas de savoir ce que je fais de Christophe mais ce que Christophe fait de moi, Jeanne... *Peanuts* ! Je l'ai mis en veille.

Jeanne presse son index dans les miettes du cheese-cake.

— Vous êtes obsédées, les filles. Il n'y a pas que le sexe dans la vie. La bonté, le dialogue, la tolérance, la bienveillance, la complicité, la tendresse.

— Merci, sœur Jeanne. Je te rappelle qu'avant de rentrer dans les ordres, tu étais la plus chaude du groupe.

— Je ne vois pas de quoi tu parles.

Clarisse, les yeux révulsés.

— Deux bites simultanément au fond de ta gorge, ça te parle ? Tu veux que je ressorte les photos ?

— Tu m'avais juré de les détruire.

— Sous scellés chez un notaire.

— Tu n'as pas le droit, tu es mon amie, Clarisse.

— C'est pour ton bien. Si tu décidais de rentrer dans un couvent, je pourrais les montrer à la mère supérieure.

— Tu dérailles complètement.

Jeanne va pleurer, c'est une question de secondes. Gab envoie son SMS : « *Sex tonight ? 1 for yes. 2 for no. 3 for tonight and tomorrow* », puis réconforte Jeanne en la prenant contre son 90A rembourré.

— Elle te dit ça pour plaisanter, ma chérie.

— Je ne vois pas ce qu'il y a de drôle. Je l'ai fait une fois, Gab. Rien qu'une fois. Que celle qui n'a pas été tentée se lève et quitte la pièce.

— Tu vas te retrouver seule, Jeanne. Aucune de nous n'aurait fait le dixième de ce que tu as expérimenté. Même envoûtée, amoureuse, camée, exhibitionniste, perverse, perturbée, rémunérée... C'était choquant.

Noé met les mains sur ses hanches. 86 centimètres, quelle satisfaction.

— Clarisse, tu es déchirée. Je vais te commander un taxi.

Clarisse grogne.

Jeanne ravale un sanglot.

— J'étais immature. Je ne me rendais pas compte.

— Et le gang bang avec l'équipe de football de l'Essec ?

Jeanne essuie ses larmes sur le pull noir de Gab.

— Dieu m'a pardonnée.

Clarisse rugit.

— Franchement, Jeanne, il a été sympa avec toi.

Jeanne prend une expression de sainte-nitouche.

— Moi, j'aime bien Christophe.

— Tu ne l'as jamais vu, Jeanne. Il a débarqué dans la vie de Gab au début du mois.

— Je suis sûre qu'il peut rendre une femme heureuse mais il a besoin de temps. Gab veut tout, tout de suite, elle est trop impatiente.

— J'ai vingt-sept piges, j'ai la chance de ne pas avoir eu d'enfant avec le premier qui m'a fait la courte échelle, j'ai un appart sympa, une bonne santé, un boulot aléatoire mais qui m'éclate, je dors jusqu'à midi un jour sur deux, je fais ce que je veux. Ce que je veux, Jeanne. Tu comprends ou tu as oublié ce que ça signifie ?

— Tu ne décris pas le bonheur, Gab. Moi, je vivais ce trip à dix-neuf ans, toi tu refuses de grandir.

Clarisse éclate de rire, totalement ivre.

— Remarque, à un mètre quatre-vingt-quatre, on comprend Gab.

Jeanne hausse les épaules.

— Je te donne un an, pas plus. Tu n'es pas dans la vraie vie, Gab. Quand tu t'en apercevras, tu regretteras.

— Tu n'as qu'à refiler Christophe à Noé.

— Merci, Clarisse, mais je ne suis pas désespérée à ce point.

— Christophe est étudiant en médecine, il bûche vingt heures par jour et le reste du temps il dort sur un matelas en mousse dans une chambre de bonne place d'Italie...

— Pauvre garçon, c'est vraiment épouvantable.

— Il est très heureux, Noé.

— Je n'en doute pas, Gab. Mais j'ai de la compassion pour Christophe parce que tu l'as largué. Ça m'est arrivé il y a trois ans et j'en souffre encore...

Noé balance Onassis sous la table. Sa jupe est couverte de poils.

Gab triture son portable dans l'attente d'une réponse.

— Il y a des dizaines de milliers de femmes qui se font larguer, qui divorcent et qui mettent des siècles avant de retrouver l'âme sœur, Noé, désolée de te le dire.

— Tu ne comprends pas, Gab. Ilario se remarie.

Jeanne pose sa cuillère.

— Quoi ?

— Mon ex-mari se remarie.

Clarisse dessoûle.

— Il ne peut pas faire ça !

— Le 15 juillet à Vérone. Surtout pas un mot dans ton film.

— Promis.

— Trois cent cinquante invités triés sur le volet. Je vais passer pour qui ?

— Il ne peut pas faire ça !

— Ducasse fait le buffet, Zucchero chantera et il affrète un jet pour que ses meilleurs amis l'accompagnent en voyage de noces. Il a loué un hôtel somptueux à Taormina. Je n'en dors plus.

— Il ne peut pas faire ça !

— Tadeo adore sa future belle-mère. Grazziella, vingt et un ans, mannequin, la conversation d'un prématuré.

Jeanne n'a plus faim.

— Ilario n'a jamais eu le fantasme mannequin.

— Quand Ilario m'a connue, je faisais des photos. Il vénère le bling-bling.

— Tu as été shootée une fois par Helmut Newton dans le lobby de l'Hermitage à Monte-Carlo parce qu'il te trouvait sublime. C'est autrement plus glamour que de courir les showrooms à Milan, et tu n'as jamais voulu faire carrière.

— C'est la crise de la quarantaine. Ilario déteste Vérone, Zucchero et Taormina... Elle l'a ensorcelé.

— C'est ignoble.

— Grazziella est enceinte de quatre mois.

— Il ne peut pas faire ça !

— Le monstre...

— Depuis le temps que je vous dis qu'Ilario est nuisible.

— Je suis navrée, Noé, je raconte mes parties de jambes en l'air alors que tu es en train de vivre un cauchemar. Ma pauvre chérie, c'est tellement injuste.

— À la limite, qu'il se remarie, ce n'est pas le pire, mais quand Tadeo me dit qu'elle est belle, jeune et que papa rigole tout le temps...

— Ilario n'a jamais rigolé de sa vie. Il est sinistre. Richissime, mais sinistre.

— C'est bien ce que je vous dis, les filles, elle lui a jeté un sort. Ilario est méconnaissable. Il vend sa maison en Sardaigne, or il a toujours souhaité que ses cendres soient éparpillées dans les vignes de La Picotina, comme son père... Je ne sais plus où j'en suis. Je ne supporte pas l'idée que Tadeo ait un petit frère ou une petite sœur. Je fais tout pour essayer de construire une nouvelle famille, je l'ai promis à Tadeo, et j'ai échoué lamentablement.

Jeanne, Clarisse et Gab ne disent rien.

— J'ai peur qu'Ilario fasse tout pour reprendre Tadeo, pire, que ce soit Tadeo qui demande à vivre avec son père, je crève à l'idée de finir vieille fille. Tadeo n'arrête pas de me comparer à cette Grazziella. « Elle est brune, c'est marrant toi tu es toute blonde. Moi je préfère les brunes. Elle danse très bien et elle m'a appris le rock. Papa adore danser avec elle. » Je n'en croyais pas mes oreilles. Ilario ne voulait jamais danser. Même le soir de notre mariage, il a refusé. Pas un mot, Gab, tu me promets ?

Jeanne, Clarisse et Gab hochent la tête en silence.

— L'éducation de Tadeo me demande de gros efforts et, comme son père veut épater cette greluche, il ne l'a jamais autant gâté. Dernier cadeau de

Monsieur, une Rolex en or. Tadeo sait à peine compter jusqu'à trente. Je lui ai dit, pas de montre à l'école. Tadeo m'a fait une crise. « Tu es méchante, tu veux m'enlever les cadeaux de papa, je te déteste. » J'ai passé un savon sur le répondeur d'Ilario. Il a rétorqué sur ma boîte vocale que c'était un cadeau commun, de lui et de Grazziella, pour que Tadeo ne se sente pas exclu à cause du futur bébé. Il est en train de foutre la vie de mon fils en l'air et c'est moi qui devrais me sentir coupable. Je suis navrée les filles, ça devait sortir...

Gab. Spontanée.

— Tout nouveau, tout beau. On en reparlera dans quelques mois. Ilario est un esthète, toi, il t'a supportée parce que jusqu'à la fin tu n'avais rien d'une femme ballonnée, mais cette fille s'affame depuis sa naissance et a une énorme revanche à prendre. Je ne dis pas ça pour toi, Jeanne.

— T'en fais pas, Gab, je ne me sentais pas du tout visée. En plus, j'ai de la chance, Luc me préfère un peu... copieuse.

Clarisse et Noé échangent un regard dubitatif. Luc se plaignait déjà du surpoids de Jeanne après le premier enfant. Et les choses ne se sont pas améliorées avec les suivants.

Noé fixe son annulaire, il lui arrive de remettre son alliance dans les moments de solitude.

— Je vais être la risée de tout Paris.

— C'est Ilario qui se ridiculise, Noé. Mettre en cloque une gamine qu'il a rencontrée cinq mois auparavant, mannequin ou pas, il est pitoyable.

— Je t'approuve, Gab. Ilario va vouloir faire jeune pour ne pas être pris pour le grand-père. Il sera pathétique en jean stretch, santiags et implants capillaires.

— J'ai peut-être quelqu'un.

Tous les yeux braqués sur Jeanne.

— Je pensais qu'il était trop *old school* pour toi, mais à bien y réfléchir, je crois qu'il te plaira.

— Pourquoi, il est très riche ?

— Ta gueule, Clarisse.

— Il ne roule pas en Aston Martin, mais il a une autre forme de richesse.

— Tu es adorable, Jeanne, mais j'ai besoin d'un minimum. Je n'y suis pour rien, je fréquente des hommes fortunés depuis que je suis à la crèche.

— Il a un château dans le Vercors.

Enfin le vibreur se déclenche. Gab en salive : « *3 of course !* »
Jeanne poursuit.

— François-Yves. 42 ans, célibataire, sans enfant, un physique plutôt...

— Rébarbatif ?

— Un albinos ?

— Bossu ? Pied-bot ?

— Tache de vin ?

— Très bonne idée, Noé, sors-moi une autre bouteille.

— Cultivé, grand joueur de clavecin, amateur de chevaux. Le neveu d'un cousin éloigné de Luc.

— Je me vois mal vivre dans le Vercors, Jeanne, les portables ne passent pas.

— C'est sa résidence secondaire. Il vit au Champ de Mars.

Le portable de Clarisse beugle *Il y a trop de gens qui t'aiment* d'Hélène Ségara.

— Mon mari ? (Elle fouille dans son sac et vérifie l'écran. Presque chauve, le regard absent, un sourire de biais. Paul.) À cette heure, c'est forcément mon mari. Ouais. Non, on est au dessert. Je sais, Ulrika m'a fait un état des lieux complet. Brûlant ? Il divague ? Tu ne vas pas appeler le pédiatre à une heure du matin parce que ton fils a 40 de fièvre. C'est normal, tu n'es jamais là. Necker ? Tu es ridicule, Paul. Donne-lui une autre dose d'Efferalgan, si ça te rassure. J'arrive. Je sors une fois par mois avec mes amies et il faut que tu me gâches la fête. Mais non ce n'est pas une fête... j'ai dit la fête, j'aurais pu dire la soirée, le gueuleton, le dîner, le souper, la bouffe, la surprise-party, les agapes, le festin, la beuverie... Non, je ne suis pas bourrée. Pas encore. Noé, Gab, Jeanne et Onassis... On n'attend personne d'autre. Peut-être qu'Onassis a invité des potes... À demain. Mais bien sûr que je rentre dormir. C'est ça, ciao. (Clarisse jette son portable sur la table.) Pour le meilleur et pour le pire.

Noé prend une moue dépitée. Elle a toujours trouvé Paul quelconque.

— Paul n'était pas jaloux ?

— Paul n'était pas chiant, coléreux, psychorigide et maniaque pendant sept ans. Il rattrape le temps perdu et je dérouille. Gab, si tu parles de Paul dans ton film, je t'en supplie, lynche-le, ça me fera un bien fou.

28 février

Gab se souvient du jour de la rupture. Il y a deux ans, un mercredi matin, il pleuvait. Elle sortait d'un casting difficile. Énervée, elle avait embouti son scooter. Elle était mal, elle avait besoin de lui parler. Impossible de le joindre sur son portable, elle a fait irruption à son travail. L'homme marié n'a pas supporté l'intrusion. Il était d'accord pour payer le meublé dans lequel il la baisait, il se ruinait en cadeaux pour acheter sa patience, il multipliait les promesses d'avenir, mais elle devait rester à sa place.

C'est ainsi que Gab a mis un terme à la plus longue de ses histoires d'amour.

Elle s'est retrouvée à la rue. Elle a acheté *Le Figaro*. « 27 m² sous les toits rue La Fontaine. Poutres apparentes. Très clair. Pas de vis-à-vis. Vaste séjour. Petite cuisine équipée. Douche. Immeuble de standing. Calme. Ascenseur. » L'annonce correspondait à son budget. La propriétaire, la cinquantaine mal assumée, brushing de la veille, des bagues à tous les doigts mais pas d'alliance, ne voulait pas entendre les arguments d'une intermittente du spectacle.

Gab a alors réalisé la meilleure prestation de sa carrière. Elle a raconté ce qu'elle venait de vivre en détail. De vieux souvenirs ont dû remonter à la

surface, et cette femme, les larmes aux yeux, méconnaissable, lui offrait un mois de garantie.

On frappe à la porte.

Jeanne, robe portefeuille en velours gris, pull col
cheminée vert bouteille et duffle-coat kaki tend un
cadeau informe.

— Très bon anniversaire, ma chérie. Qu'est-ce
que je peux te souhaiter ? Trouver un homme stable,
t'engager...
— J'étais justement en train d'y penser et j'en ai
encore des frissons dans le dos.
— Je finirai par te convaincre, Gab.

Gab installe son amie sur le convertible Ikea avec
beaucoup de précaution. Jeanne n'est pas enceinte,
mais quatre grossesses ont créé des habitudes.

— Tu ouvres ?
— On dirait qu'il est passé par le vide-ordures.
— Bernadette a emballé le paquet et Joseph l'a
décoré. Il est dans sa période destructrice.
— Et la ficelle mouillée ?
— Marie a mâchouillé le bolduc tout l'après-
midi... J'ai supprimé la tétine, elle le vit très mal.
— J'attends les autres, c'est plus sympa, non ?

Gab tamise la lumière.
Jeanne regarde la table basse Ikea. Un seul bol de
cacahuètes.

— Tu étais très bien dans le dernier *Julie Lescaut*.
— Un plan fixe de deux secondes dans un sac à la
morgue.

48

— J'y ai cru, je te jure, ça m'a empêchée de dormir, tu demanderas à Luc.

Le ventre de Jeanne gargouille.

— Et ton film ?
— J'écris toujours. J'ai les images dans la tête mais quand il s'agit de les mettre sur papier, c'est long et plus difficile que je croyais même si vous êtes une source d'inspiration formidable.
— Je te demande juste de faire soft sur ma période déviante.
— Ce n'est pas un règlement de compte, Jeanne.
— Le pire, ce n'est pas d'avoir eu tous les fêtards de Paris entre mes cuisses. C'est qu'aucun ne me reconnaîtrait si je les croisais aujourd'hui dans la rue ou alors ils changeraient de trottoir.
— Je ne veux surtout pas te blesser, Jeanne. Ni toi, ni les autres. Je vous aime.
— Si Luc s'aperçoit que j'ai sucé la terre entière, il risque de le vivre très mal. On le lira quand ?
— Tu devras patienter. Mon agent en a la primeur. Il me conseille sur la construction du récit, l'intrigue, le choix des comédiennes. Il aime beaucoup pour l'instant mais je ne m'emballe pas. Il est payé pour me défendre et me remonter le moral. La dernière fois que je l'ai entendu parler de moi, on aurait dit qu'il vendait Sigourney Weaver pour le nouvel *Alien*. Au final, je me suis retrouvée dans une pub hongroise pour Harpic WC.
— Un jour, ça viendra, Gab, j'en suis sûre.

Jeanne s'assoit en tailleur. Retrouvera-t-elle, un jour, un ventre plat ? Elle se jette sur les arachides.

— Et ton acteur danois ?

— Reparti au Danemark. Je l'inonde de textos depuis son départ. Dont un dernier, accablant, pour qu'il comprenne que je ne connais pas son pays et que j'adore le gouda. Je n'ai aucune nouvelle.

— Le gouda est un fromage de Hollande.

— Je l'ai dans la peau.

— Tu vas en baver, Gab.

— Je sais, j'ai repris avec Christophe.

— C'est ce qu'il te faut.

— Je n'aime pas ce qu'il me faut.

Gab fait une bise à Jeanne.

— Tu sens les produits de bébé.

— Il y a deux heures, j'avais les doigts dans la merde de Pierre. Il a une gastro carabinée. Avec de la chance, je couve le virus et je perdrai quelques kilos.

Gab prend la main de son amie. Jeanne l'émeut.

— J'ai rencontré Gianluigi. Acteur turinois, trente-cinq ans, torse poilu, odeur virile, bad boy, un peu trash, un peu marié.

— Tu ne crois pas que tu as déjà assez donné dans les hommes mariés ?

— Gianluigi ne me promet rien. Il habite loin, il m'apprend les mots doux en italien, il exige des fessées et quand il éjacule il pousse des cris dignes de Laura Pausini... Je m'amuse vraiment.

— C'est pratique pour fonder une famille.

— Je ne fonde rien du tout, Jeanne. Je butine.

— Tu as pensé à sa femme, Gab ?

— Je ne pense jamais aux femmes. Quoique... La dernière fois on a baisé dans le parking de Roissy

Charles de Gaulle avant le décollage. Il était de très bonne humeur et elle devrait me remercier.

Jeanne remplit son verre de glaçons. Les cacahuètes lui ont ouvert l'appétit.

— Tu te goures, Gab, et tu en es consciente. Ce n'est pas un hasard si tu choisis des étrangers.

— J'aime l'imprévu, Jeanne. J'ai donné avec le Parisien marié qui me dit que je suis la femme de sa vie et qu'il va clarifier la situation au plus vite. Je ne demande rien, je n'attends rien. Je ne veux rien savoir des hommes qui me font l'amour. Dès qu'ils discutent, j'ai envie de me casser. Christophe, ça ne prend pas. Je sais où il habite, je connais son nom de famille, j'ai vu sa carte d'identité, sa Vitale, son relevé d'électricité, ses bouquins de cours, la photo de sa grand-mère... C'est flippant.

— Tu devrais en apprendre un minimum sur ton rital.

— Gianluigi vient à Paris trois fois par mois pour ses castings. Il ne descend jamais deux fois dans le même hôtel, il regarde fréquemment dans le rétroviseur et il a trois téléphones portables qui appellent en numéro masqué. Je n'ai jamais eu l'intention de participer aux *Z'Amours*.

— Tu termineras défigurée sur un trottoir turinois, Gab, fais gaffe.

— J'ai fait sept ans de boxe urbaine et Gianluigi mesure un petit mètre soixante-huit avec ses talonnettes.

L'haleine salée et l'estomac plein d'air, Jeanne rampe jusqu'au canapé. Ces apéritifs sont un piège.

On tape.

Gab se précipite.

Clarisse, minijupe fluorescente, col roulé fuchsia, bottes en caoutchouc léopard, énorme bouquet Monceau Fleurs.

Gab contient un éclat de rire avant de prendre la vingtaine de tulipes violettes.

— Qu'est-ce qui s'est passé ?
— 100 euros chez *Tony & Guy*.

Jeanne trouve la force de se lever.

— *Tony & Guy* ?
— Oui, Jeanne, pas la peine de prendre cette mine catastrophée, ça repousse.
— Et le rouge ?
— Je dois y repasser demain pour atténuer la couleur.

Gab et Jeanne se rassoient, elles attendent une explication.

— Je sais, les filles, j'ai déconné. J'en avais ras le bol de ma coupe au carré. Je voulais un truc moderne, énergique, destroy, new age, pop art, néo-punk, glunge. Dans l'événementiel, c'est super-important. Je croise toute la journée des minettes à la pointe de la branchitude. Un grand coup de balai et je repars sur de nouvelles bases. Mes fringues sont nazes, je compense avec mes cheveux.
— D'accord, mais pourquoi rouge ?
— Ce sera plus cinégénique, qu'est-ce que tu en penses, Gab ? À l'écran, ça va le faire ?
— J'écris une comédie romantique, Clarisse, pas un manga.

Clarisse allume une light. Une bouffée libératrice.

— Je me suis fait coiffer par un gars qui avait plus de tatouages et de piercings que Puff Daddy et 50 Cent réunis. Quand tu vas chez *Tony & Guy*, tu leur remets ton âme. C'est un voyage initiatique. Tu es en confiance.

— Et Paul ?

— Il n'a rien remarqué.

Gab et Jeanne vérifient que leurs cheveux sont bien en place.

Clarisse jette un rapide coup d'œil dans le miroir. Yvette Horner au sommet d'un grand huit.

— Paul a forcément remarqué.

— Si j'étais rentrée avec la coupe de Don King et un anneau dans le pif, il n'aurait pas levé un œil.

— Il ne veut pas t'embarrasser, c'est tout.

— Paul ne remarque plus rien. Je regrette juste de ne pas l'avoir fait plus tôt, pour Noël, histoire de faire chier sa famille de dégénérés.

Coups secs à la porte.

Gab met ses fleurs dans un vase Ikea. Elle le remplira plus tard.

Clarisse va ouvrir.

Noé reste pétrifiée sur le paillasson Ikea.

— C'est bon, Noé, pas la peine d'en faire des tonnes.

— Pourquoi ?

— Tu ne vas pas chialer !

— Pourquoi ?

— Tu rentres ou on pique-nique dans le couloir ?

— Qui t'a fait ÇA ?

Jeanne et Gab en chœur.

— *Tony & Guy* pour 100 euros.

Noé entre dans le studio sur la pointe des pieds sans embrasser Clarisse.

— Ce n'est pas contagieux, Noé...

Concentrée, Noé compose un numéro sur son Nokia. Un clone de Boy George apparaît sur l'écran.

— Oui, bonsoir, Pablo, c'est Noé. Je suis navrée de vous appeler si tard mais j'aurais besoin de vous demander un gigantesque service. C'est pour une amie qui traverse un drame d'une extrême gravité. On ne peut plus urgent... Une question de vie ou de mort. Formidable, vous êtes un ange. Tu as rendez-vous avec Pablo Starlag. Demain, au salon, à neuf heures tapantes.

— De quoi je me mêle ?

— Tu ne peux pas rester dans cet état, Clarisse, le zigoto qui t'a fait ça est un danger public. Le dégradé déstructuré, passe encore, même si je ne suis pas fan des coupes asymétriques... mais le rouge... On dirait un gros Babybel.

Clarisse tire sur sa cigarette d'autant plus fort qu'elle a décidé d'arrêter l'alcool. Elle est d'une humeur exécrable. Paul ne lui adresse plus la parole, Gaspard sort d'une varicelle purulente et le week-end qu'elle devait organiser à l'hôtel Majestic pour les vingt meilleurs vendeurs de Leroy Merlin vient de lui passer sous le nez. Un manque à gagner de trente mille euros.

Assise sur un fauteuil Ikea, Noé, les jambes parfaitement croisées, épilées, fermes et bronzées, interroge Clarisse.

— Et tu as pensé à Gaspard ? Ses copains à l'école ? Le pauvre chéri va se faire chambrer jusqu'à sa mort.

— Gaspard adore, il trouve que je ressemble à Bioman force rouge.

— Tadeo adore la Schtroumpfette, et je n'ai pas l'intention de me teindre en bleu. Tu as des responsabilités, Clarisse, tu es une maman, si tu choques ton fils, il en gardera des séquelles irréversibles.

Clarisse se retient, elle donnerait cher pour fracasser la tête de cette conne anorexique qui est par ailleurs sa meilleure amie, la marraine de Gaspard, son témoin de mariage et sa confidente.

— Écoute, Noé, personne n'a la science infuse en matière d'éducation. J'ai fait bon nombre d'erreurs avec Gaspard et j'en referai, mais lui au moins quand je lui offre un ballon de foot, il ne me demande pas où j'ai caché le terrain.

— Tu sais très bien que c'est la faute d'Ilario si Tadeo a la folie des grandeurs.

— Je sais, *darling*, mais avoue que tu ne fais pas grand-chose pour y remédier.

— Bien sûr, Clarisse, mais, moi, je sors d'un divorce traumatisant, je fais un bras de fer avec Ilario. C'est un combat permanent, une guerre des nerfs. Si je ne lâche pas un peu, c'est Tadeo qui me lâchera, et je ne m'en remettrai pas.

Maîtresse de maison, Gab tente une parole bienveillante.

— Une coupe, Noé ?

— Un Aspegic 1 000 avec plaisir, j'ai une perceuse en plein milieu du front.

— Clarisse ?

— Perrier *on the rocks*.

— Tu ne veux rien boire, tu es sûre ?

— Je veux un Perrier. Si ta question est : « Est-ce que tu veux te déchirer comme d'habitude ? », la réponse est non.

Noé décroise les cuisses et admire leur galbe.

— Sage décision.

Jeanne se lève et embrasse Clarisse affectueusement sur la joue.

— Bravo, chérie.

Clarisse n'est pas convaincue, elle marmonne un merci.

Gab tend une cannette.

— Je suis très fière de toi, Clarisse.

Jeanne serre la main de son amie de toutes ses forces.

— Excuse-nous, ma chérie. On est nulles. Ça fait six mois qu'on aurait dû t'en parler, mais on ne savait pas comment s'y prendre.

Le visage de Noé se durcit.

— Paul aurait pu te le dire.

— Paul ? Quand je dors, il ne peut pas savoir si je suis torchée. Quand je suis au téléphone, il ne sent pas mon haleine. Paul me voit moins que vous.

— Je suis navrée.

— Tu n'es pas la seule, Noé, moi aussi, j'étais navrée. J'aurais préféré que ça vienne d'une de vous trois. La plus courageuse m'aurait offert une belle preuve d'amitié.

Quelques secondes de silence sans se regarder.

Clarisse se vautre sur le convertible. Le corps crispé, les idées noires. Grosse envie d'alcool malgré son traitement.

— Il fallait que j'arrête. Au déjeuner, j'encourage mes clients à prendre un apéritif puis une bouteille de vin, puis un digestif. Souvent deux apéritifs, deux bouteilles de vin, deux digestifs. La dernière fois, j'ai fini à dix-sept heures juste à temps pour aller chercher Gaspard à l'école. J'étais tellement bourrée que je suis tombée devant tout le monde. Gaspard m'a relevée et il m'a dit : « Tu sens le vin de Papi, maman. » Ça a été un électrochoc. Puisque personne d'autre n'a jugé utile de me dire mes quatre vérités, j'ai préféré consulter. Je me suis pointée au service de désintoxication alcoolique de l'hôpital de Saint-Cloud. Lunettes de soleil, casquette vissée sur la tête. La secrétaire était dure d'oreille, j'ai dû crier mon nom à trois reprises devant une salle d'attente comble et assoiffée. Plus stressant qu'une première réunion dans un groupe d'Alcooliques Anonymes. J'étais sur le point de rebrousser chemin, le professeur m'a appelée. Après un examen interminable, il m'a prévenue des risques que j'encourais si je continuais à cette cadence. Il m'a prescrit des anxiolytiques et des antabuses. En résumé, il suffit que j'aperçoive un baba au rhum pour que je dégueule jusqu'au lendemain. Mardi, ça fera une semaine.

*
* *

Gab retire les verres à vin, les flûtes à champagne et le tire-bouchon.

Le K1 Gold de Noé retentit. L'écran lui inspire une grimace.

— François-Yves ! Ce type ne manque pas d'air.

— C'était comment ?

— Je préfère finir ma vie avec un truc qui vibre.

— J'exige des détails.

— Vous me promettez que ça reste entre nous. Surtout toi, Gab ?

— Je jure.

— Il m'invite à dîner, très aimable, il me demande si j'ai des préférences, je lui dis que j'aime tout.

— Façon de parler.

— Je sais, Clarisse, je n'allais pas dès la première rencontre lui dire que je fais un peu attention...

— Un peu ?

— Ça va, Clarisse, impossible le lui révéler mon profond dégoût pour la nourriture.

— Moi, au moins, je dis tout haut ce que tout le monde pense.

— Contrôler son appétit n'a rien à voir avec l'alcoolisme. Je reste fréquentable, Clarisse.

— Je pense exactement le contraire.

Gab se déplie et tente de convaincre Noé.

— Je suis à cent pour cent d'accord avec Clarisse. Je préfère une alcoolique joyeuse à une pro-ana sinistre.

Noé ne bronche pas, elle essuie ses commissures avec la serviette en papier et lance un regard incrédule à Jeanne. Pourquoi les femmes menues déclenchent-elles autant d'animosité ?

— François-Yves me rappelle pour dire que ce sera italien, parfait, je lui épargne ma descendance avec Donatello, mon ex-mari italien, et le prix du palais vénitien que mes parents viennent de rénover.

C'est là que les choses se compliquent. Il s'excuse de ne pas pouvoir venir me chercher, sa voiture est tombée en panne. Ça commence mal. Si tu veux séduire une femme, tu ne commences pas par lui imposer le taxi misogyne.

— Et ton chauffeur ?

— C'est moi qui le conduis, Jeanne. Il a perdu tous ses points. Bref, on se donne rendez-vous à vingt et une heures place Victor-Hugo, devant la Société Générale. Le spot glamour par excellence. Je ne me méfie pas, j'arrive telle une star pour recevoir l'ordre de Chevalier des Arts et des Lettres, j'avais de la laque jusqu'aux orteils et bien sûr, impossible de s'asseoir sur le banc, les pigeons s'étaient concertés pour le bombarder de guano, je poireaute quelques minutes, et là...

— Il n'est pas venu ?

— Tu as fait un vol plané ?

— Pas du tout. Il arrive au pas de course, transpirant. Il me dit qu'il a loué un Vélib' pour la première fois mais qu'il avait mal appréhendé la durée de son trajet. Je reste cordiale mais je recule au moment de la bise. Il porte un costume en lin qu'il a probablement hérité de son grand-père et a rentré le bas de son pantalon dans des chaussettes jacquard que je n'oserais pas utiliser pour cirer mon parquet. C'est ma faute. J'aurais dû me méfier, un quadra jamais marié, soit c'est un homo refoulé tiré à quatre épingles, soit c'est un vieux garçon qui a des traces de pneu dans son slip kangourou et les cheveux gras parsemés de pellicules. Et dans le cas de François-Yves, c'est pire que la deuxième option. Il sentait l'écurie. Je suis au Polo depuis ma plus tendre enfance, les filles, mon père m'a offert un yearling pour mes douze ans, je sais de quoi je parle. Je comprends très vite que, vu son allure, on ne va pas dîner dans un gastro. Effectivement, il me sort en bombant le poitrail qu'il a réservé au Bistro Romain. (Noé fait une pause, revivre ce moment est douloureux.) Au Bistro Romain ! Je ne savais même pas qu'il y avait un service de réservations ! Bref, on entre dans le restaurant, j'avais l'impression d'être entourée de mouches, on s'assoit en bordure de la baie vitrée et là...

— Tu te casses ?

— Il rote ?

— Quelqu'un passe dans la rue et te reconnaît ?

— Il me dit avec un grand sourire entartré que tout est à volonté.

— Je vais engueuler mon mari, Noé. Je suis confuse. Luc m'a affirmé que Fr-Yv était le seul fréquentable de la famille. Je ne comprends pas.

Gab déverrouille son portable. Aucun message. Agacée, elle le glisse dans sa poche et se venge sur Noé.

— Cet homme est génial. Pour une fois que tu ne tombes pas sur une caricature de nouveau riche.

— Excuse-moi, Gab, mais moi j'aime les stéréotypes de nouveaux riches. Je suis une caricature de blonde du XVIe et je ne veux surtout pas changer.

— La suite...

— Il a commandé, il a mangé, il a bu...

— Des détails, Noé, tu es chiante.

— Les mouches, c'était plus une impression. Elles étaient trois hyperactives. Ça te suffit ces détails ou je développe ?

Clarisse exige des précisions.

— À six mois, Tadeo mangeait plus proprement. Il suce son couteau, il met ses deux coudes sur la table et au moment de payer, sa carte bleue ne passe pas. Trop de dépenses dans le mois ! Une selle neuve, une nouvelle casaque, une tonne de foin... Inutile de lui vanter les mérites d'une carte bancaire déplafonnée, Gold n'évoque chez lui que des vieux tubes des années 80. Il faut que ça tombe sur moi.

— Quel mufle ! Tu veux que j'appelle mon mari ? Que je lui demande des explications ?

— Laisse tomber, Jeanne. J'ai survécu à ce *Fear Factor*.

Gab consulte son portable. Elle aurait juré sentir le vibreur.

— T'imposer un endroit sordide et se faire inviter, ce type est un génie.

— Je suis rentrée chez moi à vingt-deux heures trente, j'ai pleuré jusqu'à minuit en regardant *L'Étudiante*, j'ai pris un Temesta, j'ai rêvé de Vincent Lindon et le lendemain matin j'ai apporté ma robe chez le teinturier avec des gants stériles.

— Et ce cul-terreux ose te rappeler ? Je suis vraiment désolée, Noé.

— Tu n'y es pour rien, Jeanne.

Clarisse se lève et vide son sac, une contrefaçon Louis Vuitton marchandée cinquante dinars sur une plage de Tunisie.

— Quelle plaie ces fourre-tout !

Après avoir sorti un parapluie pliable, un portefeuille, un porte-cartes, un porte-monnaie, trois porte-documents, un porte-clés, trois stylos puis leurs trois capuchons, une poudre compact, un crayon anticernes, un rouge à lèvres indice de protection 15, un pinceau, un paquet de chewing-gums homéopathiques, une boîte de Doliprane, du Spasfon-Lyoc, une tablette d'Esperal, des paquets de

Kleenex, les derniers *Voici* et *Marie-Claire maison*, un dessin de Gaspard représentant une dame au téléphone, un homme devant un ordinateur, un enfant face à la télévision, sa légende dévastatrice « Mes vacances de Noël », Clarisse attrape son Blackberry.

— J'en ai un autre pour toi.

— Laisse tomber, ce n'est pas grave, trouver le grand amour, c'est peut-être has been.

— Hector. 39 ans. Divorcé, une fille de sept ans. Archi archi archi...

Le visage de Noé s'illumine.

— Blindé ?

— Tu ne peux pas imaginer à quel point.

— De ce côté-là, je n'ai aucun problème d'imagination.

— Jet privé, Maybach avec chauffeur polyglotte en costume sur-mesure et dents céramiques.

— Il y a anguille sous roche. Son ex-femme ?

— Elle a eu un accident de voiture, elle est devenue tétraplégique...

Noé grimace, ce nouveau dossier devient glauque.

— J'ai une éthique, Clarisse.

— C'est elle qui est partie. Elle est tombée amoureuse d'un paraplégique dans sa clinique de rééducation en Suisse et elle a quitté son mari.

— C'est moche...

— Il est seul. Jeune, riche et seul.

Noé fait quelques pas. Dans le passé, les plans de Clarisse ont été totalement calamiteux.

— Pourquoi il s'intéresserait à moi ?

— C'est un stakhanoviste, il n'a pas une seconde à lui. Après avoir sauté une hôtesse de l'air de British Airways, une hôtesse de l'air de la Lufthansa et une hôtesse de l'air d'Iberia, il se retrouve comme un con dans son palace à jouer avec sa Xbox et à voir filer ses plus belles années. Vous avez exactement le même profil, Noé. Il veut refaire sa vie et rêve d'avoir d'autres enfants.

— La dernière fois que tu m'as présenté un homme qui voulait refaire sa vie, je me suis retrouvée face à une caméra dans un lit avec des menottes.

Gab hésite puis à contrecœur renvoie un SMS au Danois. « *My phone was broken. I hope you did not send me message. See you very soon. XXX.* » Nul.

— Hein ?
— Pas un mot de ça dans ton film.
— Pas un mot sur quoi ?
— Rien, Gab. Si tu as mieux à faire, sors. On te garde l'appart...

Gab éteint son portable et le planque sous son matelas. *Fuck the Danish* !

Noé défait son foulard. Opium envahit l'espace. Elle-même est incommodée.

— Comment l'as-tu rencontrée, cette perle rare ?

— Je dois organiser l'anniversaire de son patron, la cinquième plus grosse fortune indienne. Il veut louer Versailles. Budget illimité, on doit rendre les propositions mi-mars. Bien sûr, je ne suis pas la seule sur le coup. Trois autres boîtes d'événementiel sont dans les starting-blocks.

— Il est où dans ton histoire ?

— Bras droit.

— Factotum ? C'était trop beau.

— Son boss pèse vingt milliards d'euros, Noé. Chez lui, les serpillières sont en cachemire triple fils et il a son propre satellite pour téléphoner. Hector gère toutes ses affaires pour l'Europe de l'Ouest.

— Physiquement ?

— Ténébreux.

— Vilain ?

— Typé.

— Indien ?

— Black.

Ébranlée par cette révélation, Noé a des yeux de hibou.

Gab s'excite.

— Noé n'aime pas les Blacks.

— Tu vas un peu vite en besogne. Il est noir Corneille ou noir Noah ?

— Il est noir, pas chanteur.

Noé réfléchit. Comment réagira son fils si elle ramène quelqu'un de couleur à la maison ? En revanche, elle est sûre que son ex-mari en crèverait.

— Si ça se passe mal, il ne faudrait pas que ton projet en pâtisse.

— On a passé beaucoup de temps ensemble, au départ il était sur la défensive puis, un jour, il est venu au bureau, quand il a vu la photo de Paul et de Gaspard en fond d'écran, il s'est lâché. C'est un type bien, il fera la part des choses.

*

* *

Noé bondit de son tabouret Ikea et tire Clarisse par le bras.

— Mets-nous de la musique, Gab. J'ai envie de danser.

Gab se lève et fouille dans un des cartons Déméco.

— Rock, rumba, cha-cha-cha, madison, lambada, tango, hip-hop, krump, tecktonik, air guitare...

— Clarisse, une préférence ?

— Un slow. Je suis trop naze.

— J'ai à votre disposition du Black Label Society, The Black Dahlia Murder, Black Pearl, Black Francis, Black Sabbath, The Black Crowes, Black Rebel Motorcycle Club, Black Lips, Black Stone Cherry, Black Flag, Black, Gus Black, The Black Seeds, The Black Angels, Frank Black, Black Bomb A, Black Strobe, Natural Black, The Black Keys, Black Light Burns...

Noé se trémousse.

— Tu as piqué la collection d'un serial killer ?

— J'ai une autre caisse avec Bérurier Noir, Les Yeux Noirs, Noir Désir...

— Oublie tes CD, mets RFM, ça fera l'affaire.

Gab branche la radio et disparaît dans la cuisine. *Fuck the Danish* !

Clarisse se rassoit, elle n'est pas d'humeur.

Noé entame une chorégraphie poussive sur François Feldman et ses *Valses de Vienne*. Elle essaie d'entraîner Jeanne. En vain.

— Et toi, ma Jeanne, quoi de neuf ?

— Pierre marche, Marie est propre, Bernadette refait pipi au lit et Joseph est amoureux de la fille de ma voisine de palier.

Clarisse prend un ton faussement affable.

— C'est captivant.

— Moque-toi, la fille de ma voisine de palier a dix-huit ans, elle est gothique et se balade avec un énorme rat sur l'épaule.

— Et vous gardez ces gens-là dans votre immeuble ?

— Son père est le numéro trois de la Société Générale, l'immeuble lui appartient.

— Tu n'as qu'à planquer de la mort au rat.

— Ce n'est pas un rat d'égout, Noé, il a un imperméable Burberry et un diamant à l'oreille qui ferait pâlir d'envie Mouna Ayoub.

Noé ondule les bras et les épaules.

— À votre place, je déménagerais.

— On s'est ruinés en travaux, les enfants ont chacun leur chambre, ils adorent l'école et Luc est à deux stations de son travail... La gamine va bien finir par clamser d'une overdose.

Jeanne se signe en attendant d'aller à confesse.

— Et Luc ?

Jeanne bat des cils.

— Je l'aime.

— C'est adorable, Jeanne. Vous êtes mignons tous les deux. Rares sont les couples qui résistent au tir groupé de quatre enfants.

— Après tant d'années, nous avons préservé nos sentiments de l'usure, de l'habitude. En grande partie grâce aux enfants.

Clarisse adresse un bâillement d'ennui à Jeanne.

Bibi chante *Tout Doucement*. Trop lent, trop flippant. Noé éteint la radio et repart sur le convertible au ralenti.

— À part tes gosses et ton mari, Jeanne, tu es heureuse ?

— Elle est conne, ta question.

Clarisse crame une cigarette.

— Elle est vitale. Je ne picole plus, je ne baise plus. Mon bonheur, il est où ? Quand je me fais draguer par un minet, quand je dégonfle les pneus des taxis pour me venger des interminables heures d'attente, avec mon ostéo qui ne réalise pas le mal que je me donne pour trouver des nuisettes différentes à chaque consultation, avec mon fils, dans mon travail, dans mon lit où je ne fais que dormir ? Il est où, le désir ? Il est où, le plaisir ? Le mariage est un irrémédiable plongeon vers le renoncement, un crachin qui fait chier tout le monde mais qui ne remplit pas les nappes phréatiques. La solution, c'est d'observer ceux qui sont malheureux, qui souffrent vraiment, qui crèvent à petit feu, et de se dire : « quelle chance j'ai ! »

Gab arrive avec un grand saladier fumant.

— Farfalle à la truffe blanche et aux champignons pour oublier vos soucis... Vous n'êtes pas obligées de vous sauter à la gorge le jour de mon anniversaire.

— « Clarisse n'est pas heureuse. » Ce serait un bon titre, qu'est-ce que tu en penses ?

— À l'ouest rien de nouveau. Clarisse n'est pas heureuse, pas plus que Noé, toi et moi. On s'en balance, Jeanne, on ne va pas se plaindre.

— Moi, je crois en l'avenir et je remercie le ciel...

— Si tu veux réciter un bénédicité avant de te goinfrer, fais-le vite, ça refroidit.

— Vous ne me comprenez pas, on ne parle pas le même langage. Moi, je raisonne à long terme, la quête du bonheur occupe toute une vie.

— Toi, Jeanne, tu t'épanouis dans la quête du bonheur, moi, je veux prendre mon pied tout de suite.

Noé en rajoute.

— Ils t'ont bien lavé le cerveau.

— Vous ne voyez pas la réalité en face. Clarisse broie du noir. Vous savez pourquoi ? Elle ne couche plus avec Paul.

— Ma libido ne te regarde pas, Jeanne.

— Noé est persuadée que tant qu'elle ne convolera pas en secondes noces avec un mec aussi riche que Steve Jobs, elle sera en situation d'échec. Gab croit atteindre la plénitude en collectionnant des amants louches. Vous vous gourez sur toute la ligne, les filles. Vous êtes futiles, capricieuses, impatientes. Pour vous, le bonheur, c'est le plaisir immédiat. Mais c'est un leurre. Le plaisir est un miroir aux alouettes.

— Laisse tomber, Jeanne, on est irrécupérables.

— Que Luc ne me touche pas pendant des semaines ou qu'il regarde avec envie une fille dans la rue, je suis heureuse parce que j'ai Pierre, Bernadette, Joseph ou Marie dans mes bras. Leur amour me comble.

Noé humecte ses lèvres comme si elle étalait un poison mortel.

— Moi, quand j'ai Tadeo dans mes bras, ce qui est de plus en plus rare, je vois un petit merdeux que son connard de père est en train de détruire.

— Quand je prends Gaspard dans mes bras, je le hais d'avoir bouleversé l'équilibre de mon couple, mais je hais autant son père d'avoir changé à ce point depuis sa naissance.

— Les pâtes sont froides.

— Je n'ai pas faim, Gab, désolée.

— Noé ?

Noé serre les abdominaux et tend son assiette à contrecœur. Combien de lipides dans cette sauce écœurante ?

Clarisse griffonne son agenda avec nervosité. Demain, elle entame sa deuxième semaine de sobriété et son septième mois d'abstinence.

— Tu étais très bien dans *Julie Lescaut*.

— Ne te sens pas obligée, Clarisse, d'abord je suis sûre que tu ne m'as pas vue, et de toute façon tu n'as rien manqué...

— Paul l'avait enregistré, le magnétoscope est la seule chose qu'il touche à la maison. Je l'ai visionné avant de venir.

— Et tu as d'autres projets à part ton scénario qui nous concerne toutes ?

— Un rôle de pute muette, une journée de tournage. Une pub portugaise pour des chewing-gums à la menthe extraforte, je fais la course avec deux nains sur un toboggan. Deux jours. Vous avez le droit de compatir.

— C'est déjà très bien, Gab, il y a des milliers de comédiennes qui ne tournent pas du tout.

— Ça ou rien...

— C'est au moment où tu t'y attendras le moins que tu décrocheras un rôle de folie.

Noé a avalé une demi-farfalle en dix minutes.

— À midi, j'ai croisé Lindon à l'école. Il a chuchoté un « Bonjour, ça va ? » absolument délicieux. Ce type a un charme fou. Je te l'ai dit, Gab, surtout tu n'hésites pas. Si tu penses qu'il y a un rôle pour lui, je peux dégainer dans la journée.

— Il est dans mon agence, Noé. Son agent déjeune un jour sur deux avec le mien. C'est plus correct de passer par la voie officielle.

— C'est bon pour les seconds couteaux. Tu dois montrer ce que tu as dans le ventre. Si tu attends gentiment les bras croisés devant ton téléphone, personne ne t'appellera à part tes vieilles copines et les standardistes de l'Ifop.

Clarisse écrase avec hargne son mégot dans son assiette.

Noé fait défiler l'écran de son Palm.

— A priori, je revois Lindon après-demain.

— C'est trop tôt, Noé.

— Juste pour prendre un café, tu lui demandes conseil.

— Je préfère d'abord avoir mes comédiennes.

— Tu me connais, Gab, je ne suis pas le genre à m'emballer, si je te dis que je le sens, c'est qu'il a envoyé des signaux forts. Discrets mais forts, c'est tout son talent. Petits sourires en coin, clignements de paupière intempestifs. Ni arrogant, ni bonimenteur. Ce n'est pas facile pour lui de se faire une amie parmi ces mères de famille curieuses et mauvaises langues. Mais il sait juger son monde, il a vu que je n'étais pas la groupie hystérique de base.

Clarisse est excédée par ce qu'elle entend.

— Je ne suis pas certaine que Gab veuille se griller auprès de Vincent Lindon.

— Paye-toi un mec, Clarisse, il faut que tu réagisses. De ne pas baiser, ça commence à te taper sur le système. Moi j'ai un sex toy et ça me suffit pour l'instant, Jeanne est comblée par l'amour de son prochain, mais toi tu dérapes.

Clarisse se réfugie dans les longs bras de Gab.

— Il n'y a pas de honte, Clarisse, il faut absolument que tu arrêtes de te miner. Paul ne te touche plus, tu ne peux pas rester inerte.

Gab dédramatise.

— J'ai régulièrement recours à mon vibromasseur à picots rotatifs acheté à La Redoute. Au départ, j'étais contre, je trouvais ça sinistre, finalement ça dépanne et c'est plutôt ludique.

— Le mien est signé Marc Jacobs. Waterproof, phosphorescent et il parle en anglais. « *Yes, yes, you like that, you feel it, you like my big dick* ». Il ne remplacera jamais les caresses, les baisers, la tendresse, mais il est efficace.

Jeanne se redresse et essaie d'érotiser sa posture de cachalot.

— Je préfère mes doigts à n'importe quel godemiché high-tech. L'idée que ce sont des piles qui stimulent mon point G...

Clins d'œil successifs à Noé puis à Gab. Rien en retour.

Jeanne sombre au fond du canapé. Elle est déçue qu'une telle révélation laisse ses amies indifférentes.

*
* *

Entrez le code PIN : 7171. OK. Un message reçu. Bref moment d'excitation. « *Bonne nuit. Bisous. Christophe.* » Gab déchante et rejoint Jeanne en pleine digestion sur le convertible.

Noé les mitraille avec son nouveau portable.

— Tu es sublimissime, Jeanne. C'est dingue ce que tu es photogénique !

— Tu veux dire que c'est étonnant avec ce cul énorme d'avoir un visage correct ? Tu trouves ça incohérent ?

— Pourquoi tu dis ça, Jeanne ? Je te fais une déclaration d'amour et tu me fais un procès d'intention.

Noé interrompt son shooting et s'assoit sur les genoux de Clarisse.

— Tu as les os pointus comme du silex, Noé. Demain, j'aurai des bleus sur les cuisses.

Noé pince gentiment la joue de son amie.

— Votre couple traverse une crise, Clarisse, c'est classique.

— Tu crois me consoler en disant que je suis banale.

— Déjà, tu as les cheveux betterave et ce n'est pas courant. Ou tu persévères, ou tu dépéris.

— Je suis mariée, Noé.

— Avec Paul, je sais, et tu lui as juré fidélité.

— Devant l'archevêque de Lyon.

— Amen, Jeanne.

— Je ne peux pas tromper Paul. Je ne *peux* pas. Ma conscience me l'interdit.

— Et ton cul ?

— Mon cul ? Il implore qu'on s'occupe de lui.

— Depuis quand tu... vous...

— Le soir des résultats du premier tour de l'élection présidentielle de 2007. Paul était archi-nerveux,

il a bu des Coronas et après les premières estima-
tions, il m'a sauté dessus.

— C'est tous les cinq ans, Clarisse. Tu te vois
attendre jusqu'en 2012 ?

— Gaspard est trop petit. Il a besoin de son père.
Divorcer serait la solution de facilité.

— Je te remercie pour la solution de facilité. Ilario
ne m'a pas vraiment donné le choix. Il m'a tripotée
jusqu'au jour où nous sommes passés devant le juge
et quand il jouissait, il criait les noms de ses maîtresses. Je préfère de loin la chasteté.

Gab lève le ton.

— Personne ne parle de divorce, Clarisse. Un
amant de temps à autre, il n'y a pas de quoi en faire
tout un plat.

— Tu es trop libérée pour moi, Gab. Dans mon
monde, il y a des règles, des principes, une parole
donnée. Même si Paul est déficient, il est loyal.

— Un homme qui se refuse à sa femme pendant
presque un an est tout sauf loyal.

Gab adore ces histoires. Elles la confortent dans
son opinion sur le mariage.

— Si ça se trouve, il te trompe.

— Paul n'est pas du tout branché sexe.

— Tu es naïve, Clarisse, tous les hommes sont
branchés sexe, surtout ceux qui s'en défendent. La
testostérone a le dernier mot. Il a beau se brimer, se
contraindre, prendre sur lui, jusqu'à quarante-cinq
ans, un homme est un appareil génital aux aguets.

— Et si Paul l'apprend ?

— Pas la peine de le crier sur tous les toits.

— Je ne sais pas mentir, Gab, j'ai beaucoup de
défauts mais je suis entière, je déteste les non-dits,
les coups tordus. Si Paul découvre la trahison, il me
traînera devant les tribunaux et je le mériterai.

— Paul est inoffensif, Clarisse.

Gab repense à sa dernière nuit avec Gianluigi. Torride.

— Et tu as essayé de faire le premier pas ?

— Des centaines de fois. Mais il refuse. Même les massages. Il est toujours crevé. Dès que je l'effleure, il se braque, invoque un mal de tête, de dos, de dent et il finit sur le canapé du salon.

— Et pendant la nuit, une petite turlutte, tu comptes sur l'effet de surprise, je suis sûre que ça marcherait.

— Tu ne te rends pas bien compte, Gab. Si je m'aventure dans la nuit noire sous la couverture, il pourrait être violent. Je pense à la tortue que Gaspard avait cachée dans notre lit. En un éclair, il l'a jetée au sol, écrasée d'un coup de talon et balancée dans le vide-ordures.

— Achète-toi un déguisement de Lara Croft.

— Je cherche à exciter mon mari, Gab, pas mon fils.

— Un uniforme d'infirmière,

— Sa grand-mère était infirmière, il la vénère.

— Tu devrais aller au contact, Clarisse. Une claque. Il te répond. Un coup de pied dans le ventre. Il te pousse. Tu l'empoignes, il se débat, tu hurles, il te mord, tu l'insultes, vous vous embrassez...

— Tu as vu trop de navets, Gab. Le rapport amoureux n'est pas un vulgaire film de kung-fu.

— Il faut être aérienne, légère, excuse-moi, Jeanne. Les hommes aiment le changement. Lolita le matin, maternelle à midi, femme forte l'après-midi, fatale le soir et salope la nuit. J'en suis incapable, et Ilario me l'a beaucoup reproché. Il faut les sortir de leur torpeur, les surprendre.

— Je n'ai aucune envie que mon Dunlopillo devienne un tatami. Je ne suis pas assez cruche pour croire qu'un concours de bras de fer peut faire bander mon mari.

— Tu as raison, Clarisse. Ces rapports de force sont ridicules. Laisse du temps à Paul, il a besoin de tranquillité.

Jeanne bâille, suivie de près par Gab et Clarisse.

— Tu as fouillé dans ses affaires ?

— Son portable et ses relevés bancaires sont clean. Pas un e-mail douteux, pas d'odeur suspecte, pas de cheveu étranger, aucune trace. Le pire, c'est que depuis quelques semaines, il a changé. Plus rien ne semble l'intéresser. Tout l'indiffère, même son fils, alors vous imaginez sa femme. Lève-toi, je t'en supplie, Noé, j'ai l'impression d'avoir des broches dans les fémurs.

Noé s'exécute, s'adosse au mur et plie ses jambes en vérifiant sa trotteuse. Elle doit tenir cinq minutes. Son exceptionnel quatre-vingt-quatre centimètres de tour de hanches est le résultat de simples exercices de gainage.

Jeanne a fini les macarons Picard bien qu'ils ne soient pas entièrement décongelés.

Puis Gab.

— Et si Paul était devenu homo ?

— Jamais.

— Pourquoi ce serait impossible, Clarisse ?

— Parce que je ne veux pas entendre ça. L'imaginer se faire enfiler... J'aime autant qu'il me trompe avec les copines retraitées de ma mère.

— J'approuve Gab, il a tout simplement viré de bord.

— Vous êtes des chiennes, les filles, je vous parle de la Bérézina de mon couple et vous traitez Paul de fiote.

— Il n'y a rien de désobligeant à se faire enculer, Clarisse. Je crois que si j'étais un mec, je serai gay jusqu'au bout des ongles. Tu ne vas pas me dire que tu ne plains pas ces pauvres hétéros qui sont condamnés à nous lécher le minou avec entrain. Tu imagines leur courage, leur abnégation.

— Parce que tu trouves que leur faire des pipes, c'est agréable ?

— Si Paul se fait sodomiser, c'est qu'il doit aussi sucer.

Les yeux de Clarisse deviennent plus menaçants qu'un flash-ball.

— Je n'aurais jamais dû vous en parler.

— Gab a raison, Clarisse. Paul prend son pied et toi tu t'interdis tout pour une question de morale.

— J'adore quand tu m'expliques la vie, Noé. Trois ans que tu n'es pas foutue de te trouver un mec. On est obligées, Jeanne, Gab et moi de t'organiser des rencards. Tu es libre, blonde, tu n'as pas un millimètre cube de cellulite et tu pourrais financer le film de Gab rien qu'avec ton budget épilation. Je n'ai plus confiance en moi, je ne plais pas. Si j'avais voulu tromper Paul, je n'y serais pas parvenue, personne ne s'est jamais proposé.

— Tu es super.

Clarisse noie son mégot dans la cannette de Coca.

— Super, ça ne veut rien dire. Si mes meilleures amies, mes plus fidèles alliées, ne trouvent rien d'autre que « Tu es super » pour me donner la pêche, c'est que je suis bonne pour la casse.

— Tu es drôle, pétillante, vive, dynamique, originale...

— Généreuse, intègre...

Noé et Jeanne sont à bout d'arguments.
Gab saute sur Clarisse.

— Super, quoi...
— Arrête, Gab, je ne supporte pas les chatouilles.
— Je vais t'organiser un plan avec Christophe.
— Il est étudiant... J'aurais la sensation de faire un détournement de mineur. Arrête maintenant, je vais choper un torticolis.
— L'autre soir, il m'a dit qu'il te trouvait charmante, c'est un bon début, non ?
— Je refuse l'échangisme, Gab.
— Je n'échange rien, je fais un don. Je t'en fais profiter avant de le remettre sur le marché.
— Mais j'aurais l'impression que tu es là, entre nous deux.
— Je n'ai pas envie d'un plan à trois, Clarisse. Si tu as une aventure avec Christophe, je disparais de sa vie.
— Si Lindon me conviait pour un plan à trois, j'accepterais volontiers. Je crois même que ça m'exciterait. Il y aura du cul dans ton film, Gab ?
— Si vous continuez, il sera classé X.

Jeanne intervient.

— Vous ne voulez pas parler d'amour une fois de temps en temps ?

Gab lui tend un reste de marbré Savane.

— Christophe est jeune et pas insensible à ce que Clarisse représente, elle serait vraiment idiote de ne pas en profiter.

Cette révélation arrache un sourire à Clarisse.

— Cette expérience pourrait ruiner notre amitié.

— Ce serait un bon test.

— Tu ne crois pas que ton film, c'est déjà un énorme test ? Tu ne penses pas que s'il y en a une de nous quatre qui peut être rassurée *ad vitam æternam* sur sa cote, c'est toi, Gab.

— Ce film est une déclaration d'amour, mesdames. Je ne vois pas pourquoi à chaque fois, vous m'en parlez comme d'une menace, un coup de canif dans notre histoire d'amitié. J'écris sur ce qui m'inspire. Vous m'inspirez. Point barre. Maintenant, pour ce qui est de Christophe, je n'en ai plus rien à cirer.

— Donc ce n'est pas par amitié que tu me fais ce cadeau, mais tu te sers de moi pour te débarrasser de ce pauvre garçon.

— Au lieu de t'apitoyer sur lui, fonce. Je me fous de Christophe, en revanche je me sens concernée par ta parano et je te donne sur un plateau l'occasion de t'en sortir.

— Si l'odeur de bouse de vache et les frites à volonté te branchent, tiens, voici le portable de François-Yves.

— Je ne peux pas tromper Paul, Noé. Si je joue avec le feu, je vais me brûler.

Gab adorerait monter sur les planches. Elle grimpe sur la table. Sa tête touche le plafond.

— *La fidélité, c'est une vive démangeaison avec défense de se gratter.*

— Ce n'est pas parce qu'une fois, tu vas gratter ton allumette ailleurs, que tu vas faire tout flamber.

— Le sujet est clos, Noé.

— Arrête, chérie, c'est l'enfance de l'art.

Gab redescend de son perchoir.

— La prochaine fois que je vais à un speed dating, je t'emmène avec moi. 95 % des mecs qui fréquentent ces endroits viennent pour emballer.

— M'offrir au premier venu ?

— Tout de suite les grands mots... personne ne te forcera, Clarisse. Tu fais ton marché, si tu as un coup de cœur ou un doute de dernière minute, tu abandonnes ton Caddie avant de passer à la caisse. Crois-moi, le shopping n'a jamais rendu une fille malheureuse.

— C'est quand ta prochaine fiesta ?

— Jeudi prochain. Au Blue Cargo, boulevard Beaumarchais. Tu vas faire un carton.

— Qu'est-ce que je vais dire à Paul ?

— Ne prends pas cet air accablé, tu viens de nous dire qu'il se fichait de ton emploi du temps.

— Jeudi prochain, jeudi prochain ? Il faut que je voie avec la baby-sitter... au pire je demande à ma mère. Ma mère, ma mère, impossible... Elle serait capable de m'envoyer un certificat médical avec accusé de réception.

— Du calme, Clarisse. Ce n'est pas la première fois de ta vie que tu fais garder Gaspard.

— C'est la première fois de ma vie que je lui mens.

— Pour la bonne cause. Tu diras que Jeanne n'a pas le moral et qu'on organise une petite soirée.

— Et pourquoi elle n'aurait pas le moral ? On n'invente pas un bobard aussi facilement, il faut que je sois crédible, c'est trop grave.

— Ma mère est aux soins intensifs.

Clarisse, Gab et Noé s'empourprent.

— Pourquoi tu ne nous l'as pas dit plus tôt, ma chérie ?

— Pardon, Jeanne.

— Je suis navrée. Elle est comment ?

— Proche de la fin. On prie beaucoup pour son salut, elle devrait rejoindre l'au-delà dans la douceur et la paix, grâce à Dieu.

Jeanne ne laisse passer aucune émotion.

— Je suis un bon alibi. Fais-moi confiance. Même si ça n'est pas chrétien, je suis prête à mentir à la terre entière pour que tu retrouves ton joli sourire.

Noé ouvre son poudrier. Que voit-elle ? Des pattes d'oie, des grosses joues, un teint gris. Une divorcée désœuvrée en quête d'un homme idéal. Une pauvre fille sous coupe-faim et Xanax.

— Je peux venir avec vous ?

— Ne le prends pas mal, Noé, mais la clientèle est beaucoup trop junior pour toi.

— Je sais que je suis la doyenne du groupe, vous me le faites suffisamment remarquer, pour autant et ne vous en déplaise, les hommes jeunes m'apprécient particulièrement. Quand je passe devant Janson-de-Sailly, c'est l'émeute. Et je dois avouer que d'être matée par des adolescents n'est pas si désagréable que ça. Souvenez-vous des copains du frère d'Ilario, ils venaient à la maison uniquement pour me faire du gringue. J'avais de la chair fraîche de vingt ans à disposition et j'ai été assez stupide pour ne pas en profiter.

— Les copains du frère d'Ilario vivent dans des baraques plus grandes que La Lanterne, ils changent de voitures comme ils changent de tocantes et s'achètent un nouveau Riva à chaque pleine lune...

— Tu ramènes tout à l'argent, Clarisse.

— Boulevard Beaumarchais, ils ont une carte orange multizone et les plus vernis s'offrent une heure de pédalo au mois d'août.

Noé vérifie sa silhouette dans le miroir de plain-pied. Elle ne trouvera pas l'homme de sa vie dans ce genre d'endroit.

*
* *

Gab est assise en tailleur. Elle a caché son portable sous la pile de linge sale et s'est imposée de ne pas le consulter avant le lendemain.

Elle s'apprête à ouvrir ses deux cadeaux. L'écrin luxueux de Noé, le paquet chiffonné de Jeanne.

— Vous êtes dingues, les filles, à chaque fois vous me gâtez beaucoup trop...

Clarisse est gênée. Elle a reçu son bouquet dans l'après-midi. De chaleureux remerciements de la part du directeur de la communication de Warner Music. Elle leur avait organisé une soirée pour le lancement du nouveau single d'Élodie Frégé. Un dîner avec deux cents invités sur une péniche avec un mini-concert de l'artiste. Une réussite. Warner Music veut retravailler avec Clarisse, surtout le dir'com, un petit homme maigrelet avec les oreilles en choux-fleurs, une clé USB en pendentif, un Bluetooth à l'oreille, un GPS au poignet et son MP3 à la ceinture. L'androïde l'appelle trois fois par jour pour prendre de ses nouvelles.

— Je suis navrée ma grande, je n'ai pas trouvé ce que je voulais, j'ai pensé que des fleurs... C'était un bouquet ou du champagne... Étant donné ma fragilité extrême, j'ai eu peur de t'offrir une bouteille vide. C'est banal, convenu, déprimant, je me rattraperais pour tes vingt-huit ans.

Gab jette un coup d'œil sur le bocal en verre. Les tulipes ont soif, elles déclinent à vue d'œil.

Clarisse se cramponne aux accoudoirs et essaye un sourire qui se transforme en un étrange rictus. Le sevrage provoque des palpitations. Elle se sent minable. Vite, une cigarette.

Noé cale son dos à nouveau contre le mur, les jambes pliées à 90 degrés.

Gab hésite.

— Je sens que tu as fait une folie, Noé.

— C'est minuscule.

— Justement, c'est ça qui m'inquiète. Chaque année, c'est plus petit et chaque année c'est de plus en plus inabordable.

Gab se bat avec le nœud du bolduc et finit par soulever le couvercle. Elle déplie le papier de soie et tombe sur une photographie. Discret froncement sur ses rides du lion.

Noé prend l'air pincé, elle a une douleur atroce aux quadriceps mais elle tient la pose.

— Tu seras livrée avant le 5. C'est un fauteuil de metteur en scène qui peut très bien être utilisé par un scénariste. Il y aura ton nom gravé en Felix Titling sur le dossier. J'ai pensé que ça pourrait te porter chance. Au mieux tu le prendras sur le tournage, au pire ça te servira de chaise d'appoint quand tu nous reçois. Tes poufs en fausse fourrure sont immondes.

Gab s'approche de Noé et la plaque contre la cloison.

— Tu m'aimes ?

— Oui, je t'aime.

— C'est certain, tu ne m'en veux plus pour ce film ?

— Éloigne-toi un peu, Gab, j'ai l'impression que tu vas me rouler une pelle.

— Mon scénario ne t'inquiète plus ?

— Je l'ai toujours en travers de la gorge. Mais je me suis fait une raison. Un destin comme le mien mérite d'être porté à la connaissance d'un large public. Alors, applique-toi quand tu auras ton postérieur sur ce fauteuil.

Jeanne prend la parole.

— L'année dernière, je t'avais offert un panier à essorer...

— Ton panier est chez ma gardienne et, grâce à toi, j'ai mon courrier avant midi.

Le rictus de Clarisse évolue lentement dans la bonne voie. Sa concierge croule aussi sous les cadeaux de Jeanne.

Gab secoue le paquet, elle craint le pire.

Un tee-shirt noir estampillé d'une photo de Jeanne, Clarisse, Noé et elle, il y a quinze ans.

Gab est émue, elle déplie le vêtement.

Noé interrompt son gainage. Se voir si belle, si jeune, si prometteuse est un choc. Elle venait de fêter ses vingt ans, elle était la plus belle de Dauphine.

Clarisse n'avait pas revu ce cliché depuis des années. Son cheveu sur la langue, ses taches de rousseur, sa chemise western, elle collectionnait les timbres et les pierres volcaniques.

Jeanne est méconnaissable en rockeuse alternative. À dix-sept ans, elle avait créé un groupe heavy metal. Les *Permissive orgasm* avaient atteint une notoriété certaine. Pas une soirée HEC, Science-Po ou Sup de Co réussie sans les hurlements blasphématoires de son leader.

Et Gab, déjà si grande et déjà en débardeur noir.

Noé lève son verre d'eau plate avec solennité.

— Je voudrais porter un toast aux dix-huit millions de célibataires français et surtout aux quatre millions de Parisiens. Parmi eux, il y a forcément mon idéal masculin, mon double, ma moitié, un aventurier, financier, protecteur, paternel, charmeur, fidèle... (Noé boit une gorgée et remonte le verre vide au-dessus de sa tête.) Je voudrais porter un toast à Salomon qui n'a pas percuté que notre histoire était une mascarade et qui persiste à m'envoyer des fleurs tous les matins. Je voudrais porter un toast à l'inventeur génial des *free hugs* qui donnent une bonne raison de sortir de chez soi pomponnée et d'espérer que le grand amour est au coin de la rue. Je voudrais porter un toast à Marc Jacobs qui déploie tout son talent pour rendre une femme abandonnée très séduisante. Je voudrais porter un toast à Gab. Tu es la seule fille qui a presque dix ans de moins que moi et dont je supporte la compagnie, tu es une artiste et j'ai beaucoup d'admiration pour ce que tu fais et ce que tu entreprends. J'espère que ton film verra le jour, avec ou sans mes secrets, avec ou sans mes nombreux défauts, avec ou sans Lindon, avec ou sans mon intervention. Je préférerais avec, mais ça, je crois que tu as capté. Lindon serait parfait pour Ilario, très crédible pour Paul, pas mal du tout en Luc. Au pire, il pourrait faire une apparition en guest star pour le rôle de ton Danois hypertrophié. Je l'ai vu torse nu l'autre jour à la télé et j'en salive encore. Gab, je voulais surtout te remercier pour ton initiation aux barquettes surgelées. Je ne suis jamais allée chez Picard de ma vie, j'espère ne jamais y mettre les pieds mais grâce à toi, je me suis rendu compte que ma nouvelle cuisinière ne foutait rien de la journée. Clarisse, après toutes ces années, tu continues à m'épater, tu balances des trucs que personne n'oserait dire, tu as un fils génial d'autant qu'il me trouve sublime, tu fais des choix capillaires radicaux, tu vas peut-être me présenter l'homme de ma vie... Je suis certaine que les choses vont s'arranger avec Paul. D'après mon astrologue, Vénus et Mercure déboulent dans ton signe, tu devrais moins en baver dans les prochains mois... Ma Jeanne, tu es une force de la nature magnétique et lumineuse, si tu étais mon ennemie, je te traiterais de vache à lait rétrograde et intégriste. Tu l'as donc échappé belle. Tu n'as qu'un seul défaut, tu faisais partie du comité de soutien de Ségolène Royal, et là j'avoue, je ne te suis pas. Cela dit, je suis mal placée pour juger tes opinions, je vote pour les Verts depuis que je me suis fait dépuceler par un militant Greenpeace dans une crique sauvage de Formentera. Sachant que la climatisation chez moi est en partie responsable des pics d'ozone de l'Île-de-France, je ne jugerai pas les convictions et les motivations de chacune. Je suis fière de vous, épatée que notre amitié surmonte nos différences et nos disputes. J'espère que dans un siècle, il y aura une plaque commémorative en souvenir de notre amitié. « Ici Clarisse, Gab, Jeanne et Noé se sont connues et ne se sont plus jamais quittées. » La gloire ne viendra pas de moi, ni de Jeanne, ni de

Clarisse, je compte donc sur ton film pour nous immortaliser. Voilà... Je voudrais qu'on arrive à se voir davantage. Je vous aime très fort et si je ne venais pas de faire une permanente et une teinture des cils, je crois que je pleurerais.

23 mars

Jeanne se souvient de Saint-Honoré-d'Eylau bondée. Deux cents proches ou connaissances lointaines ont fait le déplacement. Les hommages se succèdent au micro. Le cercueil arrive recouvert de lys blancs, le portrait de sa mère sur l'autel, le son des orgues. L'assistance est submergée par le chagrin, Luc lui broie la main, il trempe sa cravate, son pantalon en velours tout neuf, il se mouche par intermittence dans les lingettes qui ont servi à essuyer les régurgitations de Pierre. Jeanne garde les yeux secs. Elle reste imperturbable. Elle n'aimait pas sa mère, elle ne l'a jamais aimée.

Jeanne se souvient de Noé en fourreau dentelle noire Dolce&Gabbana dont le nouveau portable avait joué *I want your sex* de George Michael en plein milieu de la prière aux morts. Gab, effrayante, avec son manteau en skaï noir racheté à l'habilleuse d'un téléfilm de vampires diffusé sur Arte. L'arrivée tardive de Clarisse, terrassée par un rhume, dont la première quinte de toux avait créé un vide sanitaire autour d'elle. Le visage de Pierre dans sa poussette-canne, Marie jouant à la marelle dans l'allée centrale, Bernadette qui lui demandait pourquoi tout le monde était triste, et enfin Joseph, qui faisait un caprice pour qu'on ouvre la boîte.

Après la cérémonie, des dizaines de personnes défilent pour présenter leurs condoléances. *Quelle femme formidable... on pouvait compter sur elle... une amie irremplaçable...* La connaissaient-ils, s'agissait-il de la même personne ?

L'interphone.

Jeanne ferme le robinet, s'essuie les mains à son tablier et décroche le combiné mural entouré de dessins, de collages, de peintures, de Post-it, d'ordonnances, de cartes postales, de calendriers de l'avent, de factures, de numéros d'urgence...

— C'est Clarisse. Active, je meurs d'envie de faire pipi.

Jeanne entrebâille la porte d'entrée et retourne à ses fourneaux. La cuisine est la pièce qu'elle préfère. Une table à rallonge conviviale. Un large plan de travail en inox. Baby Cook, stérilisateur, chauffe-biberons, réhausseur, transat. Un showroom Beaba. Partout, sur les étagères, les livres de recettes offerts par sa belle-famille. Réfractaire, au début, aujourd'hui elle les connaît par cœur.

Clarisse déboule dans la cuisine. Ses cheveux ont poussé mais la couleur a dramatiquement viré.

— Je sais, je suis verte. Pablo prétend que c'est assorti à mes yeux.

Jeanne. Sans conviction.

— C'est écolo, j'adore.

Clarisse apprécie l'odeur du festin. Une odeur de famille unie, de mère au foyer bienveillante, de profonde harmonie.

— On sonne, j'y vais.

88

Noé, outrageusement maquillée, honteusement parfumée, prend une expression douloureuse en voyant Jeanne.

— Ça va, ma chérie, tu tiens le coup ?
— Impeccable.
— Quel courage, quelle dignité. Je t'admire, Jeanne. Je pense que tu es la plus solide de nous toutes.
— Je n'ai aucun mérite, je n'ai jamais pu la saquer.
— Tu ne peux pas dire ça de ta mère.
— Une mère soutient, conseille, guide, apprend, gâte, dorlote, éduque et souhaite le meilleur pour sa fille. J'ai fait ce que j'avais à faire, la messe était splendide, les fleurs hors de prix, le prêtre charismatique, les gens ont bien chialé, personne n'a regretté le déplacement. J'espère qu'elle repose en paix.
— Tu aurais dû lui pardonner avant qu'elle s'en aille.
— Partir pour toujours, c'est de loin sa meilleure action.

Noé pâlit malgré ses heures de lampe.

— Je suis la première ?
Clarisse surgit dans le salon.
Noé, bouche bée, cherche à faire sortir un son.
Clarisse lui retire sa cape en astrakan.
— Je pensais que ça te plairait ?
Noé essaie de retrouver son calme.
— Tu es retournée chez ces voyous ?
— Pablo pense que...
— Mon Pablo ?
— Ton Pablo, darling.
— Celui qui fait payer un relookage 250 euros ?

— Tu as droit à un prix d'ami, moi j'ai déboursé 300 euros pour avoir une laitue sur le crâne.

Noé s'effondre sur le canapé, elle évite *in extremis* un anneau de dentition recouvert de Pansoral et un doudou qui devait être un ours dans une vie antérieure.

— Voyons, tourne-toi. De ce côté... De l'autre... Et de dos... Penche-toi... Remue... De face... Finalement, ce n'est pas mal du tout. Au premier abord, il y a un effet de surprise, mais après quand on comprend toute la symbolique, l'influence néo-punk rock goth, le parti pris insolent, sauvage, underground... Pablo est vraiment doué.

— Qu'est-ce que tu peux être snob, Noé.

— Je prends ça pour un compliment, Clarisse.

Jeanne présente le plateau pour l'apéritif. Pruneaux au lard, olives aux amandes, canapés de saumon fumé et ciboulette.

Noé découvre les ramequins avec effroi.

Clarisse se cale dans un fauteuil taché dont l'odeur de vomi est à peine couverte par le parfum de Noé.

— Où sont tes enfants ?

— Dans leurs chambres. Pierre et Marie dorment, Bernadette joue à la dînette et Joseph finit de regarder un Télétubbies.

— Moi, si je laisse Gaspard trente secondes seul dans sa chambre, il envoie les meubles par la fenêtre.

— Tadeo refuse de rester seul. Il a une nounou qui joue avec lui depuis sa sortie de la maternité. Désormais, la même nounou sert de punching-ball, de gardien de but, de chevalier intergalactique et de tapis volant.

Jeanne entame les pruneaux au lard.

Après moult hésitations, Noé ose une olive.

— Je voudrais tellement avoir un autre enfant.

— Tu détestes déformer ton corps, darling. Tu nous as toujours dit que l'amour filial demeurait un mystère...

— Tadeo adore les bébés, Clarisse.

— Il dit ça uniquement pour t'embêter. Grazziella enceinte ! Souviens-toi de ta réaction.

— Dans la rue, il regarde les poussettes.

— Achète-lui un baigneur qui dit arheu et épargne-toi beaucoup de complications. Il est déjà jaloux d'un enfant qui va naître et tu en rajoutes.

Le sujet enchante Jeanne.

— Aucun de mes enfants ne se jalouse, Clarisse.

— Ça n'a rien à voir avec Tadeo. Vous êtes deux pour les élever. Dans ces conditions, c'est facile de donner des leçons.

— Tu dis ça parce que tu es fille unique, Clarisse.

Noé repose l'olive.

— J'aurais aimé avoir un grand frère. Confident, complice, protecteur. Aujourd'hui, il me présenterait ses copains et je ne vivrais pas mon célibat comme une maladie incurable.

— Quand je vois Paul avec ses sœurs, ça ne fait pas envie. Quand tu nous racontes comment Salomon traite ses sœurs, ça fait froid dans le dos. Crois-moi, Noé, en règle générale, les fratries sont essentiellement une source de disputes chez le notaire au moment de la succession.

Jeanne jauge Clarisse avec dédain.

— Tes médocs te rendent hilare.

— Jeanne, rassure-moi, quand tu remets un vieux Babygro de Joseph à Pierre ou quand tu refiles à Marie les poupées chauves de sa sœur, tu ne penses pas qu'ils sont floués ?

— Je les initie à la générosité et au recyclage. Pour toi, c'est peut-être ringard, superfétatoire, moi je trouve au contraire que ce sont des valeurs d'avenir.

— Tadeo ne veut jamais remettre deux fois les mêmes habits.

— Avec tout le respect que je te dois, Noé, Tadeo est un cas particulier. C'est le seul gamin au monde à avoir eu des bavoirs Marc Jacobs sur mesure.

— Dont Jeanne a hérité, me semble-t-il...

Jeanne se lèche les doigts. À la tête d'une famille nombreuse, elle a la fâcheuse tendance à tout lécher.

— Les enfants, c'est le bonheur absolu. Quoi que vous en disiez pour noircir le tableau, quand je recycle les affaires de Joseph, je suis émue parce que je vois la vie qui passe, les acquisitions de chacun, leur évolution... Le chemin parcouru. Le miracle de la vie, c'est merveilleux.

— Toi et Luc vous avez forcément un chouchou. Un avec lequel vous avez plus d'affinités ?

— On les aime tous autant, Clarisse.

— Allez, Jeanne, dis-le nous. Gab n'est pas là et on peut enfin se lâcher. Luc préfère Bernadette ou Marie, et toi tes garçons ?

— Ce que tu dis est révoltant. Toi, tu es incapable d'en aimer un seul.

Noé se racle la gorge pour s'éclaircir la voix. Son haleine sent Obsession.

— C'est peut-être celui-là qui sera le plus heureux.

*
*   *

Gab, combinaison antipluie et casque intégral customisé.

— Je suis désolée, les filles, j'avais un rendez-vous très important, il est arrivé super en retard. Vous auriez dû commencer.

Jeanne se met sur la pointe des pieds, elle tente de lire le sticker au sommet du casque. « Non à la Turquie dans l'Europe. » Son sang ne fait qu'un tour.

— Je trouve ça honteux, Gab. Honteux, honteux, honteux !

— Je m'excuse, Jeanne, je ne pouvais pas t'appeler, je n'avais plus de batterie. Désolée, désolée, désolée !

— Tu prônes la haine entre les peuples, Gab, tu es dangereuse.

Clarisse et Noé se regardent incrédules.

— Tu y vas un peu fort, Jeanne. Je t'assure que je connais des racistes ultra-ponctuels.

— Gab peut être accusée de tous les maux sauf de celui-là. S'il y en a une de nous qui donne dans l'exotique, c'est bien elle.

Gab soulève sa visière et envoie un baiser à Clarisse.

— Je suis contente de te voir. Tu as meilleure mine que la dernière fois. C'est cool, le vert.

Gab retire son casque. Main droite dans la wax pour aplatir.

— C'est bon d'être là. J'ai une faim de loup. Tu nous as encore préparé un festin, Jeanne ?

Pas de réponse.

— Allez, ma puce, tu ne vas pas faire la tronche... Tu as raison, j'aurais pu appeler d'une cabine.

— Je ne veux pas ce genre de message chez moi.

— Quel message, bordel ?

— « Non à la Turquie dans l'Europe » ! Quelle ignominie.

Clarisse évite de sourire.

— Gab est une artiste, elle expérimente plus qu'elle ne revendique.

— Elle fait du prosélytisme, Clarisse, c'est pire.

— C'est celui d'un copain, je n'ai pas de thune en ce moment, tu sais très bien que je ne pige rien à la politique.

Gab reprend son casque et l'étudie sous toutes les coutures.

— C'est la première fois que je le regarde. Je te jure, Jeanne. Je n'avais pas remarqué qu'il y avait des autocollants partout.

— Alors, arrache ce slogan ignoble, change de copain ou demande-nous de l'argent. Tu n'as pas le droit de te trimballer avec ça sur la tête.

La patience de Gab a des limites.

— Et celui-là, tiens, lis-le, Jeanne.

— « 36 15 ANAL. »

— Tu ne trouves pas plus choquant d'allumer des pervers refoulés ?

— Plus personne n'utilise le Minitel, Gab. Tes pervers surfent avec des webcams.

— Noé a eu des tongs UMP tout l'été dernier, tu n'en as pas fait tout un flanc.

— Pardon, mais ça n'a rien à voir. Je les ai achetées uniquement parce que le vendeur était beau comme un joueur de polo...

— Tu peux t'affubler d'un bob Force Ouvrière, d'un pin's Medef, d'une musette Phonak, d'un bandana Médecins du Monde, d'un tee-shirt à l'effigie du Che, de Ribéry ou de Superman mais pas de racisme. Tu es instrumentalisée et tu ne t'en rends pas compte.

Noé ouvre son portefeuille et tend sa plus petite coupure, un billet de 200 euros.

Gab est à cran.

— Je ne veux pas de ton argent, merci, Noé.

— Tu me le rendras quand ça ira mieux.

— Ça va très bien, j'attends un gros chèque... gros pour moi... un téléfilm que j'ai tourné l'année dernière en Belgique. Deux semaines de figuration, le rôle de ma vie.

Jeanne resserre le chouchou autour de sa queue-de-cheval.

— Ce qui me rend folle, c'est que tu n'as pas voté.

— J'étais en tournage à Prague, je te l'ai dit cent fois.

— Les procurations ne sont pas faites pour les chiens.

— Je m'y suis prise trop tard, *mea culpa*.

— Tu es intermittente du spectacle, Gab, tu devrais te sentir plus concernée.

— Je me sens concernée par mes plans cul, mes plans vacances et mes plans bouffe. Le reste vient après.

— Des femmes se sont battues pour...

— Tes arguments me rappellent ce qu'on me rabâchait quand je ne finissais pas mon assiette, pense à tous ces enfants qui meurent de faim... Au secours, Jeanne.

— Tu as de mauvaises fréquentations, Gab.

— Je dis que je ne vote pas, que je n'ai jamais voté et que je ne voterai jamais, je dis que je ne suis jamais allée à l'église à part pour ta mère et je me demande pourquoi tu as organisé tout ce cirque si tu ne pouvais pas l'encadrer, je dis que je mène une vie de luxure et de débauche avec des hommes mariés des quatre continents et je dis qu'une de mes meilleures amies est une catholique pratiquante militante PS impliquée dans la vie associative de sa paroisse et qu'ils auraient dû procéder à une enquête de moralité avant de te laisser distribuer des tracts parce que s'il y a quelqu'un autour de cette table qui a de mauvaises fréquentations, c'est vraiment toi.

Gab tente de retrouver son calme. Quelques pas dans le couloir à la recherche d'une cachette pour le casque de la discorde. Le porte-parapluies est trop étroit, la chaise, bancale. Elle ne voit que cette poupée Hello Kitty génétiquement modifiée et recouverte de Ketchup.

Jeanne gobe un pruneau au lard sans mâcher.

Ne sachant pas quelle attitude adopter, Noé mord dans une olive.

Clarisse joue avec son briquet, elle préfère ne pas parler politique. Sa première rencontre avec Nicolas Sarkozy remonte à une conférence sur la culture au Showcase du pont Alexandre-III quelques semaines avant les élections de 2007. Elle avait été traînée là-bas par la directrice du marketing d'Universal. Contre toute attente, ce fut un moment inoubliable. Elle buvait ses paroles, s'émerveillait de ce discours intelligent et limpide. Elle était en symbiose parfaite. Elle faisait abstraction de l'assistance. Chaque mot lui était destiné, chaque plaisanterie lui était adressée. Après la conférence, Sarkozy avait serré des mains, embrassé des visages aussi dégoulinants que le sien, elle s'était approchée, écrasant le pied de Jean d'Ormesson au passage. Nicolas lui avait tendu la main, elle l'avait empoignée, elle était gênée, séduite, sous le charme. Le candidat était reparti au pas de course dans un salon privé pour recevoir quelques personnalités. L'avait-il remarquée ? Clarisse était conquise.

Deux jours après, Clarisse assistait à un débat sur les femmes avec Simone Veil. Sarkozy était là, sous ses yeux. Il lui parlait à nouveau. Clarisse l'avait applaudi de plus en plus fort. Elle avait remonté sa minijupe. Allait-il se dire : « C'est la femme du Showcase. Qui est-elle ? Que fait-elle dans la vie ? » Il agitait les bras et faisait trembler le pupitre. À la fin de la réunion, le rituel des poignées de mains moites et des bises mouillées a recommencé. Dans la bousculade, Clarisse est tombée en arrière. Elle pensait l'avoir raté mais il s'est penché vers elle pour l'aider à se relever. « Faites attention, mademoiselle, je ne serai pas toujours là. » Des éclats de rire. Un battement de cils énamouré. Puis le brouhaha du départ. La salle vide, les chaises abandonnées. Clarisse était restée sonnée. Elle s'était assise sur le fauteuil du candidat. Elle avait regardé le décor, les affiches, les slogans. Elle s'était jurée de le revoir. Place de la Concorde, il était si loin. Comblé, grave, elle l'avait senti perdu. Juste après son élection, elle avait joggé dans le bois de Boulogne à la recherche d'un cortège présidentiel en Nike et Ray Ban. Malgré toutes ses tentatives, elle ne l'a plus jamais croisé et elle n'a pas réussi à se faire inviter à la garden-party. Aujourd'hui, dès qu'il apparaît à la télévision, Clarisse est encore troublée.

Gab et Jeanne se sourient enfin.

— Vous parliez de quoi avant que je jette un froid ?
— Des enfants, de l'éducation...
— En gros, je n'ai rien loupé.
— Tu traînais avec qui ?

C'est Noé.

— Ton ex-mari.

— Quoi ! Ilario est à Paris ? Quel enfoiré, il n'a même pas appelé son fils.

— Guy Bedos jouera Ilario.

— Qu'est-ce que je t'ai fait, Gab ? Pourquoi tu me traites ainsi ?

Jeanne. La bouche pleine.

— Noé ne s'est jamais tapé de vieux.

— Je n'ai jamais dit le contraire. Mais, moi, j'imagine mon personnage marié avec un homme beaucoup plus âgé qu'elle. C'est ma liberté d'auteur.

— Et la suite ? Autant que je sois au courant. Tadeo est trisomique, ma mère a un Parkinson et je fréquente les clubs échangistes lesbiens avec ma bonne philippine ?

— Ça lui fait quel âge à Bedos, maintenant ? Je l'ai vu l'autre jour à la télé, il a pris une secousse.

Noé. Ébranlée.

— Je voue une haine sans borne à Ilario, mais je voudrais que dans ton film, il ressemble à quelque chose. Ce serait une grosse erreur de casting, Gab. Je te rappelle qu'Ilario attire les femmes comme personne.

— Bedos est totalement craquant. Cheveux blancs, l'œil coquin, la voix cassée, désabusé, résigné...

— Puisqu'il excite Jeanne, tu n'as qu'à lui donner le rôle de Luc.

Jeanne glousse.

— Bedos peut faire rire.

— Quand il parle politique dans un one-man-show, Jeanne. Mais il ne fera pas rire en missionnaire sur une actrice de trente ans de moins que lui.

Gab défend son idée.

98

— Quand il jouait au théâtre dans la pièce écrite par son fils, il donnait la réplique à une jeune femme blonde et plantureuse, ça passait très bien.

— Elle jouait sa nièce et il ne la culbutait pas, que je sache.

Jeanne doit bien admettre qu'elle est larguée.

— Bedos a un fils ?

— Je l'ai croisé l'autre soir au Baron, je l'ai trouvé canon.

Jeanne, un wagon derrière.

— C'est quoi le Baron ?

— On devrait organiser des dîners-rattrapage pour Jeanne.

— Pas besoin de me balancer à la gueule votre immense connaissance de Paris by night, les filles.

— Tu ne perds rien, Jeanne. Je croise les mêmes qu'il y a dix ans chez Castel, au Paris Paris, au Mathi's, avec leur tête de profs, de rentiers, de branchés version Grévin. Il ne fait pas bon traîner la nuit. Quand je les vois à la recherche d'une nouvelle jeunesse, brancher tout ce qui bouge, sniffer, ricaner à des blagues qu'ils ne comprennent plus et afficher leur autosatisfaction pour cacher leur délabrement physique, je te garantis que les fins de soirées sont sinistres.

— Sortir une fois de temps en temps avec vous, ça me plairait. Histoire de danser, de faire les folles comme au bon vieux temps.

— Ça n'existe pas, le bon vieux temps, ma chérie. Aller en boîte à notre âge, c'est mettre un pied dans la tombe.

— Ça ne me dit pas où est le Baron.

— 6, avenue Marceau. Pas loin de l'église Saint-Pierre-de-Chaillot. Quant à Nicolas Bedos, il est ultra-sexy.

Gab s'assoit en tailleur sur la moquette devenue en quelques années un tapis de jeu. Pas la force d'intervenir. Elle laisse Clarisse s'exciter toute seule.

— Une bouche mortelle. Je le kiffe grave...

Noé. Hautaine.

— Reprends-toi, Clarisse. Tu as le vocabulaire de Diam's, tu me fais de la peine.

— J'ai le droit de trouver un type mignon.

— Certainement. Mais tu n'es pas obligée de slamer. Et, tu m'excuseras, Bedos Junior n'arrive pas à la cheville de Benchétrit.

Jeanne se retient, la question : « Qui est Benchétrit ? » pourrait l'exclure définitivement du groupe.

— Piqûre de rappel pour Jeanne qui a été jeune dans une autre vie. Benchétrit est un acteur écrivain réalisateur. Branché, rebelle, poseur et faussement timoré...

— D'ailleurs, il serait épatant en Ilario. Sarde ténébreux, érotisme insensé. Le poil dru, noir, dense... Je ne sais pas pourquoi, j'ai toujours été imberbe mais là... (Noé se radoucit.) Sa pilosité est complètement aphrodisiaque.

Clarisse et Jeanne échangent un regard complice. Si Noé commence à fantasmer sur des hommes de dix ans plus jeunes, elle restera longtemps éloignée du nirvana.

— Je croyais que tu voulais d'abord finir d'écrire, puis boucler le casting des filles avant de t'attaquer à celui des hommes...

— Des producteurs ont lu la première version, ça leur a plu, ils ont mis une option et ils cherchent un réalisateur.

— Tu pourrais appeler quand tu as des nouvelles de cette importance.

— Je n'ai pas dormi depuis deux semaines, j'ai tourné à Luchon dans une pub pour Chavroux, le Danois a fait son come-back, mon scooter est tombé en panne, il fallait signer les contrats, faire des listes de réalisateurs. Je ne sais plus où donner de la tête, je suis sur un nuage...

— Raison de plus pour nous en faire profiter.

Noé enchaîne, hargneuse.

— Et pour Bedos ?

— J'ai eu une opportunité.

— Tu parles d'une opportunité.

— Ilario est un ancien ponte de la mafia amnistié et reconverti dans l'art contemporain. Bedos est évident.

— Ton film est un traquenard, Gab. Je ne vais pas supporter d'être livrée en pâture à des milliers de spectateurs. Je refuse d'être la géronto de service.

Gab inspire un grand coup avant de tremper ses lèvres dans le champagne.

Clarisse s'accroche à son verre. L'appel du whisky est tenace.

— Le mieux serait que tu nous le fasses lire. Je me fiche de la façon dont tu traiteras mon personnage mais je comprends les craintes de Noé. Notre imagination nous joue des tours. On se voit une fois par mois, tu nous en parles vaguement, on s'interroge sur le nom des actrices, on en sait trop ou pas assez.

— Si tout le monde met son grain de sel, je vais perdre le fil, Clarisse.

Noé s'électrise.

— Tout le monde ? Quel culot ! Je te signale que si ce projet existe, c'est grâce à nous.

— Je n'ai jamais dit le contraire, Noé.

— Tu nous exploites, Gab. Tu pourrais te sentir un peu solidaire de mes angoisses. Là, tu déboules en pilote des 24 heures du Mans et tu m'annonces que je suis mariée à un vieux chnoque de la Cosa Nostra. Mets-toi à ma place.

Gab ne bronche pas.

Noé est chargée en ions négatifs.

— Je comptais sur ton film pour me rebooster, Gab. Je ne pourrais pas supporter d'avoir le mauvais rôle.

— Tu n'as aucun souci à te faire, beauté, je te le promets.

Clarisse préfère parler business.

— Tu touches combien ?

Jeanne a de la ciboulette partout entre les dents.

— Ça ne nous regarde pas, Clarisse.

— C'est bon, Jeanne, je n'ai pas l'intention de faire un contrôle fiscal à Gab. Je demande parce que je connais ce métier et les tarifs en vigueur. Je veux vérifier si son agent l'a bien défendue et si ces producteurs sont crédibles.

— 10 % du prix de cession.

— Ça ne nous dit pas combien.

Jeanne finit par s'asseoir, tant pis, le rôti sera sec.

— Sois plus claire, Gab. Le seul calcul que je sais faire, c'est compter les mesurettes de lait Guigoz chaque matin.

— 75 000 euros pour mon scénario.

— Pas mal.

— Pas mal, Clarisse ? Pardon, Gab, je ne sais pas ce qui se pratique généralement mais 500 000 balles pour quatre nanas qui passent leur temps à se raconter, ça me paraît énorme.

— Je ne toucherai cette somme que lorsque le film se fera. En attendant j'ai droit à une option de 7 500 euros, les producteurs ont une année pour trouver un financement.

Noé, plus que jamais arrogante.

— Pourquoi ils s'appellent producteurs s'ils n'ont pas de blé ?

— Plus aucun producteur ne prend de risque. Seules les chaînes de télévision investissent en vue de leur prime time. Il leur faut une comédie familiale, consensuelle et surtout un casting béton.

Furieuse, Noé sort le dernier *Studio* de son Paris Bombay en autruche turquoise et le brandit sous le nez de Gab. Lindon, mal rasé, sourcils froncés, la cigarette nonchalante, les bras croisés, la cravate dénouée.

— Regarde-le bien dans les yeux, Gab. Tu vois ce que tu rates si tu ne le prends pas. Je t'en supplie, ma chérie, je t'en conjure, revois ta copie pour moi.

*
* *

Gab feuillette le magazine avec détachement. Il est hors de question de subir les caprices et les lubies de chacune. En aucun cas, son film ne soulagera la misère affective de Noé.

Jeanne passe un moment délicieux. La soirée s'éternise, les enfants jouent, Luc rentrera très tard, Lindon a un charisme fou et Bedos doit dormir à poings fermés.

Clarisse vide son verre d'eau, la Volvic a un goût de terre. Elle suce un Fisherman's Friend. La menthe a une odeur de terre. Elle renifle. Noé embaume la terre.

— Comment as-tu pensé à Bedos ?

Noé arrache le journal des mains de Gab. Vingt pages sur son idole, ce numéro est collector.

— Dis-nous surtout comment tu vas arrêter d'y penser.

Noé surjoue son soupir.

Gab poursuit.

— La semaine dernière, j'ai accompagné un copain cameraman au tournage de *Vie Privée Vie Publique* présentée par Mireille Dumas.

Noé, people malgré elle.

— Elle est comment Mireille Dumas ? Pardon, Gab, continue, je t'en supplie.

— L'émission traitait des blessures de l'enfance...

— Si tu ne veux pas que je t'interrompe toutes les cinq secondes, il va falloir que tu sois plus précise. D'où tu sors ton cameraman ?

— Jip, un ex avec qui je remets le couvert de temps en temps. Vous ne le connaissez pas, moi très peu, mais il est extrêmement persuasif. C'est bon, Noé, ou tu veux connaître sa pointure ?

Noé ne réagit pas, la liste des ex de Gab est impressionnante.

— Il y avait plein d'invités dont je n'ai aucun souvenir et Guy Bedos. Barbe blanche, costume sombre. Je l'ai trouvé affecté, pas du tout frimeur, plutôt *low profile*, et plus je l'observais, plus je me disais qu'il était Ilario.

— Je n'arriverais jamais à m'y faire.

— Après l'enregistrement, l'équipe a été conviée autour d'un repas, je voulais partir, Jip devait absolument rester et je me suis retrouvée en face de Bedos. Je l'ai observé pendant tout le repas, il a mangé du gratin de courgettes et une lamelle de comté, bu quelques verres de vin rouge, fumé deux cigarettes...

— On s'en fout de ce qu'il a dans le tube digestif, Gab, abrège.

— Il ne m'avait pas adressé la parole du dîner. J'étais en train d'attaquer une crème brûlée et il me dit tout à coup que je suis le portrait de sa première femme. Il est bouleversé. Je souris, je me présente et on parle jusqu'à quatre heures du matin. Il apprécie ma franchise. Je ne lui épargne rien. L'écriture de mon scénario, les projets de mes producteurs, les contacts avec les chaînes. Je lui avoue même que je l'ai toujours trouvé antipathique, très cabot dans son registre politique. Il est parti en me donnant son adresse et en me précisant que je lui avais donné l'envie de refaire du cinéma.

Jeanne pose sa tête sur l'épaule de Gab.

— C'est une super-belle histoire, j'en ai la chair de poule.

— Vous êtes vraiment bon public, les filles.

— Excuse-moi, Noé, je ne suis pas blasée. Je trouve que Gab a de l'énergie, du tempérament, de l'ambition, je me revois à son âge et je me dis que j'ai souvent laissé passer le coche.

— Moi aussi, Jeanne, à vingt-sept ans, j'avais de l'énergie à revendre. Je venais de me marier avec un redoutable businessman, je vivais dans un pays dont je ne maîtrisais pas la langue et je devais diriger une PME de dix employés de maison hostiles. Je ne me souviens pas t'avoir vu frissonner quand j'évoquais mes problèmes d'intendance.

Noé creuse les joues. Dès qu'elle évoque son ex-mari, elle enfle.

Jeanne renonce à sa réputation de cordon-bleu. Elle doit embrasser Bernadette et Joseph mais elle ne peut sous aucun prétexte manquer une minute de cette conversation.

— Et tu as d'autres pistes pour ton casting ?

— Arielle Dombasle pour Noé.

Noé bondit.

— C'est de l'acharnement, Gab. Tu avais juré de me soumettre ta liste.

Jeanne sourit tellement que l'on aperçoit sa luette.

— Le choix de Bedos est audacieux mais l'idée de Dombasle est géniale.

— C'est vrai que tu lui ressembles.

— Mêle-toi de ce qui te regarde, Clarisse.

— Tu devrais être fière d'être mon héroïne, Noé.

— Je ne tire aucune fierté de ton film, Gab chérie. Je connais mes névroses et je n'ai pas besoin qu'on les filme en 35 mm pour guérir. Ma psy s'en charge.

Gab, imperturbable.

— Arielle est une évidence.

— Je n'irai pas voir ton film. Tu es prévenue.

Clarisse tente une conciliation.

— J'ai eu affaire à Arielle Dombasle, l'année dernière à Marrakech. Elle était la marraine d'une soirée de bienfaisance que j'organisais pour je ne sais plus quelle cause. Elle est adorable.

— Très séduisante, beaucoup d'humour, chevelure de lionne, tout droit sortie d'une BD de Kiraz. Je l'ai rencontrée par hasard. J'étais invitée à l'inauguration d'une boutique de thés...

— Tu n'as jamais bu de thé de ta vie, Gab.

— J'avais promis à Zang de passer.

— Est-ce que ça t'arrive de passer une journée sans croiser un de tes ex ?

— Zang était écœuré de ne jouer que des rôles d'escrocs chinois, il a arrêté les castings et a décidé de vendre des décoctions à Saint-Germain-des-Prés. Il connaît Arielle depuis longtemps, elle est passée, il nous a présentées et on a sympathisé autour d'un Darjeeling Himalaya.

— Elle n'a quand même pas trente-six ans !

— C'est pour ça qu'elle serait parfaite, Noé. Arielle n'a pas d'âge et a tous les âges. Elle est à la fois sous contrôle et fantasque. Une diva, une apparition céleste, un fantasme, une estampe... Vous êtes pareilles, Noé.

Noé sort ses ergots.

— Je fais plus que trente-six ans ? C'est ça, Gab ?

— Au contraire, je te dis que tu es intemporelle.

— Tu essaies de me dire que j'ai pris un coup de vieux ?

— J'abandonne, Noé. Tu es trop chtarbée.

— C'est pour cette raison que j'ai des rides. Mon hypophyse envoie des signaux néfastes à mon épiderme et j'ai beau me tartiner de masques aux protéines de soie et de baume Plus Jeune Plus Longtemps, je fripe plus que la normale.

— Tu n'as pas de rides, Noé.

— Parce que je comble toutes les vingt semaines. Clarisse, vindicative.

— Je suis sûre que les hommes détestent les femmes refaites.

— Les hommes détestent les femmes après trente-cinq ans.

— Ceux que tu fréquentes, Noé. Les hommes bien n'attachent aucune importance à ces histoires de date de naissance.

— Foutaise, Jeanne. As-tu as déjà vu un homme divorcer pour se remarier avec une femme plus âgée ? Jamais. Je te donne cinq ans et tu commenceras à te poser des questions.

— Je n'ai pas peur de vieillir, encore moins des rides. Dame nature n'est pas si cruelle. Laisse la chirurgie esthétique à ceux qui en ont vraiment besoin, Noé, et ne te fais pas embaumer vivante.

— Quand Gab a voulu des nouveaux seins, tu n'as rien trouvé à redire. Quand je camoufle mes crevasses, tu montes sur tes grands chevaux.

Gab se sent visée.

— Ça n'a rien à voir, Noé. J'entretiens depuis mon adolescence un très fort complexe d'infériorité par rapport à ma poitrine. J'ai acheté mon premier soutien-gorge l'année dernière, un bonnet A que je dois rembourrer avec du coton. Dans mon cas, il s'agit d'un préjudice physique et moral.

— Quand je fais des piqûres d'acide hyaluronique, c'est aussi pour réparer un préjudice physique et moral.

— Pardon, Noé mais vieillir, ce n'est pas un préjudice. Le refuser, c'est un caprice, une coquetterie, un leurre.

— Tu diras ça à ta copine Arielle, on verra si ton film l'intéresse toujours. Et vouloir des gros seins ? Je sais de quoi je parle, Gab. J'ai mis des prothèses pour faire revenir Ilario, quand j'ai compris que ça ne marcherait pas, je me suis contentée d'acheter des balconnets pour les exposer au monde entier. Un 85D qui me vaut aujourd'hui malgré mes abdominaux en contreplaqué un mal de dos chronique. Belle réussite ! Les hommes me matent pour une poche de sérum. C'est ça, la rançon du succès et si c'était à refaire, je demanderais plus gros.

— Les seins, c'est avant tout pour moi. Je ne veux pas changer de personnalité, je veux juste remplir un peu les chemisiers et ne pas me spécialiser dans les personnages de transsexuels ou de garçons manqués.

Clarisse, pète-sec.

— Si tu commences à aménager le territoire pour les autres, tu te perds, Noé. En t'accrochant à des souvenirs, tu te mens. Qu'est-ce que tu ressens devant ton miroir ? De l'amertume, de la nostalgie... Tu te crois plus désirable en ballon de baudruche ?

— Heureuse ou triste, j'ai la même expression, j'ai des bosses quand je souris, mais je préfère faire retapée que tapée.

— Tu ne pourras plus t'arrêter.

— J'ai l'impression de mieux contrôler mon destin.

— C'est ce que je croyais quand je me suis mise à boire. Tu ne contrôles rien, Noé, tu fuis, tu triches. C'est quoi ton but, qu'on te prenne pour la fiancée de Tadeo ?

— Quand j'avais vingt ans, on répétait que j'étais ravissante, fraîche, que j'avais la grâce. Je voyais de l'envie dans les regards. De la jalousie, de l'admiration, de l'attirance. Je me sentais invulnérable, prête à conquérir le monde. Je n'avais pas peur de sortir sans maquillage, je ne me tartinais pas de crème anti-âge, je pouvais tourner la tête sans penser à mon double-menton, je riais aux éclats sans penser à tous les plis de mon visage. J'ai décidé d'appuyer sur pause.

— Tu ne peux pas intervenir sur ce processus, tu ne fais que l'accélérer. La chirurgie esthétique est une drogue dure, Noé.

— Jamais touché aux acides, aux amphétamines, au LSD, à l'héroïne, laisse-moi au moins me shooter au Botox.

— Tu finiras par repasser sur le billard, tu cours après des chimères.

Jeanne tente une sortie de crise.

— J'ai adoré Dombasle dans *L'Année des méduses*.

Noé se lève, cette olive lui est restée sur l'estomac.

— Je ne savais pas que tu étais une cinéphile, Jeanne.

— Avant les enfants, j'allais au moins trois fois par semaine au cinéma, aujourd'hui je n'ai plus trop le temps...

— Dombasle n'a jamais joué dans *L'Année des méduses*, mais tu es heureuse, c'est le plus important.

Jeanne se lève, abattue. À l'université, elle avait une dizaine d'idées à la seconde, elle rêvait de créer un journal, d'écrire un roman, de faire du photoreportage, d'apprendre l'archéologie, de s'engager dans le syndicalisme. Elle s'imaginait aussi mère de famille comblée. Elle fonce dans le couloir pour coucher les enfants.

Noé est en colère. Personne n'a demandé le récit de sa soirée avec Hector. Elle sort un éventail décoré de la Vierge Marie.

*
* *

Jeanne réapparaît, un gant de cuisine à chaque main.

— Tout le monde dort, on peut passer à table.

— J'ai une de ces dalles.

— Il y a un rôti de bœuf au saké et aux topinambours, un Livarot sur une salade de pissenlits, une île flottante au caramel salé et des tuiles à la mangue.

Noé s'évente de toutes ses forces. L'énoncé du menu lui a fait prendre trois cents grammes.

Jeanne blêmit.

— Qu'est-ce que tu fais, Noé ?

— Je me rafraîchis avec les moyens du bord.

— Tu ne peux pas faire ça avec la Vierge Marie !

— C'est un cadeau de ma femme de ménage, elle va chaque année à Lourdes en pèlerinage et après une croix, une grotte, un flacon d'eau bénite, une bible illustrée et un fanion pour Tadeo, cette fois-ci, j'ai eu droit à un objet plus utile. J'ai chaud, je ne supporte pas de transpirer et mon brushing ne tolère pas l'humidité et comme il est hors de question que je frise et que tu vis dans un appartement surchauffé, je n'ai pas d'alternative.

— C'est une profanation, Noé.

— Ma femme de ménage est plus croyante et pratiquante que toi. Ils vendent ça 20 euros et pour elle c'est énorme. Un peu de respect.

— Tu parles de respect ? Quand je viens dîner chez toi, Noé, je ne me moque pas de Marc Jacobs. Quand tu viens chez moi, je voudrais que tu respectes mes icônes.

— Ce que tu peux être bigote.

— Tu me choques, Noé.

— Moi, ce qui me choque, c'est que tu te formalises parce que Gab a taxé un casque pourri avec un sticker pourri, que tu joues l'effarouchée parce que le ravissant minois de la Vierge me permet de ne pas prendre une suée et surtout que tu sois insensible à la mort de ta mère.

Jeanne déguerpit.

— C'est bon, les filles, tout le monde est crevé, on se calme. Jeanne a préparé un repas gastronomique, Gab nous a enchantées avec ses beaux projets...

Noé, glaciale, lance sa chevelure en arrière.

— Paul a enfin rempli son devoir conjugal ?
— Même pas.
— C'est la nouvelle Clarisse, gentille, courtoise, bien élevée ?

En petites foulées, Clarisse suit Gab dans le couloir et laisse Noé avec ses bouffées de chaleur.

Dans la cuisine, Jeanne vérifie l'assaisonnement de sa salade. Une goutte d'arachide, plus de sel *low sodium*, le seul autorisé depuis sa dernière grossesse et ses problèmes d'œdème qui la condamnent à des bas de contention.

— Ça a l'air succulent, Jeanne.
— Trop cuit, beaucoup trop cuit. Deux heures pour un rôti, c'est de la persécution.

Noé entre dans la pièce, le bœuf carbonisé va sentir Obsession.

— Il y a une place pour moi ?
— Tu manges ou tu nous regardes ?
— Je vais essayer d'avaler quelque chose, mais je ne garantis rien.

Noé essaie de se détendre, ce soir exceptionnellement, elle s'octroiera une cuillère à moutarde de quelque chose de pas trop gras, ni trop sucré, ni trop salé. Mauvais moment à passer.

— Tu as encore maigri, Noé.
— Je sculpte mon corps, Gab.
— Fais gaffe, bientôt tu n'auras plus rien à sculpter.

Après son divorce, Noé s'est jetée à corps perdu dans le sport. Yoga bikram, yoga des yeux, jeet kune do, taido, tai-chi forme yang, boxe énergétique, krav maga, muay thai chaiya et trampoline. Elle brûlait, se consumait, fondait, mais elle gardait une certaine hygiène de vie en conservant un repas équilibré par jour. Lorsqu'elle a appris qu'Ilario se remariait et que l'heureuse élue était enceinte, elle a arrêté toute activité sportive. Elle se nourrit de compléments alimentaires censés répondre à tous ses besoins, elle est irritable, se fatigue vite et a perdu son éclat.

Clarisse dévore. Avec l'alcool, elle avait perdu le goût des aliments, petit à petit, les saveurs reviennent. Elle reconnaît l'ail, le persil, l'huile de noix, le Viandox...

Noé croise paresseusement les jambes.

— Tu as rencontré quelqu'un, Clarisse ?
— Pas ce soir, Noé. Jeanne vient d'enterrer sa mère.
— Tu peux parler sans retenue, Clarisse. Vous êtes plus tristes que moi.
— Pour l'instant, il n'y a rien...
— Tu as retrouvé le sourire, c'est une métamorphose.

Noé tripote son LG Prada, elle pense à cet enfoiré d'Ilario. Il lui aura gâché les dix plus belles années de sa vie.

— Où, quand, qui, comment ?
— Je l'ai rencontré dans le bus.
— Ça ne risque pas de m'arriver. La dernière fois que j'ai pris un autocar, c'était pour partir en classe de neige en Crans-sur-Sierre l'année de mes dix ans. J'ai fait la tronche à mes parents jusqu'au bac.

— J'étais installée au fond, je bossais sur un contrat.

Jeanne tend l'oreille. Des pleurs dans la chambre de Marie.

— Tu avais déjà ton gazon sur la tête ?
— De l'herbe folle.
— Quelle poisse !
— Je venais de terminer mon rendez-vous à la Loco pour ma soirée karaoké avec les représentants Sony, je rentrais au bureau le moral en berne et un homme monte dans le 32, place de la Concorde...
— Comment tu l'as remarqué si tu bossais ?
— Une femme a crié : « Regardez, regardez, c'est Victoria Beckham. »
— Ne me dis pas que tu as levé les yeux pour cette pouffe lyophilisée.
— Elle sortait du Crillon encadrée par trois gardes du corps, je confesse, j'ai regardé, elle était habillée en vert et je dois dire que ça m'a rassurée. Puis il s'est assis juste à côté de moi et m'a souri.
— Et après ?
— Rien.

Jeanne se lève, Marie a eu son rappel ROR il y a une semaine, elle rentre dans la phase critique.

— Je vais mettre un suppositoire de Doliprane à ma fille, je te préviens, à mon retour, j'exige du croustillant.

Noé fait défiler son répertoire. Thérèse Z. Louis de Courch. Manucure Beverly. Pampam. Missou. Elle se demande qui sont ces gens.

114

Gab se sert un verre de rosé.

Jeanne réapparaît un thermomètre à la main. Elle le savonne, le rince, l'essuie avec le torchon qui a servi à nettoyer le saladier.

Fébrile, Clarisse allume une Dunhill verte.

— J'ai fait tomber mon sac.

— Classique.

— Terriblement gênant. J'avais fait le plein de Prozac.

— Ensuite ?

— Je suis devenue livide.

— Merde, Clarisse, invente s'il ne s'est rien passé. J'écris un film, il y a un César à la clé et des droits de remake pour les States.

— Il m'a aidée à ramasser mes affaires, je l'ai remercié et au moment de saisir mon porte-clés, il a sorti le même de sa poche.

Jeanne applaudit.

Noé efface tous ses textos archivés, 98 % sont de Salomon et 2 % de SFR.

— Il ressemble à quoi ton porte-clés ?

— Un nœud marin, ma mère me l'a acheté à Quiberon pendant ma cure postnatale. Au départ, je trouvais l'attention sympa, puis quand j'ai compris que c'était le cadeau de naissance de Gaspard, je l'aurais tuée. Pardon, Jeanne.

— Et ce type l'avait acheté où ?

— C'est ça qui est inouï. À Quiberon, à peu près au même moment. Il était allé en vacances avec ses parents.

— Ce qui est hallucinant, c'est qu'on trouve des gens pour acheter ces saloperies.

— On n'est pas obligé d'avoir un porte-clés plus cher que son appart pour être quelqu'un de bien, Noé.

Jeanne, toute excitée, relance l'histoire.

— Et alors ?
— Il s'appelle John, il vient de York dans le nord de l'Angleterre, il est célibataire, sans enfant, il a vingt-neuf ans, il travaille pour une compagnie d'assurances, il a pris le bus parce qu'il ne trouvait pas de taxi. Deuxième point commun.

Noé repense à la réflexion de Tadeo la semaine précédente. Elle avait bouleversé son emploi du temps pour l'emmener voir le dernier Disney et avant le début du film, dans la salle bondée, il avait crié : « Moi, j'ai deux mamans, nananananère... » Sauvée de la honte par l'obscurité de la salle, Noé avait envoyé un SMS injurieux à Ilario et un SOS à sa psychiatre.

— Vous avez fait quoi après le bus ?
— Il m'a invitée à prendre un pot.
— Tu as accepté ?
— J'avais soif.
— Clarisse, nous t'avons conseillé d'aller voir ailleurs, mais pas d'accepter n'importe quoi avec n'importe qui...
— Et alors ?
— On a pris le verre.
— Où ?
— Au Costes.
— Tu as bu quoi ?
— Tu es chiante, Noé. Moi, un jus de carotte, lui, un jus de tomates sans glaçon mais assaisonné. Il a payé avec deux billets de dix euros...

— Vous avez pris une chambre ?

Clarisse fait une courte pause, face à elle, trois bouches bées.

— L'hôtel était complet.
— Pas de bol.
— On est allés dans les toilettes et on a baisé.

À côté, les pleurs de Marie.
Jeanne. Méconnaissable.

— Elle fait chier cette gamine.
— Une pulsion incontrôlable. En haut, en bas, devant, derrière. J'ai joui comme jamais.

Jeanne suffoque, Noé tremble, Gab a les jambes coupées.
Chacune devra occuper la longue insomnie qui s'annonce.

— Vous étiez dans les toilettes femmes ou hommes ?
— Jeanne, va plutôt assommer ta gosse avant que les flics ne débarquent pour tapage nocturne.
— On ne vous a pas entendus ?
— Je ne sais plus. Je pleurais, je criais... Il a joui deux fois, il bandait toujours. Je n'avais jamais ressenti ça, il m'a mordu les seins.

Noé replace sa bretelle de soutien-gorge.
Jeanne revient en sprintant.

— Que s'est-il passé ?

Noé et Gab en chœur.

— Il lui a mordu les seins.

— Punaise.

— Ça a duré combien de temps ?

— Vingt minutes hard core. Toute une vie de frustration en un instant. J'ai fait des choses dont je ne me savais pas capable. Il m'a fait des trucs, je ne savais même pas que ça existait. Je devenais dingue...

— Moins que nous.

— J'avais l'impression qu'ils étaient deux. Je l'inondais, je me vidais.

— La vache.

— Deux bêtes sauvages. J'étais vierge avant ça, j'ai découvert l'extase.

— Et alors ?

— On s'est écroulés, on entendait des bruits de l'autre côté de la porte. J'ai repris mes esprits. Je n'osais plus le regarder. Je me suis rhabillée et je suis partie en courant.

— Quelle tristesse.

— Tu voulais qu'on échange nos adresses, Jeanne ?

— Un mot tendre, un baiser.

— Clarisse n'est pas romantique, Jeanne. Elle voulait juste se faire tringler, comme toi il y a quelques années.

Clarisse a les yeux dans le vide.

— Et puis quand j'ai vu la tête de Paul en ouvrant la porte...

— Il a dit quoi ?

— Qu'il avait laissé Gaspard à sa mère parce qu'il avait trop de boulot.

— Rien d'autre ?

— Ça faisait un bail qu'il ne m'avait pas parlé aussi longtemps.

— Je ne comprends pas pourquoi tu laisses pourrir la situation.

— Qu'est-ce que tu proposes, Noé ? Un psy spécialisé dans les problèmes conjugaux, un huissier pour qu'il nous regarde pioncer.

— Tu as parlé à sa famille, à ses sœurs ?

— Je ne peux pas les encadrer Gab, j'ai déjà du mal à leur dire « Joyeux Noël » une fois par an, ne m'en demande pas davantage.

— Et son boulot ? Personne n'est à l'abri d'une restructuration...

— La boîte marche bien, ils ont de bons résultats, tu me connais, je me suis renseignée.

— Et si tu ramènes un mec chez toi ?

— Je ne peux pas faire ça.

— Tu veux te spécialiser dans les toilettes des cinq étoiles ?

— Je ne veux rien, Gab. Je veux une vie normale.

— Une couleur de cheveux normale.

— Un gamin normal, un mari normal. Merde quoi, je suis jeune, pas trop hideuse et je vis avec l'Homme Invisible.

Les quatre amies sont hébétées. Jeanne, la première à bouger, saisit l'éventail de Noé et l'agite frénétiquement.

— Tu as mis une capote au moins ?

— Non.

— Tu as fait l'amour avec le premier venu et tu n'as pas pris tes précautions ?

— Non.

— Tu as pensé à Gaspard ?

— Non.

— Tu es folle, Clarisse.

— Tu penses à Tadeo à chaque fois que tu te fais tamponner ?

— Là n'est pas la question. Moi, j'ai toujours une boîte de préservatifs dans mon sac quand j'ai un rendez-vous galant. Tadeo a besoin de moi en bonne santé, je suis responsable.

— Arrête, Noé, je sais que j'ai eu tort de ne pas mettre de capote mais épargne-moi tes grandes envolées lyriques sur la responsabilité maternelle. Tu crois que ressembler à un sac d'os, c'est un signe de bonne santé ?

*
* *

Jeanne range soigneusement les assiettes dans le lave-vaisselle. Ses journées à glander et ses soirées de débauche sont très loin. Demain matin, elle sera réveillée par des pleurs. Elle se blottira contre Luc emmitouflé sous la couette, son sommeil protégé par son masque et ses boules Quiès. Elle l'embrassera sur la joue. Il restera sans réaction. La tête sur son épaule, un « Bonjour mon chéri » conciliant, rien, il changera de côté. Les pleurs s'intensifieront. Pas de regard, pas de câlin, pas de baiser. Le dernier remonte au week-end précédent, sur l'avant-bras et inspiré par sa tarte à la rhubarbe caramélisée. Pierre trépignera dans son lit à barreaux, Marie sentira la merde, Bernadette aura le nez qui coule et Joseph rongera ses ongles de pieds. Le biberon prophylactique de Diargal de Pierre, celui de Marie au chocolat, le bol de Miel Pops de Bernadette, les tartines de Nutella de Joseph et sa brique de lait-fraise. Il faudra éponger la nappe sur laquelle Bernadette a renversé son jus de pomme, changer la couche de Pierre, faire le rot, appeler la pédiatre pour Bernadette, chan-

120

ger la couche de Marie, habiller Bernadette, faire les lacets de Joseph, mettre Bernadette sur le réducteur pour son caca matinal, changer la couche de Pierre, consoler Marie qui a fait tomber sa tétine et que Joseph a piétinée exprès, la rincer, essuyer Bernadette, se laver les mains, retirer les vêtements de Pierre sur lesquels il vient de rendre, se relaver les mains, déshabiller Joseph qui a envie de faire pipi, se remettre la tenue de la veille et de la semaine, attacher Pierre et Marie dans la poussette, les faire taire avec leurs tétines respectives, prendre son regard le plus féroce, vérifier le cartable de Joseph, mettre les manteaux, les bonnets, les gants...

Jeanne ne se plaint pas, elle a choisi cette vie. Elle n'a rien fait, rien tenté pour en dévier le cours. Elle consacre son existence à assurer le bonheur de ses proches. C'est là qu'elle trouve son plaisir et son épanouissement. Elle continue sa route sans aucune autre tentation. Surtout quand elle est confrontée aux états d'âme de Clarisse, de Gab ou de Noé, leurs doutes, leurs névroses, leurs insatisfactions.

— Vous me connaissez depuis longtemps les filles. On ne peut pas dire que j'étais une nana difficile.

— Ce qui était difficile c'était de ne pas t'avoir. Pour nous, tu étais un modèle, pour les autres, l'incarnation de la nymphomane.

— J'avais toujours des capotes.

— Un vrai distributeur.

— Mon premier mec, c'était à quinze ans, le lendemain d'un cours d'information sur le sida.

— Ton deuxième, à quinze ans et un jour.

— La première fois que j'ai fait l'amour avec Luc, c'était chez ses parents à Val d'Isère, je m'étais foulé la cheville. Luc n'avait pas voulu me laisser, la télévision était en panne, on n'avait rien de mieux à faire de l'après-midi même si, pour être tout à fait honnête, au départ, je préférais son frère. Luc a éjaculé en mettant une capote, il était tellement gêné qu'on en est restés là. Le soir, il m'a dit qu'il m'aimait à la folie et qu'il voulait m'épouser. Il avait vingt-cinq ans, moi vingt-deux. On a fait l'amour sans capote et on s'est marié six mois après.

Les yeux rouges, Noé apparaît dans la cuisine. Clarisse se lève et la serre dans ses bras.

— Pardonne-moi, ma chérie.
— Moi aussi, je suis désolée. Je n'ai que vous, les filles.

Jeanne, plus maladroite que jamais.

— Dans trois mois, on sera fixées.
— Merci, Jeanne, dans le doute, désinfecte mes couverts.
— Ce n'est pas ce que je voulais dire.
— Si personne ne dit ce qu'il veut dire, mieux vaut se taire. Allez, Noé, fais-moi un beau sourire, je déteste te voir dans cet état.

Le silence de Noé est interrompu par Gab.

— La première fois, c'était un homme marié dont la femme était enceinte de sept mois et qui refusait de faire l'amour par peur de déclencher une naissance prématurée. Je savais grâce à vous, qu'on demande toute une batterie de tests quand vous tombez enceinte, dont le HIV. Je me suis dit que le mec était clean, ce qui était une énorme ânerie vu qu'il la trompait à la moindre occasion. La deuxième fois, c'était un copain de mon cousin qui n'avait connu que sa main gauche. Il avait dix-sept ans et il a tenu dix-sept secondes. La troisième fois, c'était un acteur.

Noé lève mollement un sourcil.

— Connu ?

— Plus que connu. Je l'ai rencontré à une soirée, il m'a fait un grand numéro de séduction, qu'il devait répéter pour un prochain rôle. Il m'a dit que j'étais la femme de sa vie, qu'il ne croyait plus au coup de foudre mais qu'en me voyant... Lamentable, mais je suis tombée dans le panneau. Monsieur avait une allergie au caoutchouc. C'était sans ou jamais. J'ai choisi la mauvaise option et je garde le souvenir exécrable d'un type vicieux et obscène. Quelques mois après, il participait à une émission contre le Sida. « Sortez couvert, sortez couvert... » Pendant que je me rongeais en attendant les résultats, ce mariole prêchait la bonne parole avec le ruban rouge à la boutonnière.

Noé sort de son mutisme.

— Je suis sûre que tous ces redresseurs de torts, ces grands manitous de la morale et du prêt-à-penser ont tous quelque chose à se reprocher. C'est en donnant des leçons aux autres qu'ils s'achètent une bonne conscience...

Jeanne crispe ses paupières.

— Il faut se méfier de ceux qui sucrent le sucre.

— Tu sais, moi, le sucre... J'hésite à consommer de l'aspartame.

Gab, déconcertée.

— C'est un dicton catho ?

— Une phrase de Lara Fabian.

123

— Ça revient au même.

Clarisse vérifie l'heure. Une heure moins dix.

— Je dois y aller. Depuis quelques mois, ma baby-sitter gagne plus que moi et ça m'exaspère.

— Vous vous êtes bien défoulées, laissez-moi au moins vous raconter ma soirée avec Hector.

Clarisse. Désabusée.

— Il a fait appeler sa secrétaire pour dire que mon projet de fête n'était pas retenu.

Noé se tourne vers son amie.

— Il est reparti à Bombay.

— Je m'en contrefous, Noé. Il peut aller où il veut. Je n'avais pas beaucoup d'espoir mais j'aurais pré-féré qu'il m'appelle lui-même. Je trouve ça gonflé après les moments forts qu'on a partagés. Troisième budget qui m'échappe. Je suis nulle en ce moment, j'ai la tête à l'envers. Paul m'obsède, son inconsé-quence, son mutisme. J'ai beau me creuser les méninges, je n'arrive pas à dater son changement de comportement. À Noël, il était normal, au Jour de l'An, il était normal, malgré le supplice de minuit, des vœux, des promesses. Paul a toujours été taci-turne. Paul a toujours été un mari sans fantaisie. Mais Paul était là, sous la main, il me rassurait, il me permettait de rentrer dans le moule, celui de la femme mariée avant trente ans. Noé, tu avais dit oui à Ilario en premier, peu après, c'était au tour de Jeanne.

— Je compatis, Clarisse, mais ce que tu vis n'est rien en comparaison de ce que j'essaie de vous raconter et qui visiblement n'intéresse personne.

Jeanne, Clarisse, Gab à l'unisson.

— Hector ! Hector !

— OK, puisque vous insistez, nous voici à l'Anaconda. Un restaurant atroce mais peut-être un bon présage. J'étais installée en tailleur sur un tapis, je sentais Amor Amor jusqu'au bout des ongles, j'avais mis un petit ensemble Marc Jacobs blanc cassé, qui n'est pas fait pour s'asseoir par terre, encore moins pour manger, à la limite pour poser dans un de ces vernissages dont je raffole, mais là, en deux minutes, j'ai ruiné le tissu. Comme François-Yves, ce cher Hector ne peut pas venir me chercher, directement rendez-vous au restaurant, j'arrive une demi-heure en retard, histoire de me faire désirer, évidemment il n'est pas là, et je me retrouve nez à nez avec un centenaire effrayant accroupi sur un tam-tam en train de jouer de la cithare et de caresser sa barbe qui tombe sur ses pieds nus et cornés. Je commande un jus de citron pour le teint et le serveur, un gringalet extrêmement velu, m'apporte des tacos et une terrine pour patienter. Hector arrive, j'ai des fourmis dans le bas du corps, je ne bouge pas. Il se penche et sa cravate trempe dans mon verre. Je sens qu'il panique, s'il n'était pas noir, il serait très rouge.

— Il a dû avoir un choc en te voyant, toi, blonde platine, à ses pieds, moulée dans une gaine Marc Jacobs.

Noé fait un effort surhumain pour afficher un sourire ravageur.

— Un, Marc Jacobs ne fait pas de gaines mais il crée des jupes courtes divines en taffetas, deux, je ne suis pas blonde platine mais Ash-Golden-Malibu, trois, une fois assis, après avoir consulté la carte, sans un mot, il prend une cuillère de terrine et là, comment vous décrire... il est terrassé par une quinte de toux. L'ancêtre musicien cesse de gratter son instrument, des vibrations stridentes qui rendraient violent le Dalaï Lama, mais ça ne suffit pas et Hector tombe dans les pommes, le serveur décide d'appeler les pompiers, il hurle dans le restaurant, deux tables demandent l'addition, Hector a l'encéphalogramme plat, le serveur le claque, met un gant d'eau froide sur son front, ruine au passage mes escarpins Chanel, et au moment où les pompiers arrivent, Hector ouvre un œil. Ils prennent son pouls, sa tension, inspecte sa gorge, je n'avais jamais vu une langue si grosse, et là, il nous annonce qu'il est allergique au sésame et que la pâtée était un tartare de crevette au sésame. Bref, il a failli mourir. À la grande satisfaction du patron, on a renoncé au dîner, les pompiers nous ont déposés à son hôtel et il m'a proposé de venir boire un verre dans sa suite. Je n'avais pas visité les chambres rénovées du Meurice, alors j'ai accepté. Nous nous sommes installés dans un salon grandiose et totalement Feng Shui, Hector m'a demandé ce que je voulais boire, j'ai consulté la carte du room service et j'ai demandé un cocktail Passionnista à 40 euros les 15 cl, à base de kiwi, de goyave, de papaye et de gingembre. Je crois que le message était clair. Hector a disparu pour passer la commande, il est revenu quelques secondes après, j'avais adopté une pose lascive sur la méridienne, ébouriffé mon brush, bref j'étais plus que bien disposée. Mais Hector s'est assis à l'autre bout de la pièce sur une bergère Louis XV, il a allumé le plasma sur CNN et j'ai mis ça sur le compte du malaise qui n'allait pas tarder à se dissiper. Le service d'étage a sonné, Hector a ouvert, un petit jeune charmant, gueule de voyou qui me fait toujours de l'effet, il est reparti avec un pourboire démesuré et là sur le plateau en argent, je découvre avec effroi mon jus aphrodisiaque et une camomille. Hector avait donc une grosse envie de roupiller et moi, pauvre cruche, j'étais en train de me creuser la tête pour briser la glace, car en plus de ses longs silences qui n'aidaient pas à lier connaissance, il avait réglé la climatisation à fond. Je tenais bon, j'étais certaine qu'il faisait monter la pression et qu'il finirait par m'envoyer au septième ciel. Et honnêtement, l'idée de coucher avec un noir commençait à m'enchanter. Je regardais sous sa ceinture pour voir si je provoquais une réaction flatteuse, je ne voyais rien, soit il était trop loin, soit son infusion commençait à l'engourdir. Puis, c'est le drame.

Clarisse allume une cigarette, Jeanne la lui arrache. C'est décidé, elle recommence à fumer et arrête d'allaiter Pierre. Gab réfléchit à l'acteur qui interprétera Hector. Mouss Diouf ? Pascal Légitimus ?

Noé change d'os et se retrouve sur son autre fesse.

— J'ai eu le malheur de le complimenter. J'ai dit qu'il avait une très jolie montre et il a éclaté en sanglots. Un torrent. Je me suis approchée. J'avais l'impression d'être Jessica Lange sous la cascade avec King Kong. J'avais déjà esquinté mes vêtements et mes chaussures, je n'étais plus à une éclaboussure près. Une gaffe énorme mais je ne pouvais pas deviner. Plus il pleurait, plus la partie de jambes en l'air s'éloignait et plus j'avais envie de me casser. Mais je ne pouvais pas le laisser dans ce pétrin et vis-à-vis de toi...

Clarisse, dubitative.

— Quelle délicatesse...

— Je me suis platement excusée, il m'a pris la main. Énorme sensation, vu ma carence affective ces derniers temps. J'ai senti le moment où il allait me sauter dessus, j'avais le cœur qui battait à trois mille à l'heure, je fixais son pantalon à la recherche de la moindre voussure, ce nectar m'avait laissé une haleine de moisi effroyable, mais j'essayais de me coller à lui, je sentais qu'il allait m'aplatir comme une crêpe sur le Kilim, le bas de mon ventre était bouillant, il a posé sa tête sur mon épaule, ce qui a déclenché immédiatement une névralgie et il m'a dit que ça lui faisait du bien de parler de Hannah.

— Sa femme ?

— Son ex-femme tétraplégique. Cette montre était un cadeau de Hannah pour leurs cinq ans de mariage.

— Pourquoi ça le faisait pleurer ?

— J'ai à ta disposition deux versions, Gab. Celle d'Hector avec moult détails qui nous fera terminer en larmes vers trois heures du matin ou la mienne, qui revient au même, mais en une phrase. Malgré le sévère handicap de sa femme, malgré le divorce et un remariage, il est encore amoureux.

— Cet homme est magnifique. Il est prêt à sacrifier sa vie pour elle.

— En attendant, c'est moi qu'il sacrifiait, Jeanne.

— Tu as fait quoi ?

— Ce que je déteste le plus au monde, je l'ai consolé à grand renfort de Kleenex et de compliments. J'ai relativisé en lui disant qu'il avait tout pour lui et qu'il finirait par refaire sa vie. J'ai parlé d'Ilario, de Grazziella, de Tadeo en m'enthousiasmant sur les bienfaits d'une famille recomposée. Un calvaire.

— Après ?

— Je me suis accrochée, Gab. Pas question de rentrer chez moi sans prendre mon pied.

— Il fallait lui sauter dessus.

— Merci pour le coaching, Clarisse. Quand un homme pleure à gros bouillon en te racontant des horreurs sur la moelle épinière, tu hésites un peu à lui montrer le haut de tes porte-jarretelles.

— Raison de plus.

— Contre toute attente, Hector paraissait soulagé de m'avoir parlé de tout ça. Je le sentais plus chaleureux. Son regard était moins fuyant. Il m'a dit qu'il avait une faim de loup et il a commandé un club sandwich au homard. Malheureusement entretemps, le personnel du room service avait permuté et j'ai eu droit à une soubrette qui, même moi, m'a terriblement excitée. Hector a laissé un pourboire outrageant, il a engouffré son dîner en trois bouchées, il avait de la mayonnaise partout sauf dans la bouche et ça m'a fait hurler de rire. Il était deux heures du mat' et je n'arrivais plus à me contrôler. Hector ne l'a pas bien pris, il a cru que je me foutais de lui. Il s'est éclipsé dans sa chambre.

— Le blaireau !

— Il est revenu avec une chemise et un pantalon propre. J'étais désemparée et je lui ai fait une déclaration.

— Quelle pintade !

— Au contraire, Gab, il s'est métamorphosé. Il m'a tendu la main et il m'a invitée à danser un slow.

— J'adore danser.

— Moi aussi, Jeanne, mais quand je veux danser, j'ai mon cours d'aérobic. En plus Hector est tout sauf un danseur étoile et après m'avoir écrasé les orteils une dizaine de fois, il m'a dit que ça lui rappelait les boums qu'il organisait avec sa sœur.

— Pauvre Noé.

— J'étais au bord de la crise de nerfs. Je pensais à Ilario, s'il me voyait. La première fois que je l'avais rencontré, il m'avait invitée à danser le tango sur la terrasse de la Villa d'Este. Il était beau, il était sensuel, il avait la grâce. Et moi j'étais radieuse dans ses bras.

Noé serre les mâchoires.

— Épilogue. Hector m'a portée sur le lit, il a soulevé ma jupe, j'étais dans les starting-blocks, je me suis dit que ça allait être l'apothéose de ma sexualité. Je m'étais donné du mal mais je n'allais pas le regretter. J'ai glissé ma main, descendu sa braguette, baissé son pantalon, introduit ma main dans l'interstice de son caleçon et là les filles vous me croirez si vous le voulez, je suis tombée sur...

— Dis-nous, dis-nous...

— Un têtard est mieux pourvu.

— Tu déconnes ?

— Un lombric déshydraté.

— Tu exagères ?

— Mou, flasque, sans vie.

— Humiliant !

— Dévastateur, Clarisse.

— Il est englué dans ses souvenirs.

— J'ai eu beau toucher, tripoter, malaxer, pétrir, j'avais un Malabar dégonflé dans la bouche.

— Il a dit quoi ?

— Qu'est-ce que tu veux qu'il dise, Jeanne ? « Désolé, d'habitude j'ai un braquemart gigantesque » ?

— Ce n'était pas très fair-play.

— « Mille excuses. Ma femme est paralysée et c'est moi qui bande mou. » Tu crois que ça aurait décanté la situation ?

— La loose.

— Je me suis rhabillée, je suis sortie dans le couloir, j'ai pris l'ascenseur, j'ai traversé le lobby en rasant les murs, il fallait que je trouve un dérivatif, j'ai appelé Salomon, je l'ai réveillé, il m'a dit qu'il rêvait justement de moi et qu'il voulait me rendre heureuse.

18 avril

Le moindre coup de fatigue est une attaque virale. Le plus petit bouton, un grave dérèglement interne. Elle dort mal, ce sont les premiers symptômes. Clarisse paye cher son égarement.

Pourquoi s'était-il assis au fond à côté d'elle, alors que le bus était à moitié vide ? N'avait-il pas fait tomber lui-même le sac ? Ne possédait-il pas une collection de porte-clés qu'il dégainait suivant les opportunités ? Était-il bi, voyou, toxicomane, psychopathe, tout à la fois ? John n'avait pas de préservatif, il n'avait rien à perdre, donc il était déjà malade. Quand elle l'avait conduit au Costes, il semblait connaître l'endroit, il s'était tout naturellement dirigé vers la salle de la cheminée, celle des VIP, il avait payé sans regarder l'addition. Il connaissait les tarifs. C'est un récidiviste. Combien de femmes a-t-il contaminées ?

C'était le jour où elle avait retiré 600 euros à la banque. La nounou, la femme de ménage, le stage judo-piscine de Gaspard pour ses vacances de Pâques et le tailleur turc qui devait supprimer les épaulettes de son blazer YSL. Le soir, en rentrant, elle avait eu droit à une déferlante de coups de fil pour son boulot et n'avait pas pensé à vérifier le contenu de son portefeuille.

Le lendemain matin, le sol de la cuisine était recouvert d'eau. Paul avait appelé le concierge,

Monsieur Zerozkiezwich, et avait fui lâchement. Clarisse avait emmené Gaspard à l'école pendant que Monsieur Zerozkiezwich épongeait le lino sans déceler l'origine de la fuite. Clarisse lui avait donné un billet de dix euros qu'elle avait piqué dans la tirelire de Gaspard. Ce n'est que vers dix-sept heures, en allant chercher son fils à l'école et au moment de payer la cantine qu'elle s'était aperçue que 400 euros en coupures de cinquante avaient disparu. En fureur, elle avait débarqué dans la loge. « Comment avez-vous payé le scooter de votre fils ? Les étrennes ? Vos économies ? Comment avez-vous fait, Monsieur Zerozkiezwich ? Vous reconnaissez ce portefeuille, eh bien étrangement, aujourd'hui il est vide. Ce n'est pas bien de fouiller dans le sac des dames, Monsieur Zero... » Après l'avoir insultée dans son polonais natal, il avait menacé de porter plainte.

Monsieur Zerozkiezwich n'a pas compris qu'elle était à fleur de peau. Elle n'a pas su lui expliquer pourquoi. Il était trop tard quand elle a réalisé que Monsieur Zerozkiezwich était hors de cause. Lui qui faisait tout pour rendre service a immédiatement rendu les clés de l'appartement. Clarisse a vu dans son regard qu'il allait lui pourrir la vie pendant de longues années.

On sonne.

Clarisse balance la serpillière dans l'évier et sprinte dans le couloir. Brève halte au niveau du miroir. Elle s'arrache avant de déprimer.

Noé lance un « Hello » faussement enjoué sur des talons de dix-huit centimètres et une minijupe à peine plus longue. Ce soir, elle embaume Flower Bomb.

— Je me suis fait brancher par mon taxi.

— À sa place, j'en aurais fait autant.

— Un gnome qui puait la transpiration, une horreur. Tu sais ce qu'il ose me dire ?

— Qu'il a envie de toi.

— Bien pire. Il me raconte qu'avant de prendre ma course, il était au Trocadéro. La borne s'est allumée, une femme lui a dit qu'elle voulait faire l'amour et que s'il venait, elle lui paierait le montant de la course.

— Je ne vois pas le rapport avec toi.

— Enfin, Clarisse, c'est évident. Il a voulu se vanter, faire croire qu'il avait des tonnes d'opportunités et vérifier si je résistais à son charme. Il a crânement tenté sa chance.

— C'était plutôt un hommage, Noé. Pas de quoi jouer les vierges effarouchées.

Noé se love dans son étole et inspecte les racines de Clarisse.

— Quand Vincent Lindon me salue et que j'aperçois au-delà des réserves qu'il s'impose, un léger trouble, je suis flattée, quand ma mère m'invite au Flore pour inhaler un Lapsang Souchong et que Benicio del Toro ne me quitte pas du regard, je suis comblée. Quand le professeur de tennis de Tadeo classé -4/6 et ancien sparing partner de Nadal me dit que je suis le portrait craché de Sharon Stone à dix-huit ans, quand elle était top model chez Ford, j'ai le moral pour au moins une heure. Quand un nabot crasseux immatriculé dans le 95 ose s'attaquer à la créature exceptionnelle qui honore sa poubelle, le retour sur terre est trop violent. Vous avez décidé quoi pour tes cheveux ?

— Pablo veut que je les laisse pousser.

— Il vieillit, mon Pablo, ou quoi ?

— Il laisse tomber le vert, en poussant, il a peur que ça fasse lianes. Il se dit que des reflets bleu indigo, ça sera plus *strong, stylish, queer, dishevelled, classy, outrageous*... Tu ne vas pas le critiquer, je commence à m'habituer à son travail.

Noé fait glisser son pashmina le long de ses lombaires. Elle est contente de ne pas être le cobaye de Pablo.

Les deux femmes se dirigent vers le salon. Noé inspecte le mobilier avec le zèle d'un huissier. Le canapé en nubuck, les deux chauffeuses dos à dos, la table basse art déco toute neuve, une bougie au chèvrefeuille, un vieux jeu de Mille Bornes, des tas de livres de poche. Les rideaux assortis à la frise, les poignées des portes qui rappellent le plateau chromé... L'appartement respire l'application, l'effort, le désir de bien faire. Il sent aussi la fin d'une histoire. Pas d'objets de Clarisse, ni de Paul, pas de tableaux, ni de photos.

Noé a de la peine, mais elle s'efforce de sourire.

— Gaspard n'est pas là ?

— Je l'ai confié à ma mère après une rude semaine de négociation. Ce gamin m'épuise. Il joue à percer les bouteilles d'eau. Les pompiers sont venus trois fois avant de comprendre la cause du sinistre. Tu me donnes quelques minutes ?

— Tu vas te changer ?

— Je vais finir d'éponger la cuisine.

Clarisse essore la serpillière et se met à quatre pattes.

Noé contourne la flaque. L'idée d'un coup de main ne l'effleure pas. Elle se pose sur la chaise et caresse ses jambes exfoliées.

— D'après ma mère, Tadeo aurait exprimé le désir d'aller vivre chez son père.

— Qu'est-ce que tu comptes faire ?

— Ce que je fais depuis le début, Clarisse. Je me cramponne. Tadeo ne m'a rien dit pour le moment. Et je me méfie de ma mère, elle a toujours vénéré Ilario et ses cadeaux disproportionnés. Tu connais mon ex-mari, il achète ses amis, ses maîtresses, ses complices... Ma mère était une cible privilégiée.

— La nouvelle conquête tient le choc ?

— D'après Tadeo, Grazziella a un énorme ventre et des traits blancs partout sur les cuisses. Autant t'avouer que cette nouvelle m'a enchantée. Ilario déteste la moindre cicatrice, il s'est même fait supprimer celle de son appendicite grâce à une nouvelle technique de laser importée de Californie. Si sa nouvelle femme de vingt ans est taguée de vergetures, ça peut le rendre fou.

Clarisse se redresse avec peine.

— Tu espères quoi, Noé, qu'il revienne après toutes ces années ?

— Je veux que le bébé soit un mongolien couvert de taches de vin, que Grazziella ne survive pas à l'accouchement, qu'Ilario devienne chauve, ventripotent et impuissant. Je suis une ex-femme de la pire espèce, rancunière, teigneuse, malveillante. Ilario est la personne que je hais le plus sur cette terre.

Noé a des frissons, elle replace son étole comme dans un film de cape et d'épée.

Clarisse sort quatre verres à eau et trois flûtes à champagne. Rien à fêter ce soir. Si la réponse est négative, un deuxième test sera nécessaire dans quelques semaines pour supprimer cette angoisse qui lui gâche la vie.

*
* *

— Je dois me changer ?

Noé se demande comment répondre sans blesser Clarisse.

— C'est parfaitement réussi. On dirait que tu t'es habillée pendant une crise de somnambulisme.
— Si je pouvais aller bosser en pyjama, je le ferais.
— Mais tu l'as fait, Clarisse. Tu ne vas pas me dire que tu as mis ce pilou-pilou au bureau.

Clarisse finit cul sec son diabolo-menthe.

— J'ai entendu un cri.

Noé tend l'oreille, elle ne pourrait pas vivre dans un immeuble aussi bruyant.
— Oui, tu as raison. Ça vient du couloir ou de l'escalier de service.
— Je vais vérifier.
— Laisse tomber, Clarisse, c'est ultra-dangereux, il y a un gang dans le XIXe qui procède de la sorte pour saccager les appartements. Je n'ai aucune envie d'être saucissonnée.

Clarisse se précipite sur le palier, allume la minuterie et se penche au-dessus de la rampe d'escalier.
L'ascenseur est immobile mais le voyant clignote.

— Qui est là ?

— C'est nous, Clarisse.

— Jeanne ?

— On est entre le deuxième et le troisième.

— Gab ?

— L'alarme ne fonctionne pas, mon portable ne capte pas, on a vu le concierge mais, quand on lui a dit qu'on allait au cinquième, il a disparu en faisant un bras d'honneur.

— Quelle tuile, il y a longtemps que vous êtes coincées ?

— Moi, je dis un quart d'heure, et toi, Jeanne ?

— Beaucoup trop longtemps, Clarisse, sors-nous de là. Je suis claustrophobe, j'ai suivi cinq ans de thérapie sans aucun résultat, si je m'écroule ici, le câble va rompre. Je t'en supplie.

— Il y a un numéro d'urgence ?

— Otis, sept jours sur sept, vingt-quatre heures sur vingt-quatre. 0800675400.

— Attends, Gab, je n'ai rien pour noter, je reviens tout de suite.

— Clarisse, ne nous laisse pas...

Clarisse appuie sur le bouton APPEL sans succès. Sur le pas de la porte.

— Noé, Noé... Viens, Gab et Jeanne sont bloquées dans l'ascenseur.

Noé accourt, le dernier *Vanity Fair* dans les mains.

— Je plains Gab.

— *No comment*, Noé. J'appelle le dépanneur, toi tu restes ici et tu maintiens la cage d'escalier allumée. Jeanne est très nerveuse. Passe-moi ton journal.

— Jeanne n'est pas du tout *Vanity Fair*, un bon vieux *Femme Actuelle* avec des fiches cuisine et des patrons pour tricoter serait plus adapté.

— J'ai besoin de noter le numéro d'Otis. Tu as un stylo ?

Noé se sépare du magazine avec un pincement au cœur, la série Blonde Glamorama s'annonçait passionnante. Elle saisit son sac, en sort un Mont-Blanc plus large que son poignet et retourne sur le palier.

— Gab, je t'écoute.

Pas de réponse.

— Gab, Gab, il y a un problème ?

— J'aidais Jeanne à enlever son manteau. On crève de chaud ici.

— Donne-moi ce foutu numéro.

— 0800675400.

— Je les appelle immédiatement, tenez bon...

Un cri déchirant.

— Clarisse...

— Oui, Jeanne, ce n'est plus qu'une question de minutes.

— Il faut que je boive quelque chose.

— Noé t'apporte de l'eau, moi, je m'occupe du dépanneur.

Noé trouve sa mission rébarbative. Elle s'assoit sur le tabouret de l'entrée et feuillette un catalogue Cyrillus avec toute la misère du monde sur ses épaules.

Clarisse repart en trombe dans son appartement, sort une bouteille d'Évian du réfrigérateur, prend le téléphone sans fil dans l'autre main et rejoint Noé de plus en plus exaspérante.

— Sois mignonne, ma chérie, Jeanne va tomber dans les vapes si elle ne s'hydrate pas dans les prochaines secondes. Tu peux lui apporter ça, s'il te plaît ?

Noé jette le catalogue Cyrillus sur le sol.

— Je serais bien emmerdée si j'avais un avoir chez eux.

Clarisse l'insultera plus tard.
Une tonalité. Clarisse trépigne. « Vous êtes bien au numéro d'urgence Otis, une hôtesse va traiter votre demande dans les plus brefs délais. Pour écourter votre attente, veuillez composer les cinq chiffres de votre code postal... »
Des étages inférieurs.

— Clarisse, Clarisse...

Clarisse répond d'une oreille.

— Quoi ? Je suis en ligne.
— La bouteille est trop grosse, elle ne passe pas à travers la grille. Il faudrait une paille.

À l'autre bout du fil.

« Veuillez composer les dix chiffres de votre numéro de téléphone... » Clarisse s'exécute.

— Je ne peux pas descendre. Noé, remonte vite, j'ai des pailles dans le tiroir du bas à gauche de l'évier.

Jeanne, des sanglots dans la voix.

— Ils arrivent, Clarisse ?
— Oui, Jeanne. Sois courageuse. Noé va t'apporter une paille.

« Veuillez patienter, une hôtesse va prendre votre demande... » Clarisse se maîtrise, d'une seule main, elle saisit son paquet de Marlboro, sort une cigarette, actionne le briquet et aspire profondément.

Noé trébuche sur le catalogue Cyrillus, manque de s'étaler, jure en italien et disparaît dans la cuisine.

— J'aurais autant aimé appeler les dépanneurs.
— Tiroir de gauche. Ne fais pas chier.

« Toutes nos hôtesses sont occupées, veuillez rappeler dans quelques instants. Merci pour votre compréhension... »

Clarisse doit garder son sang-froid. Jeanne a besoin d'elle, calme et sereine.

Noé, une mini-paille à la main.

— Où veux-tu que j'aille avec ça ?
— Il n'y en a pas d'autre ?
— Si, bien sûr, des ultralongues comme des tuyaux d'arrosage. Mais ça m'amuse de faire le yoyo entre le second et le cinquième.
— J'aurais pourtant juré...
— Tu les as eus ?
— Impossible. Surtout ne leur dis rien, je réessaye dans une minute.

— Et les pompiers ?

— Je suis black listée.

— Ce n'est pas une fuite, c'est une panne d'ascenseur.

— Je n'oserais jamais, je rappelle Otis.

— Il faut trouver un truc pour Jeanne. Un truc suffisamment fin qui puisse passer à travers le grillage.

— Un grissini.

— Pour une fois, elle n'a pas faim, elle veut juste boire.

— J'ai des sorbets en bâtons pour Gaspard. Quand ça aura fondu, ça fera un peu jus de fruits.

— Donne toujours.

— Congélateur tiroir du haut.

Au loin, dans les étages.

— Clarisse !

— Oui, Gab, Noé arrive tout de suite.

— Ils t'ont dit quoi ?

— Qu'ils seraient là dans les plus brefs délais.

— Jeanne commence à faire de la tétanie.

— Ça urge, Noé.

— Je veux bien m'inquiéter, mais pas pour Jeanne. Je te rappelle qu'elle a fait dîner ses quatre enfants avant de venir, ce qui veut dire qu'elle a terminé leurs quatre assiettes. Si elle souffre de quelque chose ce serait plutôt de ballonnements gastriques.

Clarisse compose à nouveau le numéro.

— « Vous êtes bien au numéro d'urgence Otis... »

— Clarisse ? Clarisse ?

— Quoi ?

— Jeanne n'aime pas la fraise.

— Pourquoi ?

— Elle fait des allergies.

« Composez les dix chiffres de votre numéro de téléphone... »

— Tu n'as pas d'autres parfums ?

— Écoute, Noé, tu n'as qu'à remonter. Gaspard adore la fraise, j'ai tendance à acheter de la fraise.

— Tu peux aller vérifier, ça m'éviterait de me taper cent marches pour rien.

— Je ne peux pas, je suis en ligne.

Jeanne. Affolée.

— Tu nous as dit qu'ils arrivaient.

— Oui, Jeanne, ne panique pas.

— Tu nous as menti.

— Mais non, Jeanne, je règle les détails.

— Quels détails, Clarisse ?

— L'étage, le code, le contrat d'assurance...

— Dis-leur que j'ai tourné dans la pub MMA, ils nous traiteront peut-être avec plus d'égard.

Jeanne. Furieuse.

— Tu me gonfles, Gab, je n'ai pas envie de plaisanter.

— Je voulais détendre l'atmosphère.

— Pas la peine de détendre quoi que ce soit. Je t'ai toujours trouvée très mauvaise comédienne et, dès que je vois ta pub MMA à la télé, je zappe. Je m'attends au pire pour ton film.

Gab encaisse sans broncher.

Clarisse prend la relève.

— En tout cas, ça marche, Paul a demandé une étude comparative, vous êtes 200 euros moins cher que notre contrat multirisque.

— Sors-nous de là, maintenant, et arrête avec tes raisonnements à la con.

Noé, en aparté avec Clarisse.

— Tu n'as pas du Stilnox ? Il faudrait qu'elle se taise.

— Salle de bain, placard au-dessus de mon lavabo, étagère du haut. Comment tu comptes lui en faire prendre ?

— Planqué dans un Apéricube.

Jeanne se déchaîne.

— Je suis dans le pétrin à cause de toi, Gab. Madame devait terminer sa conversation très importante. Madame avait des choses à noter. Bonne poire, je tiens le casque, le sac, je prête mon dos, j'endure, je n'ai même pas droit à un remerciement... Bien sûr que non. Pourquoi remercier Jeanne, elle est là pour ça, souffre-douleur, dépanneuse, porte-manteau, benne à ordures. L'humiliation a assez duré, je vais devenir comme vous toutes, égoïste, mégalo, capricieuse, lunatique...

— Cool, Jeanne, plus tu t'énerves, plus...

— Tout le monde se moque de ma souffrance. Je suis la grosse sympa conciliante, serviable, d'humeur égale. C'est fini, je n'en peux plus...

— Je fais de mon mieux, Jeanne, courage...

« Toutes nos hôtesses sont occupées pour le moment. En cas d'urgence veuillez appeler les sapeurs-pompiers au 18... »

Clarisse s'écroule sur le tabouret. Qui lui a finalement volé ces 400 euros ? À ce stade de l'enquête, il ne reste plus que Gaspard et Paul dans la liste des suspects.

Noé apparaît, une assiette en carton dans la main.

— Je descends.
— Tu as tout ?
— Un clean pour Gab, un drogué pour Jeanne.
— Ne te trompe surtout pas.

*
* *

— Jeanne vit son heure de gloire. Elle en fait des caisses. En revanche, Gab est admirable. Elle ne peut pas flanquer à Jeanne les gifles qu'elle mérite parce que ses bras sont coincés. Je vais lui conseiller le coup de boule. Et tes voisins sont sympas, à leur place, je gueulerais plus fort que Jeanne.
— C'est l'assemblée générale des copropriétaires. Ils y sont tous, l'immeuble est vide.
— Qu'est-ce que tu proposes, à part les pompiers en utilisant un pseudo ?
— Clarisse ! Clarisse !
— Oui, Gab.
— J'ai un rendez-vous à vingt-trois heures avec Frédéric Diefenthal, est-ce que tu pourrais l'annuler ?
— Lequel de tes ex a organisé cette rencontre ?

Noé, jalouse de ne pas être sollicitée.

— Tu comptais nous laisser tomber à onze heures pour roucouler avec un acteur ?

Clarisse, à voix basse.

— Ta gueule, Noé. Tu cherches quoi ? (Plus fort.) Je l'appelle tout de suite, Gab et après je descends un plateau, des sandwichs et on pique-nique toutes les quatre dans l'escalier.

— Tu as de quoi noter ?

— Je t'écoute.

— Je vais mourir et tout le monde s'en fout, je veux sortir, sortir, sortir. Pourquoi tu n'appelles pas les pompiers ?

— Jeanne, il faut que tu te calmes. Les pompiers sont débordés à cause d'une rupture de canalisation au métro Blanche. Ils font de leur mieux. Marche un peu, ça va aller.

— Marcher ? Tu déconnes. Je peux à peine poser mes deux pieds.

— C'était une image, Jeanne, une astuce de relaxation, ferme les yeux et imagine que tu es dans le désert, que le sable est à perte de vue et que...

— Il me donne soif ton putain de désert, Clarisse.

— D'accord, d'accord. Pense à rien, souffre en silence.

— Clarisse, c'est le 0612339076.

Noé a une idée.

— Avant de l'appeler, tu nous dis quel rôle il est censé jouer.

— Luc.

— Jeanne t'a versé un bakchich, Gab ? C'est ça, hein ? Elle veut que son petit mari ait un traitement de faveur et qu'il passe pour le gendre idéal.

— Tu vois le mal partout, Noé. Luc aura aussi son côté obscur.

— Je refuse, Gab. Luc est la bonté incarnée. Un père accompli, une âme pure dans un corps...

Clarisse suspend la description de Jeanne.

— Bon, je lui dis quoi, Gab ?

— La vérité.

Noé s'esclaffe.

— Pourquoi tu veux lui dire la vérité, Gab ?

— Pourquoi mentir ?

— Parce que ta situation est ridicule et que tu dois te faire respecter.

— Noé a raison, Gab, tu pourrais inventer un bobard un peu glamour.

— Je ne le drague pas, je le vois pour un film.

— Ce n'est pas mon métier, d'ailleurs je n'ai jamais eu aucun métier mais il me paraît évident que c'est un jeu de séduction. Tu dois incarner la réussite et il aura envie de te suivre dans cette aventure.

— Taisez-vous maintenant. J'ai la migraine avec vos faux problèmes. Je te préviens, Clarisse, si tu ne trouves pas une solution, je vais devenir incontrôlable.

Jeanne faiblit, ses jambes vacillent. Elle frappe sa tête contre le tableau des étages et hurle de douleur.

— Qu'est-ce qui se passe, les filles ?

— Rien, Jeanne s'est cognée.

— Je saigne...

— Je descends des compresses, des pansements et de l'arnica...

— Laisse tomber, elle n'aura même pas une bosse.

Clarisse devance Noé.

— Je vais lui dire que je suis ton agent, que tu viens de m'appeler, tu rentres de repérages, un type s'est jeté sur les rails et tu es en rase campagne pour une durée illimitée.

— Pourquoi ne l'aurais-je pas appelé directement ?

Noé ouvre la bouteille d'eau et la boit au goulot. Elle vient de ruiner son contour de lèvres.

Jeanne au bord de la syncope.

— Parce que tu ne cacacacaptes... pas.

— Repose-toi, Jeanne. Si Gab a pu appeler son agent, c'est qu'elle capte parfaitement bien. Il faut trouver autre chose.

— Je t'emmerde, Noé, je t'emmerde, Clarisse, je t'emmerde, Gab et j'emmerde ce Diediediefenthal que je ne connais pas mais qui m'est déjà très anti-papapa... thique.

Noé vient d'ingurgiter un litre d'eau glacée. Elle a dîné.

— Les agents sont payés pour régler ces désagréments.

— Tu as raison, elle touche 10 % de mes revenus. Téléphone, Clarisse.

Noé a un poids sur l'estomac. L'eau n'est pas facile à digérer.

— C'est naze votre idée.

— Arrête de tout critiquer, Noé. Tu proposes quoi, à part d'appeler toi-même et de lui faire ton cinéma de fausse blonde ?

— Au secouououours, àààà l'aide !

— Il faudrait peut-être appeler le SAMU.

Clarisse décroche sans savoir quel numéro composer en premier. Sauver Jeanne ? Sauver Gab ? Se sauver seule et revenir dans une heure ?

Noé rabat la porte d'entrée.

— S'il te demande de parler des dates de tournage, du reste de la distribution, tu vas être larguée. Un scénariste talentueux est représenté par un agent convaincant. Tu dois connaître le projet par cœur. Et ça nous permettra de tirer les vers du nez à Gab. Tu trouves normal qu'on soit toujours les dernières informées ? Tu ne penses pas qu'elle devrait être plus loquace ? C'est notre histoire, Gab se nourrit de nos vies, de nos joies, de nos peines... Elle ne peut pas nous dépouiller sans contrepartie.

Noé et Clarisse rejoignent les deux prisonnières.

— Alors, tu lui as parlé ? Il a compris au moins ? Il est sympa, non ?

— Il faut que j'en sache un minimum pour être crédible.

Jeanne commence à s'affaisser.

— Six ans sans un mot plus haut que l'autre, six longues années que je vis dans l'ombre, j'ai renoncé à tous mes idéaux, tous mes rêves, c'est légitime que je craque, non ?

Noé expédie un clin d'œil à Clarisse.

— Gab, tu as vingt minutes pour me faire un résumé.

— J'imagine que je n'ai pas le choix.

— Quoi qu'il advienne, ce n'est pas bon de l'appeler trop tôt, il va croire que tu te défiles.

— Dans mon scénario, Luc est marié avec Jeanne depuis dix ans, ils ont cinq enfants, il est médecin généraliste.

— Luc ne sait pas mettre un pansement !

— Un jour, dans son cabinet, il a la visite d'une jeune femme, son amour de jeunesse venue pour le reconquérir.

— C'est magnifique, Gab, j'en ai la chair de poule.

— Tu nous emmerdes, Noé, avec ta chair de poule. Gardes-en un peu pour le jour de l'avant-première.

— Je suis fleur bleue, Jeanne. Le destin de cet homme qui retrouve son premier amour et qui retombe amoureux, ça me bouleverse.

— Ilario n'est pas médecin et il n'a jamais été amoureux de quelqu'un d'autre que de lui-même. Tu fais un transfert, Noé.

Jeanne s'écroule.

— Je ne vous dis pas assez combien je vous adore, les filles.

— Nous aussi, Jeanne, on t'adore, mais il faut que tu dormes maintenant.

— Je n'ai pas du tout envie de me reposer, Clarisse. J'ai envie de vous parler, de vous embrasser, de me serrer contre vous, de vous caresser...

Noé mordille ses faux ongles. La réaction de Jeanne au Stilnox est curieuse.

— Tu te souviens, Clarisse, on voulait devenir petits rats. J'explosais dans mon tutu... je me souviens de la fois où on avait fumé de la marijuana, on était arrivé toutes nues en pointes, au cours de danse de Madame Pinson... elle nous avait séparées et je m'étais retrouvée au cours de hip-hop avec Gab... T'avais des baskets énormes que tu ne laçais pas et tu disais à tout le monde que ton père était le mana- ger de Prince. Et toi, ma belle Noé, la première fois que je t'ai croisée, je t'ai trouvée tellement sublime que je n'ai pas osé te dire bonjour. Tu sentais bon... J'étais allée chez Silver Moon rue des Belles-Feuilles pour retrouver le nom de ton parfum.

— *L'Air du Temps*.

— Ça t'allait bien. Tout te va bien. Il faudrait que tu t'en persuades. J'ai déposé un cierge l'autre jour à l'église, je voudrais que tu sois heureuse... que tu rencontres un homme... un vrai... Rrrrrh...

Le ronflement de Jeanne.

*
* *

Clarisse et Noé sont assises sur les marches.

Le Stilnox et le récit ont endormi Jeanne. Un pied coincé sous son amie, Gab ne sait pas où poser l'autre.

— J'espère que mes spectateurs n'auront pas la même réaction.

— Allez, Gab, pour une fois que Jeanne n'a pas les oreilles qui traînent, dis-nous qui est pressenti pour son rôle.

— On cherche.

— Une actrice célèbre qui frôle le double quintal... Une grosse célèbre ? Parmi les trentenaires, il n'y en a pas tant que ça.

— Tu es ignoble, Noé.

— Toute vérité est bonne à dire, Clarisse.

— Tu attends qu'elle s'endorme pour lui balancer des horreurs.

— Je suis franche. Jeanne grossit à vue d'œil, je l'aime et ça m'énerve de la voir gâcher sa jeunesse.

— Je t'aime, Noé, mais je suis franche. Tu maigris à vue d'œil et ça m'énerve de voir une fille...

— Si jeune... C'est ça ? Tu es emmerdée pour finir ta phrase, Gab.

— Combien as-tu perdu depuis la dernière fois ?

— Pas assez.

— Il faut que tu arrêtes les conneries, Noé.

— Ça m'occupe. Je me pèse dix fois par jour et le calcul mental de mon IMC entretient mes neurones.

— Clarisse, tu peux prendre Noé dans tes bras et la serrer très fort de ma part.

Clarisse obéit. Noé est tellement légère qu'elle paraît virtuelle.

— Comment est Jeanne dans ton scénario. Obèse, niaise ?

— Plutôt gironde. Plutôt crédule.

— C'est quoi cette langue de bois, Gab ?

— Tu oublies une chose essentielle, Noé. Je fais du cinéma. J'ai besoin d'actrices. Si le personnage de Jeanne ressemble à un cétacé, personne ne voudra l'interpréter.

— Et moi ? Pourquoi tu m'accables ? Un mari trop vieux, une actrice qui pourrait jouer le rôle de ma mère. Tu me crois mieux armée que Jeanne pour supporter tes critiques ?

Gab lève les yeux au ciel, tout autre geste compromettrait son équilibre.

152

— Dans le film, tu es peintre. Tu as du talent, tu exposes dans les galeries du monde entier et tu es la plus épanouie d'entre nous.

Noé regrette de ne pas avoir persévéré dans ses cours d'histoire de l'art. Elle achetait des livres et en lisait quelques-uns. Elle avait de la conversation, elle rencontrait des gens cultivés, elle n'avait pas peur de salir ses ongles avec du fusain.

— Vous savez bien que j'aimais trop Ilario pour me consacrer à autre chose qu'à lui. Il me considérait comme une pièce de collection. Il a détruit ma personnalité, il m'a rendue futile, paresseuse et extrêmement banale.

Clarisse met la main dans sa poche. Une cigarette serait bienvenue. Aucun paquet mais l'enveloppe des résultats. Pas le moment.

Gab a une crampe, elle pose délicatement le talon gauche sur le flan droit de Jeanne en plein sommeil paradoxal.

Noé revient à la charge.

— Lindon peut être vieilli. Avec des cheveux blancs, il serait superbe.

— J'adore Lindon, Noé, mais...

— Est-il moins bien coté que Bedos, ou par principe tu refuses le seul acteur que je connais personnellement ?

— Il n'est pas le personnage.

— Grosse erreur, Gab. Lindon peut tout jouer.

Clarisse essaie d'être drôle.

— Écris-lui une bluette, darling. Une femme, un homme, un coup de foudre à la sortie de l'école. Les gosses s'adorent, ils se remarient et refont beaucoup d'enfants. Ce sera sans doute plus facile à monter que le film pseudo-intello de Gab.

— Tu n'as pas de sentiment, Clarisse, tu es bles-
sante. J'ai été humiliée mais je crois encore à
l'amour.

— Alors prépare-toi à être à nouveau humiliée.
C'est ça de guetter l'homme idéal, d'avoir été élevée
dans le culte débilitant du mari parfait. Ce putain de
prince charmant n'existe pas, c'est du vent, du vide,
un mirage. Réveille-toi !

— Moins fort, Clarisse.

Jeanne marmonne des sons hostiles.
Gab vérifie sa montre quartz.

— Bon, les filles, on a toute la nuit pour bavasser
mais il faudrait vraiment appeler Diefenthal.

— Je vais là-haut, je dois être concentrée.

Clarisse remonte au pas de course.

La lumière s'éteint, Noé se lève.

— Laisse-nous dans le noir, Noé.

— Tu es sûre ? C'est un peu glauque, non ?

— Oui, mais au moins je ne vois plus mes barreaux.

Jeanne ronfle.

— Tu penses que ton film va se faire ?

— Je croise les doigts. Tous ceux qui étaient avec
moi au cours Florent font carrière. Les plus mal-
chanceux s'en tirent avec un rôle récurrent dans un
téléfilm. Les plus chanceux sont célèbres. Ça fait dix
ans que je m'accroche, dix ans que j'espère, dix ans
que j'attends.

— Tu n'as jamais eu un rôle qui puisse te révéler.
Tu es sous-employée, tu le dis toi-même.

— Je ne suis peut-être pas faite pour ce métier.

— Tes producteurs n'ont pas déboursé 7 500 euros pour te faire plaisir. Ils ont aimé ce que tu as écrit et ça ne doit pas leur arriver souvent. À ta place, ma tête ne contiendrait plus dans l'ascenseur. Gab, tu as un talent fou, tu es inventive, culottée, tu te bats. Je sais que tu vas réussir.

Jeanne bouge un bras et déstabilise Gab qui tente de s'accrocher au grillage.

— Merde, je vais tomber... Ahh !

Noé se précipite sur l'interrupteur.

— Ne crains rien, j'ai drogué Jeanne. Une dose de dinosaure. Elle était trop chiante ce soir, elle allait nous plomber la soirée.

Gab est assise sur Jeanne.

— Et toi, tu en es où ?

— J'ai revu Salomon, mais ça reste entre nous. Clarisse me donnerait des baffes et elle aurait raison. J'ai la hantise de rester seule les week-ends où Tadeo est chez son père. Salomon est persuadé que je vais accepter de me convertir puis de me marier... et j'ai beau lui dire que ça n'arrivera jamais... Je profite de la situation... Il est fou d'amour, il fera tout pour moi, il m'embrasse plus que ses mezuzas, mais il ne me plaît pas... Je me suis laissée entraîner dans cette histoire absurde.

— Et au lit ?

— Salomon est dans ton film ?

— Galeriste au Louvre des Antiquaires. Entre vous, c'est uniquement sexuel.

— Ce n'est plus une fiction mais de la science-fiction.

— Décidément.

— Comprends-le, il me voit débarquer avec ma nuisette en dentelle, mes mules Biondi, mon tanga Sabbia Rosa, la cambrure parfaite, la peau caramel, les cheveux dorés, c'est trop pour lui, il perd tous ses moyens.

— Mettez-vous dans le noir.

— Salomon aime me regarder, il n'arrête pas de dire que je suis la plus belle femme qu'il ait jamais vue. Même si je sais par son meilleur pote qu'il n'a jamais couché qu'avec des laiderons, je me sens flattée. J'ai trente-six ans, Gab, je prends ce que je trouve.

— Vous faites quoi ?

— On regarde la télé, il m'embrasse la main, le cou, il me pince la joue tendrement, il me raconte des blagues qui le font hurler de rire, il me gâte, il me dit qu'il adore Tadeo, qu'il adore Ilario pour avoir voulu divorcer, qu'il adore mes parents pour avoir eu une fille merveilleuse... On ne fait rien de spécial. Où sont les hommes bien, Gab ? Je ne comprends pas il y a des millions de célibataires et je tombe toujours mal.

— Tu envisages l'avenir comment ?

— Au bras de Lindon.

— Et l'avenir proche ?

— Je me contenterai de ses DVD.

Noé se lève et fait quelques étirements.

— Je ne fais plus l'amour depuis des mois, Gab. J'ai préféré jeter mon vibromasseur. Une nuit, je me suis surprise à lui dire que j'avais envie de lui, ça devenait trop scabreux. C'est étrange, je m'y suis habituée, ça ne me manque pas. Ma libido est aux abonnés absents. Sauf quand Clarisse me raconte ses aventures... Mais au fait, elle doit avoir ses résultats. Merde. Je savais que j'oubliais quelque chose de très important...

*

* *

— Je l'ai appelé une première fois et je suis tombée sur sa boîte vocale, j'ai dit que j'étais ton agent et que tu avais un empêchement indépendant de ta volonté... j'ai été brève, efficace, pro... il m'a tout de suite rappelée. Il venait de terminer sa représentation au Mathurins et il a dû interrompre la communication, un double appel, ça avait l'air urgent. Dix minutes passent, il me reprend, s'excuse, son agent lui a organisé une interview avec Europe 1 à onze heures du soir et ne l'a même pas prévenu. Diefenthal me confie qu'il est coutumier du fait et que ça devient ingérable... Double appel, il me laisse cinq minutes, quand il revient, je sens qu'il est énervé, il doit partir à Bruxelles demain aux aurores pour une post-synchro et son agent n'a pas reservé les bons billets de train. Je compatis. Il me demande qui je représente, si ma structure me permettrait de l'accueillir. Il a donné dans les grosses agences, il préfère le contact direct... Double appel, j'imagine que le mensonge va me péter à la figure, je marque sur le *Vanity Fair* de Noé les données que je ne dois pas perdre de vue sur le film, il s'excuse à nouveau, Noé... Arielle Dombasle vient de le féliciter pour sa prestation, j'essaie de rester calme... je lui avoue que ça fait longtemps que je n'ai pas lu un aussi beau scénario que le tien. Il acquiesce, ton film est magnifique et j'en parle merveilleusement bien. Il rêve d'une relation symbiotique avec son agent. Il a envie de me rencontrer, il me propose de venir le voir au théâtre, c'est un guet-apens, je baratine, je dis que j'ai déjà vu la pièce, je balance trois généralités aimables, double appel, il est obligé de raccrocher...

— Mon rendez-vous, Clarisse, tu as tout foiré !

— Mardi prochain à dix-huit heures au bar du Hyatt.

— Service et kir royal irréprochables, très bon choix, Clarisse, j'adore cet endroit.

— Boucle-la, Noé, je n'ai pas l'intention d'éditer le Zagat 2009. Il n'était pas fâché d'être prévenu à la dernière minute ?

— Au contraire, ça l'arrangeait, il a son Thalys à 6 h 12, un chauffeur vient le prendre à 5 h 30. Il arrive à 7 h 34 et rentre le lendemain par le train de 7 h 03. Il aurait préféré celui de 9 h 21, mais il était complet. Agent est un métier épuisant.

Clarisse s'assoit sur le magazine. Noé et Gab échangent un regard embarrassé. Noé se décide.

— Tu as tes résultats ?
— Hmm.
— Alors ?
— Pas encore ouvert.

Clarisse brandit l'enveloppe.

— Je ne peux pas. Je l'ai dans la poche depuis une semaine.
— Tu veux que je le fasse ?
— Je veux que ce soit négatif.

Clarisse éclate en sanglots.

Noé la prend dans ses bras. Elle se demande si leur amitié résisterait à un résultat positif. Auraient-elles la même connivence ? Pourrait-elle l'embrasser sans arrière-pensée ? Mordrait-elle dans le même rouleau de printemps sans la trouille au ventre ? Laisserait-elle Tadeo passer une soirée chez Gaspard ? S'éloignerait-elle de Clarisse pour éviter de devoir supporter le spectacle de la maladie, les modifications physiques ? Deviendrait-elle aussi minable ?

— Je n'ai jamais menti à mes parents, je n'ai jamais rien volé, je n'ai jamais été envieuse, raciste ou violente. J'ai toujours considéré Paul comme l'homme de ma vie, j'ai toujours eu l'espoir que les choses allaient s'arranger. D'accord, je buvais trop, mais j'ai redressé la barre grâce à ma volonté, Dieu sait que j'en ai bavé. Et là, je déconne vingt minutes et je risque ma vie avec un type qui est censé m'assurer.

— Donne-moi cette foutue enveloppe, Clarisse.

Clarisse glisse le courrier dans la cage d'ascenseur et se cache le visage dans les mains de Noé. Plus un souffle à part Jeanne.

Puis le bruit assourdissant de l'enveloppe que Gab déchire, de la feuille de papier qu'elle sort, qu'elle déplie. Ses yeux posés sur le résultat semblent faire un boucan d'enfer.

Noé s'affole. Clarisse est figée, en apnée, en sursis.

Le sillage de Flower Bomb.

La minuterie.

Le noir.

— C'est bon, ma puce. Tu n'as rien.

Noé explose de joie, se lève et allume la lumière. Clarisse reste muette. Gab lit une dernière fois la ligne salvatrice.

Jeanne tente d'identifier quel est ce poids sur ses hanches, renonce, pourquoi sa tête est calée entre un casque et des chaussures, renonce. Ensuquée, elle ouvre un œil et cherche ses repères. Elle ne comprend pas pourquoi les enfants dorment toujours, pourquoi Luc fait chambre à part, pourquoi le lit est minuscule, pourquoi Noé, Gab et Clarisse lui sourient, le visage détendu.

Elle parvient à articuler.

— J'ai faim.

30 mai

« Noé, ma belle princesse, je m'excuse à plate couture, je suis désolé, ma jolie naïade, je te promets qu'on repartira très vite tous les deux pour une escapade en amoureux. Gros bisous sur ta jolie peau aussi douce que le sable de Deauville. Ton Sasa. »
Salomon a presque quarante ans et nombre de ses amis l'admirent sincèrement. Diplômé de l'ESCP, intégré en bizuth avec des notes exceptionnelles, il a fait fortune très jeune en créant un site de vente de vins en ligne qu'il a cédé avant l'explosion de la bulle Internet. La pauvreté de la prose surprend chez cet homme intelligent, brillant et visionnaire dans ses affaires.

Téléphone.
Noé branche le haut-parleur et continue de ranger ses affaires.

— Noé, c'est Jeanne, ça va ?
— Je suis un enfant à qui on a promis un tour de montagnes russes et qui se retrouve seul dans sa chambre avec son cheval à bascule.
— Il va forcément se rattraper.
— Tu ne comprends pas Jeanne. Je n'en ai rien à faire de Salomon, mais je suis vexée. Je me sens flouée, j'estime que je vaux cent fois mieux que ce goujat et j'ai déjà plusieurs idées de vengeance.

— Ça ne l'amuse pas de passer le samedi au chevet de son fils.

— Je compte moins qu'un boutonneux de treize ans qui a le larynx enflammé. Je crois que tu ne te rends pas compte.

— Je suis sûre que Salomon préférerait se promener sur les planches, une créature de rêve à son bras.

— Je finis par me poser des questions.

— Salomon a cinq enfants, il est divorcé, comprends-le, il n'a pas le choix.

— C'est le week-end de son ex-femme.

— Arrête tes simagrées, Noé, tu sais comment ça se passe... Si Ilario t'appelle parce que Tadeo a une péritonite aiguë tu ne vas pas lui raccrocher au nez sous prétexte que c'est ton jour de repos.

— J'affrète un avion Europ'Assistance.

— Tu vois, ma chérie, ne condamne pas ce pauvre Salomon, il assume sa responsabilité de père, c'est formidable.

— Ça me tue de passer au second plan.

Debout, devant le miroir, Noé serre les talons et contemple l'espace entre ses jambes.

— Jeanne ? Tu fais quoi ?

— Je suce un Strepsils. Les enfants sont malades depuis un mois à tour de rôle.

— Tu viens quand même ?

— Je suis crevée et je dois être contagieuse. Tu ne m'en veux pas ?

— J'ai commandé un buffet pour huit et je comptais sur toi.

Jeanne se racle la gorge et expectore. Noé abrège.

— C'est bon, va te soigner, on s'appelle demain.

Noé raccroche. Jeanne ne manque pas d'air. À seize heures, elle se porte comme un charme, à dix-huit heures, elle l'appelle pour demander s'il faut apporter quelque chose, à dix-neuf heures trente, elle se plaint d'un terrible mal de gorge.

Un peu de musique pour se détendre. Chérie FM. Ces vieilles mélodies sapent le moral. Brailler sur les « Mots bleus » en chanteuse de karaoké désœuvrée. Noé coupe le sifflet à sa Bang & Olufsen. Elle a décidé de résister pendant quelques années. Tadeo a besoin d'une mère branchée, rockeuse, hype. D'une mère qui télécharge Tokio Hotel sur son Zune et qui s'extasie devant des prépubères peinturlurés.

Noé s'allonge sur son king size bed. Les deux traversins et les dix oreillers ne remplissent pas le vide affectif. Un matelas de deux mètres sur deux est anxiogène, un lit junior le serait tout autant.

À nouveau le téléphone.

— C'est Clarisse... j'ai un mégaproblème.
— Explique toujours.
— Paul veut me parler.
— Il a bien choisi son jour !
— Plus de six mois que j'attends ça. Je vais enfin avoir des réponses. On va dans le mur si on continue à s'ignorer et je me dis que s'il y a une chance microscopique, il faut la saisir. Tu me comprends, n'est-ce pas ?

Noé jette un oreiller à travers la chambre, puis un deuxième, un troisième... Elle est en est réduite à une bataille de polochons en solitaire.

— C'est bien de tirer tout ça au clair. Paul n'est pas méchant. Il y a une explication.

— Tu m'en veux, je te connais par cœur, tu as la voix des mauvais jours.

— Excuse-moi de ne pas avoir un ton jovial, Clarisse, je sais, ce que tu vis n'est pas facile mais...

— Mon deuxième test est négatif.

— Cool.

— Tu pleures ?

— Aucune raison. Je me dis que je vais finir ma vie sans personne, Tadeo viendra me voir une ou deux fois par an, il se forcera pour me faire la bise, il montrera à sa ravissante fiancée les albums photos de son enfance avec sa mère qui était encore belle. Et moi, je flotterai éternellement dans un 36, je regarderai les centaines de cintres dans mon dressing en essayant de me rappeler pour quelle occasion j'avais cette robe ou ce tailleur. Mais je n'aurai aucun bon souvenir. Rien qui ne m'évoque un sourire, un cri de joie, du bonheur. Je trouve que j'ai raté ma vie, mais je ne pleure pas.

— Tu n'as rien raté du tout. On est toutes pareilles, on traverse des hauts et des bas.

— Des bas qui s'éternisent. Pardonne-moi mais ça fait des lustres que je rame dans les bas-fonds et ce n'est pas fini, Clarisse.

— Si tu crois que parfois je n'ai pas envie de tout quitter, de me casser sans laisser d'adresse, de recommencer ailleurs, de retrouver le sourire.

— Je ne veux pas sourire dans le vide, Clarisse, je veux tomber amoureuse d'un homme qui trouve que j'ai le plus beau sourire du monde.

— Ça durera longtemps, un an, trois ans ? C'est toujours la même histoire. Le sommet de l'amour c'est le premier jour et après tout dégringole lentement mais sûrement. Tu fais semblant, tu fais des enfants pour entretenir les illusions, puis tu ne tiens plus, suivent les disputes et tu finis par prendre plus de plaisir à t'engueuler qu'à faire l'amour. Moi, je me bats pour Gaspard.

— C'est bidon, l'amour filial, Clarisse. Tu le sais très bien. Les gamins naissent pour être ingrats avec leurs parents. Je suis maltraitée par Tadeo. Il est aussi câlin qu'un bulldozer. Je me demande pourquoi j'insiste pour le garder, je ferais mieux de le refiler à son père, qu'il cesse d'empoisonner ma vie.

— Arrête. Tadeo a besoin de toi plus que jamais. Il te teste, c'est tout.

— Je ne suis pas un modèle de voiture, Clarisse, je refuse d'être comparée et notée.

— Tu es sa mère et la personne qu'il aime le plus au monde.

— J'ai été convoquée par sa maîtresse. Il prépare un spectacle pour la fin de l'année et chaque enfant doit apprendre une chanson de son choix. Tadeo a choisi l'hymne italien. C'est une façon de me renier. En plus il a décidé de me vouvoyer alors qu'il continue à tutoyer Grazziella. Je lui ai demandé pourquoi, il m'a tout simplement répliqué : « Parce qu'elle est jeune. »

— Il fait sa crise, ça lui passera.

— C'est bon, Clarisse, laisse tomber, j'ai le moral dans les escarpins.

— Et ta psy, qu'est-ce qu'elle dit ?

— « À la semaine prochaine. »

— Rien d'autre ?

— Si, « 150 euros ».

Noé allume la télévision. Patrick Sébastien interviewe Michèle Torr pour son dernier album *À Torr et à raison*, best-of remixé de ses meilleures chansons. Noé coupe le son et pense que c'est le pire samedi soir de sa vie et que si ça continue, cette émission deviendra un rendez-vous hebdomadaire.

— Là, tu pleures ?

— Excuse-moi, Clarisse, je ne pensais pas que *Le Grand Cabaret* me donnerait autant le spleen.

— Elles ne vont pas tarder.

— Gab arrive toujours en retard, si elle vient...

— J'ai parlé à Jeanne, il y a moins d'une heure, elle se faisait une joie de dîner avec nous.

— Entre-temps, elle a l'angine que Bernadette avait refilée à Pierre après l'avoir attrapée auprès de Joseph ou de Marie. Toutes les aventures de Jeanne sont passionnantes.

— Pas de bol.

— Je préfère être seule, mais en bonne santé.

— Super, Noé, j'aime quand tu positives.

Un lanceur de couteaux vise une blonde en justau-corps lamé.

— Surtout, tu m'appelles demain pour me racon-ter comment ça s'est passé avec Paul.

— J'ai tellement peur de ce qu'il va me dire.

— Il te dira qu'il t'aime.

— Je ne sais pas si c'est ce que j'ai envie d'entendre.

— Tu préfères un divorce avec des règlements de comptes sanglants ?

— Paul n'est pas comme ça.

— Tout le monde est comme ça. Je me suis sur-prise à dérober des petites cuillères.

— Paul n'en à rien à faire de l'argent.

— Ça n'a rien à voir avec le fric, Clarisse. C'est un duel, la guerre totale, l'autre doit payer ces années gâchées, tous les coups sont permis.

Un contorsionniste chinois tente de se caser dans une boîte à chaussures.

— Je ne me fais aucun souci, Paul t'aime.

— Tu crois vraiment ?

— Je ne suis pas inquiète. Mais tu dois rester forte. Aucune allusion aux six derniers mois, à son comportement bizarre, à sa froideur, à son absence de désir.

— Je ne lui pose aucune question ?

— Tu l'écoutes. Dès qu'il se tait, tu lui prends la main, tu l'embrasses, tu lui fais comprendre que tu veux repartir sur de nouvelles bases.

— Je ne supporte pas les zones d'ombre, Noé. J'ai besoin de savoir, ce n'est pas une question de curiosité mais d'honnêteté. Si je veux reconstruire quelque chose de vrai et de stable avec Paul, on doit tout savoir l'un de l'autre. Imagine qu'il veuille faire l'amour, je vais exiger un préservatif. Je dois lui raconter.

— Si tu racontes, tu le perds.

— Et si je suis séropo et que je le contamine ?

— Pour l'instant tu ne l'es pas et, après tout, lui aussi a pu aller voir ailleurs. Dis-lui que tu préfères utiliser une capote et qu'après avoir fait chacun votre test...

— Je ne pourrais pas.

— Tu te tais !

— Je raccroche, Paul arrive.

Noé se lève brusquement. Elle voit des étoiles filantes. Elle fait autant de vœux. Elle inspire, expire. Pas faim, pas soif. Ses visions disparaissent. Elle longe le couloir, ouvre la chambre de Tadeo, allume la veilleuse, s'allonge sur le tapis Star Wars, se recroqueville. Tchoupi, Papoum, Rantanplan, Winnie,

Bébé, Goldo, Capitaine Crochet, Toto, Kiki, Némo, le Roi Lion ont de sales gueules. En fait, les peluches reflètent ceux qui les regardent.

Au mur, les clichés du bonheur.

Noé et Ilario, jeunes mariés sur la terrasse de la Cala di Volpe. Fabio, le maître d'hôtel du Grill prend le cliché. Ilario a le maillot Villebrequin que Clarisse, Gab et Jeanne lui ont offert pour ses vingt-huit ans. Noé a un deux-pièces marron glacé qu'elle a acheté place de la Madeleine après avoir déjeuné chez Fauchon avec sa mère pour régler les derniers détails du mariage. Ils viennent de nager pendant une heure. Ils prennent un bain de soleil, seuls, sur le ponton. Ilario l'embrasse, Noé le caresse, il suffit de peu, il jouit. Un Riva passe, c'est un copain de son père, il propose de les ramener, Ilario décline poliment. Le sexe encore dur, il s'allonge sur le ventre et Noé a un fou rire. Après, ils rentrent en crawl en faisant la course. Ilario dit qu'il adore son cul, qu'elle a les plus belles fesses de Sardaigne, elle se vexe, « de l'Italie », elle le coule, « du monde », elle tire la langue et part en courant au bord de la piscine, Ilario la rejoint, Noé est allongée sur le transat, Ilario se penche et murmure qu'il a envie d'elle. Il arrache son soutien-gorge et la porte jusque dans les cabines. Elle ferme les yeux et les mains. Ilario dit qu'il l'aime et qu'il l'aimera toujours.

Noé à la maternité. Tadeo vit sa deuxième heure. Ilario prend la photo. Il porte une chemise bleue et un pantalon en lin froissé. Il n'a pas assisté à l'accouchement mais il est resté assis pendant plus de six heures dans le couloir. Il n'a pas mis d'eau de toilette, il sent le mauvais café du distributeur. Après avoir pris le cliché, Noé récupère l'appareil et Ilario prend son fils dans les bras. Il garde le nouveau-né contre lui, troublé, il sait que, désormais, tout est différent. Tadeo s'est endormi, Ilario est tendu, Noé émue. L'infirmière emporte le berceau pour la nuit. Ilario reste quelques minutes au chevet de sa femme, les doigts enchevêtrés, ils ne disent rien.

Tadeo est dans son petit lit, il a un an. Noé prend la photo. C'est un dimanche soir vers vingt heures. Elle souffre d'une migraine abominable et s'est mise en robe de chambre. Tadeo a un dors-bien gravé à son nom offert par sa belle-mère, Ilario, un polo noir avec des traces de sueur autour de la poitrine. Il est de mauvaise humeur, sa compétition de golf s'est mal passée, il a ramené une carte de 83, il a surtout perdu mille euros, à cause d'un *putt* de quarante centimètres. Ça le rend fou. Son vainqueur appelle pour les inviter à dîner. Ilario accepte. Il dormira dans la chambre d'ami.

Tadeo sur son premier vélo. Un casque Spiderman et des protège-coudes Cars. Entre le théâtre Guignol et la halte-garderie du Ranelagh. Un lundi après-midi de juillet. Un orage est sur le point d'éclater. Ilario prend la photo. Noé les regarde de loin sur le banc près du point d'eau, elle a peur de tout perdre. Tadeo se donne du mal pour monter la côte et son père trouve qu'il ne va pas assez vite. Tadeo pleure, son casque est trop serré, il veut aller à la balançoire. Son père le traite de mauviette. Noé bondit et prend Tadeo dans ses bras. Ilario est hors de lui. Une minette passe avec son iPod et son short taille zéro, Ilario mate son cul, Noé fait une scène, Tadeo ne comprend pas. Ilario disparaît pendant deux jours.

Plage de L'Eden Roc à Saint-Barth. Tadeo sur les épaules de son père. Beaucoup de vent, une mer impraticable. Noé déclenche la photo et elle sait que ce sera une des dernières. Ilario n'a jamais été aussi beau, Noé n'a jamais été aussi amoureuse. Son mari est distant, froid, il lève les yeux au ciel dès qu'elle parle. Tous les jours, Tadeo prend une leçon de natation avec une maître nageuse sculpturale. Ilario devient un père exemplaire. Noé a souvent mal au ventre, elle se bourre de Spasfon. Elle a une semaine de retard et demande au concierge de l'hôtel de lui procurer un test de grossesse. Résultat positif à deux reprises. Noé l'annonce à Ilario. Il est furieux. Noé prétend qu'un bébé apportera un souffle nouveau. Ilario ne veut pas en entendre parler. La veille du départ, Ilario décide de faire une escale à New York. Noé se met à genoux et le supplie de l'aimer encore, juste un petit peu. Elle lui promet de tout accepter. Noé et Tadeo rentrent à Paris, Noé vomit pendant tout le voyage. Une semaine après, alors qu'elle n'a jamais autant désiré un enfant, elle fait une fausse couche.

Tadeo souffle ses six bougies, il est entouré de Gaspard, de Pierre, de Bernadette, de Joseph, de Marie, de Bertrand son meilleur copain, d'Antoine son deuxième meilleur copain, de Bérangère sa fiancée, de Margaux son ex et de Laeticia, sa future. Clarisse prend la photo. Gab est en train de filmer la scène. Tadeo n'a pas eu son père au téléphone, ils ont essayé de l'appeler mais il était sur messagerie. Noé a demandé à un clown ainsi qu'à un disc-jockey de faire l'animation. Ça saute, ça court, ça crie, ça bave, ça crache, ça danse, ça chante, ça pisse, ça chie, ça pleure, ça griffe, ça pousse, ça tombe. Tadeo est très nerveux, il refuse de prêter ses jouets. Les trois gouvernantes perdent le contrôle de la situation. Noé, à bout, gifle Tadeo pour la première fois de sa vie.

Noé prend l'énorme téléphone Donald Duck qu'Ilario avait acheté à Disneyland.

— *Buona sera, Signora, sono Noé, la mamma di Tadeo, posso parlargli, per favore ?* Bonsoir chéri, c'est maman, j'avais envie de te faire un petit coucou. Comment tu vas, mon pinson adoré ? Tant mieux, je suis contente. Tu as appris à conduire ? Du karting ? Mais c'est très difficile, le karting. Il faut être grand pour en faire. Toi, tu sais parce que tu es très fort ! Déjà ? Deux tours tout seul ! C'est formidable. Tu n'as pas eu peur ? Je suis très impressionnée. Papa t'a acheté une voiture. Dément... Et à part ça, qu'est-ce que tu me racontes ? Il fait beau ? Le bébé pleure tout le temps ? C'est normal... Papa est là ? Ils sont sortis ? Il est sorti tout seul ? Tu sais où ? Et il va rentrer à quelle heure ? C'est pas grave, mon bichon, je voulais te dire que je t'aime et que tu me manques. J'ai hâte d'être à demain soir. Allez, chéri, va te coucher et fais un gros dodo. Bonne nuit, trésor.

Noé raccroche, s'ensuit un long face à face avec le palmipède made in China interrompu par la sonnerie de celui-ci.

— Ilario.

— Ilario ?

— Tadeo m'a dit que tu avais appelé ?

— Il y a deux minutes, je voulais l'embrasser.

— Tu appelles à dix heures du soir pour embrasser ton fils ?

— C'est tout, je te promets.

— Qu'est-ce qui se passe ? Tu as bu ou quoi ?

171

— Mais non.

— Tu as fumé ?

— Pourquoi veux-tu que je sois défoncée ?

— Ça fait trois ans qu'on communique par le biais de nos avocats ou par lettre recommandée, la seule fois où je suis tombé sur toi, tu as tellement hurlé que j'ai eu des acouphènes pendant une semaine. Cet appel incongru m'inquiète. Tu récupères Tadeo demain, et je ne veux pas que tu t'immisces dans ma dernière soirée avec lui.

— Je suis fatiguée.

— Tu décides d'arrêter de me faire chier uniquement parce que tu es fatiguée. Je croyais que c'était pour Tadeo, pour qu'il se sente moins déchiré entre un père qui fait le maximum et une mère hystérique qui le perturbe.

— Tu me détestes ?

— Quand tu te sers de mon fils, j'ai envie de te noyer.

— Je veux qu'on fasse la paix, Ilario.

— Je ne veux pas te parler, je ne veux pas te voir, je ne veux rien savoir de toi.

— Je ne comprends pas pourquoi tu es agressif.

— Je ne suis pas agressif, je protège mon fils.

— On pourrait avoir des relations normales, ce serait plus simple, tu ne crois pas ?

— Il n'y a rien de simple avec toi, je te connais par cœur, tu es mauvaise, manipulatrice, vicieuse... Alors je me défends, je prends mes précautions, je t'ai assez pratiquée, tu ne fais rien par hasard. Ton appel, tes questions à la con, pour savoir ce qui se passe dans ma vie, ce sketch pathétique pour faire parler Tadeo... Tu ne changeras jamais.

— Il faut croire que non.

Presque deux ans et demi qu'elle n'a pas entendu la voix de son ex-mari. Les injures, les chantages, les filatures, les tribunaux, ne lui font pas oublier les quelques années merveilleuses du début.

Noé se déshabille devant le miroir de l'entrée. Elle touche ses côtes, ses omoplates, les os de ses hanches, sa peau creuse, elle n'a plus rien à offrir. Elle a disparu dans ce corps malingre. Ilario ne reviendra jamais.

Le téléphone. Noé laisse sonner plusieurs fois.

— Salut, Noé, j'espère que vous avez commencé, je suis coincée chez Casa Bini avec Daniel Langer.

— J'ai gardé un poster de Daniel Langer dans ma chambre jusqu'à mon mariage. Je ne peux pas t'en vouloir.

— Au rythme où vont les choses, je serai en retard pour notre prochain dîner.

— Prends ton temps, Gab, je me régale. Je suis à poil dans mon salon, je regarde la télé. Patrick Sébastien, tu vois où j'en suis. Jeanne ne vient pas, Clarisse non plus, il y a de la bouffe pour dix, je viens d'avoir une conversation particulièrement pénible avec mon ex-mari qui m'a traitée de tous les noms. Quand je me vois, je me dis que je fous vraiment la trouille et que c'est normal que je n'excite aucun mec.

— Tu charries.

— J'ai tout faux, Gab, et au lieu d'aller voir un nutritionniste malin pour réapprendre à manger, je vais m'allonger sur un divan dans le dos d'une bonne femme boulimique qui se sert de moi pour régler ses problèmes personnels.

— Ça va, tu es sûre ?

— Change-moi les idées. Il est comment en vrai Daniel Langer ?

Noé imagine la tête de sa gouvernante philippine si elle débarquait à l'improviste.

— Il est assis au fond de la salle du premier étage, il a une chemise bleu ciel et un pantalon beige avec de fines rayures marine, des tennis blancs un peu sales et une petite entaille sur le menton. Il a les cheveux très courts et la barbe qu'il laisse pousser pour son prochain rôle. Il a commencé par renvoyer deux bouteilles bouchonnées, ensuite il a donné un cours d'œnologie au patron puis il nous a expliqué comment on fabriquait la mozzarella, enfin, il a mis quinze minutes pour choisir. Il est à présent en ligne avec son ostéo car il s'est bloqué une vertèbre en jouant au golf...

— Ilario jouait au golf, ça rend fou.

— Je t'épargne le couplet sur le British Open avec le patron toujours au garde-à-vous, le monologue sur son nouveau *driver* Callaway, leur échange philosophique...

— Un casse-couilles.

— Il est mieux qu'à l'écran. Vraiment sublime, chaleureux, magnétique.

— Laisse tomber les golfeurs, Gab. Ils sont chiants et maniaques. Ilario dormait à côté de son sac et se levait en pleine nuit pour faire des coups d'essai. C'est un sport de ravagés qui compense l'absence d'effort physique par une gymnastique cérébrale sadique. En plus, après avoir joué pendant quatre heures, les plus mordus te racontent leur partie. J'avais droit à ça tous les dimanches soir, « départ du sept, j'étais plus deux, je tape parfait, il me reste un petit coup de 8, je fais une gratte, je tombe dans le gros *rough*, je prends mon *sand*, je me retrouve pluggé dans le bunker, impossible à jouer, je fais une sortie à trois mètres du drapeau et là tu ne le croiras jamais... »

— Quoi ?

— On s'en fout, Gab. Ça n'a aucun intérêt, à ta place, je ne donnerais pas suite. Ilario ratait la fête de l'école pour aller taper des balles, il oubliait de venir me chercher à l'aéroport, il annulait des rendez-vous d'affaire pour une partie. Méfie-toi, Langer serait capable de te pourrir le tournage.

— Il a dit qu'il trouvait mon scénario superbe.

— Concrètement ?

— C'est un métier où il n'y a rien de concret, Noé. Un acteur me dit qu'il aime mon film, je réponds que je l'ai écrit pour lui, les producteurs approuvent, on se congratule, on se fait des bises, on se dit qu'on est géniaux, on avance une date de tournage, on s'emballe, on boit des coups, on s'écoute parler.

— Il aura quel rôle Langer ? Je croyais que vous cherchiez des actrices.

— Tu ne te rends pas compte, Noé. Ses derniers films ont fait trois millions d'entrées en moyenne. C'est un des acteurs les plus *bankable* du moment. Si je l'ai, les chaînes vont se battre pour me financer. Quitte à reprendre le scénario et à étoffer son personnage.

— Rassure-moi. Il ne va pas jouer Paul ?

— C'est bien parti pour...

— Enfin, Gab, tu ne peux pas déconner à ce point-là. Paul est laid, taciturne, un plouc qui va enfin dégager de la vie de notre meilleure amie. Pourquoi tu choisis Langer ?

— Dans mon film, Clarisse trompe souvent son mari. Si Paul est moche, on trouvera ça normal, si Paul est sublime et la moitié de la France fantasme sur lui, ce sera plus original.

— Comment tu fais pour dîner avec l'acteur le plus convoité du septième art ?

— Je traîne au bon endroit au bon moment.

— Je n'ai jamais pu réunir les deux paramètres.

David Douillet monte sur scène pour un numéro d'hypnose. Noé saute à pieds joints au rythme des roulements de tambours.

— J'accompagnais un copain cameraman sur le tournage de *Qui veut gagner des millions ?*

— Le même que la dernière fois ?

— Bobby, un ex.

— Tes ex sont super, ça me rend folle.

— L'émission venait de se terminer, tout le monde était détendu, soulagé d'avoir remporté 600 000 euros pour leur association, Langer prenait un verre avec Gad Elmaleh et Magimel, je connais vaguement Gad pour avoir été figurante sur *Chouchou*, une scène où j'éternuais mais qui a été coupée au montage. Je les ai félicités, le portable de Magimel a sonné, Gad s'est fait bousculer et a renversé sa coupe sur son pantalon, il s'est absenté, Daniel est resté seul avec moi, je n'avais pas le choix, j'y suis allée au culot. J'ai dit que j'avais écrit un rôle pour lui, que c'était mon jour de chance, que j'adorais tous ses choix cinématographiques...

— Tu lui as ciré les pompes.

— Je ne me suis pas forcée, il m'a donné son adresse perso.

— Il habite où ?

Douillet dort comme un bébé. Noé sautille.

— Au moins son arrondissement ?

— Laisse tomber.

176

— La confiance règne. Tu crois que je vais dormir en bas de chez lui avec une pancarte « Gab est une balance » ?

— Ce n'est pas ça, ma puce, mais il est harcelé à longueur de journée, il se méfie de tout le monde et je ne voudrais pas...

— Qu'une peroxydée névrotique vienne rallonger la liste.

— Ne dis pas ça.

— Ce n'est pas moi qui le dis, Gab, c'est toi. Si Clarisse ou Jeanne te l'avaient demandé, tu aurais lâché le morceau. Tu es injuste, je te l'ai toujours dit.

Douillet est réveillé. Hagard, il salue le public sous une pluie de confettis, entouré d'une flopée de danseuses en string et d'accordéonistes en marcel. Patrick Sébastien le rejoint pour chanter son dernier opus « Dodo les maquereaux ».

Noé se déhanche imperceptiblement. Debout, les invités se trémoussent sans retenue.

— Tu fais quoi là ?

— Je danse.

— Toute seule ?

— Je ne suis pas seule, Gab, je suis en communion avec au moins sept millions de téléspectateurs et ce petit côté fête de village est une bouffée d'oxygène dans cette soirée où mes soi-disant meilleures amies m'ont posé un lapin. À l'heure qu'il est, Jeanne fait des gargarismes au citron salé, Clarisse et Paul dressent le bilan de leur dernière année et tu vis une aventure humaine avec l'acteur le plus charismatique de France. Je n'ai pas assez de médicaments pour m'envoyer dans l'au-delà, je n'ai pas le gaz chez moi et j'habite au-dessus d'une pelouse aussi épaisse qu'un matelas

Hästens, alors je continue à m'envoyer en l'air avec Patrick Sébastien.

— Arrête, Noé, tu n'es pas drôle.

— Je n'ai jamais eu cette prétention, Gab. Je te dis au contraire, avec calme, que j'ai pensé plusieurs fois à en finir, mais que ce soir, curieusement, je n'ai aucune envie de passer l'arme à gauche.

— Tu crois que ça m'amuse de te faire faux bond ?

— Je sais, ma puce, tu bosses dur.

— Pourquoi tu dis ça avec ce ton ironique ?

— Un dîner en tête à tête avec un acteur canon, que tout le monde s'arrache, qui accepte de jouer dans ton film, ce n'est pas de l'ironie, c'est de la compassion.

— Ce n'est pas un *date*, Noé. Je me bats pour transformer mon manuscrit en film. Il m'a appelée à la dernière minute, il rentrait de Prague, demain il repart en tournée, il voulait me voir pour parler du rôle, de la construction du film, de mes désirs de scénariste, de ma carrière d'actrice. Je crois que tu ne te rends pas compte de l'emploi du temps de Langer. Si tu veux tout savoir, quand mon portable a sonné, j'étais en train de t'acheter un bouquet.

— Un cactus !

— Quoi ?

— Ça y est, j'ai trouvé, je ressemble à un cactus. Je suis épineuse, sèche, inquiétante. Tu te taperais un cactus, toi ?

— D'après Christophe, tu es le portrait craché de Cameron Diaz.

Noé reste dans le rythme.

— Je n'ai rien contre Christophe, Gab, mais il est bigleux et c'est plutôt préoccupant pour un futur chirurgien.

— Pourquoi tu te dénigres en permanence, Noé ?

— Personne ne s'intéresse à moi.

— Salomon t'aime.

— Salomon est flatté parce qu'habillée, maquillée, méchée, hâlée, poudrée, marcjacobsée, je fais illusion, mais au moment d'entrer dans le vif du sujet, il a la nouille, comme les autres.

Noé entend Gab exploser de rire.

— On voit que ça ne t'est jamais arrivé, Gab.

— Le serveur vient de me dire que mes pâtes étaient servies. Tu veux que je passe après ?

— Il faut que je trouve un truc à faire.

— Mets-toi en chemise de nuit, Noé.

— Je n'ai pas envie de me coucher, pas plus que de me lever le matin. J'émerge difficilement vers onze heures après une nuit de gamberge. Rosalina a réveillé Tadeo, lui a préparé le petit déjeuner, l'a emmené à l'école, Lourdes a fait les courses et le repas, Marlyn s'est occupé du linge et du ménage. Je prends mes pilules euphorisantes puis je me douche. Tadeo rentre pour déjeuner, je lui tiens compagnie en peignoir, je lui pose toujours les mêmes questions, il répond en jouant avec le Ketchup, il me regarde à peine, il plaisante avec Rosalina. Je demande un baiser, il le fait du bout des lèvres, je promets de venir le chercher après les cours de l'après-midi et il répond : « Non, c'est bon, je préfère quand c'est Rosalina » ou : « Je me débrouille, je rentre avec la mère de Tom ». Je n'ai rien à dire à mon fils, Gab. Rien à raconter, rien à proposer. Je n'ai pas de passion, pas de hobbies. Je ne sécrète plus de dopamine, plus d'endorphine. Je m'emmerde.

— Il faut que j'y aille, Noé.

— Je n'ai pas croisé Lindon depuis un mois. Je n'ose pas retourner à la sortie de l'école. J'appréhende sa réaction. C'est un homme qui ne sait pas cacher ses émotions. On est pareils tous les deux. Des ultrasensibles inadaptés à ce monde froid. Lui se ronge les ongles, moi je planque mes angoisses sous des résines. Tous les trois jours, je vais voir mon esthéticienne pour avoir ma dose. Je lui demande du long, du brillant, du flambant neuf pour épater la galerie. Tu sais ce que ma dealeuse m'a proposé ce matin ?

— Il faut vraiment que j'y aille maintenant.

— Des faux ongles sur les pieds ! Elle m'a trouvée tellement lugubre qu'elle a pensé que ça pourrait me soulager.

— Noé ?

— Si Lindon me trouve vieillie, terne, pas à la hauteur du souvenir que je lui ai laissé, il sera submergé par le choc. Je fais comment moi pour ne pas couler ?

Elle raccroche.

*
* *

La seule fois où Noé a tenté de se faire vomir, Tadeo est arrivé dans la salle de bains. Il a demandé si elle était malade et s'il devait appeler un docteur. Noé a répondu qu'elle n'avait pas digéré son déjeuner, des sushis pas frais. Tadeo était grave, il a feint de la croire. Noé n'avait rien avalé ce jour-là, elle avait regardé les albums de son mariage, sa robe Valentino pleine de ses formes, les yeux énamourés d'Ilario.

Glacée, elle se couvre d'un plaid en cashmere et s'allonge sur le canapé.

TF1. Match PSG/OM. Nasri en contre-attaque. Thierry Gilardi éructe et réveille Jean-Michel

180

Larqué. Un partout à quatre minutes de la fin du temps réglementaire. Les gradins s'échauffent à grand renfort de bombes lacrymogènes et de sirènes.

Noé n'aime pas particulièrement le football mais cet excès de transpiration, de testostérone et de quadriceps saillants lui redonne goût à la vie. Sous la douche, au milieu d'une équipe victorieuse dans la force de l'âge. Noé imagine les détails. Elle est rassérénée par la chaleur qui monte dans son ventre. Soudain, elle découvre avec stupéfaction que cet enfoiré de Salomon est debout dans la tribune présidentielle et fait le V de la victoire.

Noé bondit, balance le plaid sur le buffet, ruine au passage 400 euros de petits-fours, terrines en tout genre, flan de homard et salade de gambas, et saisit le téléphone comme si elle voulait l'essorer.

Elle se ravise. Si elle l'appelle, elle confesse ce samedi soir en tête à tête avec son plasma géant. Salomon disparaîtra et il ne sera plus la roue de secours des longs week-ends lorsque Tadeo est en Italie. Si elle ne l'appelle pas, elle va imploser.

— Oui, Sasa, c'est Noé. Je voulais avoir des nouvelles de Zach, J'espère qu'il ne souffre pas trop. Demain ça devrait aller mieux. Tu peux m'appeler quand tu veux... peut-être que tu dors déjà... les heures avant minuit comptent double. Je t'embrasse. Merci pour tes fleurs. *Ciao, bambino*.

Noé s'approche de la télévision. Elle a des vapeurs. Plus que cinquante secondes. L'arbitre assistant indique cinq minutes supplémentaires dans les arrêts de jeu. Trois cents secondes. Noé scrute les tribunes. Des supporters survoltés tapent sur des tambours et tirent la langue quand ils se voient sur le grand écran, un groupe d'excités tente une hola, un ministre avec une écharpe autour du cou bâille au premier rang, un peu à gauche, Salomon avec le maillot du PSG.

Noé se retient de shooter dans sa Pioneer. Elle se contente de cracher sur l'écran. Elle regrette aussitôt, l'image a changé et c'est un zoom sur le joueur le plus mignon.

Se rhabiller en hâte, demander à un taxi de la déposer au Parc des Princes, guetter la sortie de la tribune officielle, tomber nez à nez avec Salomon. Qu'est-ce que tu fais là ? Je ne trouve pas le sommeil alors je me balade ? Et toi ? Pareil ? C'est marrant. C'est dangereux pour une femme seule de traîner ici, parfois ça dégénère, les perdants sont agressifs, les gagnants, euphoriques... C'est bon Salomon, je sais me défendre et je ne crois pas être un fantasme pour le supporter de base.

Noé préfère rester nue, même si le déplacement Porte d'Auteuil au milieu des bus de hooligans pimenterait cette soirée morose.

Coup de sifflet. Les joueurs se congratulent, les entraîneurs félicitent leurs troupes, le stade est en transe. Salomon doit écouter ses messages. Elle lui donne dix minutes pour appeler sinon elle met un terme définitif à cette relation.

Au moins, il lui reste son chat. Lui au moins ne fera pas la fine bouche pour un buffet Lenôtre ?

— Onassis, Onassis, tu es où mon prince ? Maman est là, toute nue, n'aie pas peur, je ne suis pas méchante, juste désespérée... miaou, miaou, allez mon chéri, viens faire une risette à ta maman d'amour...

Noé lève le ton.

— Onassis, je te préviens, maman va se fâcher très fort et ce soir, ça risque de n'être pas beau à voir. Tu viens tout de suite. Bordel, Onassis. Je m'emmerde.

Pas l'ombre d'Onassis.

— Allô, Clarisse, c'est Noé, j'espère que ton dîner avec Paul s'est bien passé, peut-être que ce n'est pas fini ou que ça a dégénéré dans le bon sens. Je voulais te faire un coucou, voilà, je viens d'assister à un match de foot au sommet qui m'a révélé que Salomon n'est pas du tout télégénique. J'ai les boules, grave. Je ne risque pas de dormir de sitôt. Si tu n'as rien de mieux à faire, tu peux m'appeler, n'hésite pas, même tard... Jeanne, c'est Noé. Il est minuit moins dix et tu dois être dans les bras de Morphée. Cette hypothèse me rassure, je me dis que je connais des gens normaux avec des horaires normaux. J'ai passé une soirée détestable. J'ai fait le point et je crois qu'il était plus que temps. Voilà... je veux une preuve de ce que je dis ce soir et j'ai la flemme de chercher une feuille de papier et de l'envoyer à un huissier. Je vais officialiser une à une mes résolutions pour les prochains mois. Je vire ma psy, je cherche un nutritionniste plutôt ingrat pour éviter le transfert, j'achète un réveil que je programme tous les matins à sept heures et demi et je réveille mon fils avec un plateau et des tartines de Nutella, non pas de Nutella, c'est bourré de glycérol, de diphosphate disodique, de carbonate d'acide de sodium, de E 472b et de E 475, oui je sais, Jeanne, je me rends compte de mon état, crois-moi, je réagis... Tadeo aura droit à un nuage de miel ou de la confiture allégée, il n'est pas gros mais il aurait tendance à aimer le sucre et il est moins sec qu'il y a un an. Pardonne-moi, Jeanne, mais je veux que ça reste entre nous, je sais que je suis trop rigide sur toutes ces histoires de nourriture, mais j'ai décidé de prendre le problème à bras-le-corps. Je diminue la fréquence de mes injections de Botox, je sais qu'à terme, je dois arrêter ce poison mais je ne peux pas tout changer ce soir. Je veux bien prendre quelques kilos mais pas quelques rides en tout cas pas tout à la fois... Ah oui, je fourgue Onassis à Lourdes, je suis prête à lui verser une indemnité journalière et je prends un labrador pour Tadeo qui a dit waouah waouah avant maman. Je le sortirai tous les soirs. À l'autre bout d'une laisse, je trouverai peut-être un célibataire. On se retrouvera à heure fixe sous un réverbère, on parlera de nos animaux de compagnie, de notre journée, de la météo... Un jour, il frôlera ma main, nos chiens se renifleront et je serai conquise. En fait, ce chien est pour moi. Très important, Jeanne, je jette les photos d'Ilario, je le gomme de ma mémoire, je fais le ménage dans mon répertoire, je ressors mon chevalet et mes fusains, je bazarde Salomon, j'arrête de lire mon horoscope et surtout j'arrête de fantasmer sur Lindon en pensant que c'est l'homme de ma nouvelle vie. Je me sens mieux. Ciao, ma belle, et merci de m'avoir écoutée.

Noé a besoin de parler à quelqu'un. Onassis ferait l'affaire mais il n'a pas réapparu.

— Je te dérange ?
— Tu es déjà mieux tombée.
— Je n'en ai pas pour longtemps.
— Vas-y.
— Il est chaud ?

— Excusez-moi, Daniel, je dois régler un problème, j'en ai pour deux secondes.

— Tu peux me répondre oui ou non, pas la peine de faire tout ce cirque.

Une courte pause meublée par la respiration exaspérée de Gab.

— Je t'écoute ?

— Onassis a fait une fugue.

— Quoi ?

— Il a disparu, je me fais un sang d'encre.

— Tu te fous de ma gueule ?

— C'est bon, Gab, détends-toi.

— Je suis extrêmement relax, Noé. Je passe une soirée divine avec un comédien raffiné et intelligent, c'est chiant d'être interrompue toutes les cinq minutes.

— Clarisse et Jeanne sont injoignables, si j'ai trois meilleures amies, c'est pour qu'il y en ait toujours une de garde.

— Je t'ai dit que je passerai.

— Je peux te rejoindre ? On ferait un tour chez Castel. Une *under age party*, c'est plus efficace que du Prozac, non ?

— Je ne peux pas danser, j'ai des chaussures neuves et un mal de pieds atroce.

— Qui te parle de danser, Gab ? On prend une table, une bouteille et on mate.

— C'est samedi soir. Ça va être blindé, on va devoir jouer des coudes pour arriver au bar et quand on aura fait trois mètres au milieu des minets...

— J'ai la sensation que tu me sous-estimes, Gab. Et c'est très déplaisant. Je te signale que je suis membre d'honneur chez Castel, qu'il suffit que je décroche mon téléphone pour que le dance floor soit évacué. J'ai open bar pour moi et mes amis depuis mes seize ans, mon père a dépensé en consommations de quoi acheter la boîte et je crois que je suis la seule, à part Beigbeder, à avoir passé plus de temps dans cet endroit que dans mon lit.

— Je sais, Noé.

— Je passe te chercher dans une heure ?

— On se retrouve devant.

— Tu as honte ?

— Je ne veux pas brouiller les messages.

— En quoi je brouille ?

— Daniel est très sollicité, il reçoit des dizaines de scénarios par jour, Hollywood lui fait les yeux doux, il est pressenti pour jouer dans le prochain Woody Allen, il vient d'écrire une pièce de théâtre qu'il va mettre en scène...

— En quoi je brouille ?

— Quand on aura fini le dîner, il rentrera chez lui avec un avis favorable ou dévaforable sur mon film et sur moi, mais ce sera à peu près clair dans sa tête, puis il reprendra le fil normal de sa vie, des nouvelles propositions, des tournages, des promos, des rendez-vous, il croisera un réalisateur établi qui lui fera miroiter un énorme film, il sera courtisé, il signera des autographes, fera la une des magazines, il retournera chez Casa Bini avec une femme, un comédien ou des copains, mon projet sera beaucoup plus flou dans sa mémoire, et sa tête se remplira de toutes sortes de nouveaux personnages. Il est excessivement courtois. Si ma meilleure amie passe au café, il lui proposera de boire quelque chose et elle acceptera...

— Je n'accepterai pas.

— On s'assiéra tous les trois et on changera de sujet.

— Je pourrais lui parler de golf.

— C'est ça que je crains. Que tu lui parles de golf, que tu le divertisses, que petit à petit le personnage de Paul passe au second plan... C'est une lutte, Noé, je n'ai que quelques minutes pour le convaincre. Un acteur est volatil. Là, je l'ai à moi, concentré, attentif, posant les bonnes questions...

— Laisse tomber, je n'ai plus envie de sortir. Tu coupes les cheveux en quatre, Gab. Si tu es aussi prise de tête avec lui qu'avec moi au téléphone, tu n'es pas près d'avoir de ses news.

Noé raccroche. Elle n'avait aucune intention d'aller chez Castel. Là-bas, tout lui rappelle Ilario. Chaque canapé a été témoin d'un moment fort ou misérable de leur vie commune.

Compulsivement elle essaie Pablo, sur messagerie, Hector, sur messagerie, François-Yves, sur messagerie, Salomon, sur messagerie, Clarisse sur messagerie, Jeanne, sur messagerie. C'est le no man's land.

123, sa messagerie fonctionne parfaitement. Elle ne va pas réveiller Lourdes ou Rosalina, les Philippines sont patientes, douces et endurantes mais elles n'apprécient pas les mœurs border line. Elles sont payées pour garder Tadeo et le *mother-sitting* ne fait pas partie de leurs attributions.

Onassis tente un come-back. Noé décide de faire la tronche. Le chat s'approche, les moustaches en éclaireur, il a une tête d'enfant battu, Noé a le cœur en miettes. Les chats ont peur de l'eau, du tonnerre et des gros chiens. Ont-ils peur de mourir isolés et mal-aimés ?

— Tu sais, mon pépère, je parle fort mais je ne suis pas dangereuse. Ce soir, c'était vraiment un petit cru. Pour toi non plus, ça n'a pas l'air terrible.

Tu m'en veux, mon chatounet ? Dis-moi, Onassis, à ton avis, est-ce qu'à trente-six ans, une femme a le droit d'aller en boîte de nuit ? Tu as raison, ce serait indécent. Les opportunités, pour une femme seule de trente-six ans, se réduisent à peau de chagrin. Mon problème, Onassis, c'est que je ne suis pas suffisamment vieille pour qu'on me respecte, cela dit je ne suis pas certaine qu'on respecte les vieux mais, au moins, il n'y a pas de sous-entendus. Une vieille à la terrasse d'un café, c'est juste une vieille à la terrasse d'un café. Pas de quoi se retourner. Mais une femme de trente-six ans à la terrasse d'un café, c'est soit une pute, soit une allumeuse, soit une conne, soit une dépressive. Je suis arrivée à un stade où, en dépit de mes efforts, je suis un passeport périmé, un CDD, un pneu lisse, un Be-Bop, une rose qui pique du nez. Les seconds couteaux n'intéressent personne à part les excentriques et les frustrés. Et c'est compréhensible, tout le monde préfère acheter un Kelly chez Hermès que dans un dépôt-vente même s'il a été protégé par du papier de soie. Tu comprends pourquoi j'en ai gros sur la patate ? Si j'attends tranquillement de passer dans la catégorie quatrième âge, je m'abonne à *Plein de Vie*, je m'endors devant Vivolta, je renie Marc Jacobs, je m'abreuve de Nuits Calmes, c'est que je fais une croix définitive sur ma vie de femme. En revanche, si je me rebelle, si je clame haut et fort contre l'avis général que je vaux encore le coup, qu'une femme de trente-six ans a plus d'avenir que de bons souvenirs, je prends mon destin en main, je défie les lois de la nature, je fais un bras d'honneur à tous ces enfoirés qui m'ignorent... Tu dors, mon chaton ? Même toi, je te fatigue avec mes histoires.

14 juin

Daniel Langer l'a appelée au petit matin. Gab dormait. Elle a laissé sonner son portable après l'avoir balancé de l'autre côté de la pièce. Le message était clair. « Gab, j'ai envie de vous parler. » Tremblante, elle a composé son numéro. Il a répondu dès la première sonnerie.

Elle aime comme il prononce son prénom. Un désir et une souffrance. Il choisit ses mots, il se tait, il soupire. Gab est gênée. Daniel Langer veut la voir. Vite. Il est pressé, en retard, en partance, entre deux vols, deux trains, deux taxis, deux répétitions. Il n'arrête pas de penser à elle, à leur dîner, à ses mains. Il aime les grandes femmes. Gab est déjà sous la douche. Elle hésite, elle a tort. Elle se dépêche. Sa plus belle lingerie, elle s'inonde de parfum. Daniel Langer l'attend. Un arrondissement à traverser. Un code, un interphone, quatre étages. Daniel Langer, en haut des escaliers, accoudé à la rampe et à sa beauté. Un sourire, une formule de politesse, il propose du café réchauffé. Elle s'assoit sur un canapé en cuir et croise ses jambes pour pouvoir mieux les décroiser. Lui à côté d'elle. Il sent le dentifrice et le déodorant. Action. Pas une ligne de dialogue. De légers soupirs complaisants et surjoués. Trop de lumière. Gab a du mal à rentrer dans la peau de son personnage. Il saisit une capote, glisse sa main manucurée entre ses cuisses. Elle résiste. Il est dur.

Gab en spectatrice. Daniel Langer interprète l'amour, les gémissements, il n'a que de bons profils. Il la baise en rentrant le ventre. Il gardera le contrôle même en jouissant. Elle est fascinée. Daniel Langer commence à transpirer. Son odeur change. Le masque se fissure. Il s'en rend compte, attrape une écharpe, lui bâillonne les yeux. Daniel Langer est là, sur elle, il s'agite de plus en plus. Gab n'éprouve rien. Elle est en train de tout gâcher.

— Gab, tu nous dis si la conversation t'emmerde ? Gab ?

Noé trempe sa vapeur dans la sauce au soja.

— Pardon, les filles.
— Tu étais avec qui ?
— Daniel Langer ne veut plus faire mon film.
— Il t'a donné une explication valable ou il t'a envoyé son professeur de golf ?
— J'ai eu un mail de l'assistante de son agent.
— Golfeur de merde, je t'avais prévenue !
— Il pense qu'il a plus de choses à apporter au personnage que l'inverse.
— Prétentieux. Je n'ai jamais pu le blairer.
— Je suis dans la panade. Je l'ai dit à tout le monde, je passe pour une mytho. Je dois trouver quelqu'un pour le remplacer. J'ai repris le personnage de Paul, il est devenu le maillon central.

Clarisse mord hargneusement dans un beignet au porc.

— Paul est irremplaçable ?

Gab prend son temps pour répondre. Le saké a mis le feu au fond de sa gorge.

— Il est le meilleur ami de Noé et l'amant de Jeanne.

— Mais comment peux-tu croire que j'ai couché avec Paul, Gab ?

Noé cherche à envenimer la discussion.

— Sacrée Jeanne ! Paul t'a baisée il y a longtemps ?

Clarisse reste muette.

— Gab, c'est plus logique si Noé est la maîtresse de Paul. Ilario est vieux, impuissant, mon mari est fringant, elle prend donc le mari de sa meilleure amie comme amant.

— Calmez-vous. Personne ne couche avec personne.

— Et je le déplore, Gab.

— Je refuse d'être la maîtresse de Paul. Il n'est pas mon style.

Clarisse demeure sans réaction.

Noé monte au créneau.

— Pas ton style ? Tu crois que ton Luc vaut mieux.

— Vous n'avez pas la conscience tranquille.

— Le seul baisable, c'est Ilario... Regardez-moi toutes les trois et jurez que vous n'avez rien fait avec lui.

— Ilario n'avait pas besoin de nous pour te tromper.

— Je t'interdis d'insulter mon mari, Jeanne.

— Ton ex-mari. Qu'on ménage d'ailleurs beaucoup plus que toi.

— Justement, c'est louche que vous soyez aussi indulgentes. À croire que vous faisiez des parties fines tous les quatre.

— On te laisse à tes fantasmes, Noé. Les producteurs m'ont donné jusqu'en septembre.

Noé croque dans la pâte de riz et mâche bruyamment pour montrer qu'elle a recommencé à s'alimenter.

— J'ai invité la fille de Vincent Lindon à l'anniversaire de Tadeo. C'était un jour où je sortais de chez le coiffeur...

— Quel est le jour où tu ne sors pas de chez le coiffeur, Noé ?

— J'étais bien lunée en allant chercher Tadeo à l'école. Vincent Lindon attendait. Depuis les vacances de Pâques, notre relation est au point mort. J'ai voulu avancer un pion. Je ne sais pas ce qui m'a pris, c'est la première chose à laquelle j'ai pensé.

— L'anniversaire de Tadeo, c'est bien en septembre ?

— Oui, Gab. Je n'ai rien trouvé de mieux. Je n'ai pas précisé la date mais il était très content. Crois-moi, Gab, Lindon est autrement plus charismatique que Langer.

— J'adore Lindon, Noé. Très longtemps, il a fait partie de ma A-list, mais les chaînes ont demandé aux producteurs de rajeunir l'ensemble du casting. Lindon est trop âgé pour jouer Paul.

— Et pour Bedos, qu'est-ce qu'elles disent, les chaînes ?

Gab dégage une odeur de gingembre, de menthe, d'oignon, de friture, de bouche d'aération d'un traiteur chinois... Noé est plaquée de Shalimar. Clarisse n'a pas parlé de la soirée. Gab replonge ses lèvres dans l'alcool. Une jeune asiatique topless apparaît au fond de son verre et semble lui sourire.

— J'ai tué Bedos. Il compliquait l'histoire.

— Ilario emmerde tout le monde. Même les scénaristes. Il est mort de quoi ?

— Il s'est pendu parce qu'il n'attendait plus rien de la vie. Il avait tout.

— Ce serait trop beau.

Noé dépiaute méticuleusement sa brochette de poulet.

— Complètement invraisemblable, Gab. On ne se suicide pas pour ça.

— Une copine vient de se défenestrer et un copain vient de se pendre. Tous les deux, jeunes, bien portants, en couple, pleins de projets. Mon pote avait vendu sa Vespa parce que c'était trop dangereux à Paris. C'est peut-être invraisemblable dans ton monde, Noé, pourtant ça arrive tous les jours. La France compte trois millions de dépressifs. Il y a 160 000 tentatives de suicides par an, plus de dix mille aboutissent, soit un suicide toutes les cinquante minutes. 38 % par pendaison, 24 % avec une arme à feu, 14 % en ingérant des substances toxiques, le reste par noyade, défenestration...

— Réjouissant, Gab. Tu te tapes un mec de l'INSEE ?

Minute de silence rompue par Jeanne.

— Mon père n'a pas supporté que ma mère le trompe avec son frère pendant plus de vingt ans. Il aimait sa femme passionnément, elle était tout pour lui et il s'est rendu compte qu'elle avait menti toute sa vie. Il avait construit son existence sur la confiance et le respect, il était le meilleur des pères et le plus intègre des maris. Il s'est laissé mourir. Il a arrêté de manger, il restait prostré dans sa chambre des journées entières. Il doutait de ma sincérité. Je servais d'alibi à ma mère sans le savoir. Puis, il a refusé de me voir. Sa fille unique était-elle bien de lui ? Je tapais à sa porte, il ne répondait pas. Je l'entendais chialer. Je ne comprenais rien. Je demandais à ma mère des explications. Elle me disait qu'il était devenu fou. Que je devais m'en méfier. Il est mort de chagrin. J'étais son portrait craché.

Des larmes coulent sur les joues de Noé. Trop de sauce au soja. Elle renifle et prend la main de Jeanne.

— Ma petite chérie, tu as dû en baver... Pourquoi tu ne nous as rien dit ?

— J'avais besoin d'en avoir le cœur net. Je suis allée à l'hôpital, je suis rentrée dans sa chambre. Ma mère était allongée, les yeux grands ouverts mais pas un regard vers moi. J'ai posé un baiser sur son front, elle a détourné la tête. Je me suis assise à côté d'elle dans la pénombre, on est restées une heure sans se parler. J'ai fini par lui poser la question fatidique. En guise de réponse, elle a actionné la sonnette pour appeler l'infirmière. Je n'ai jamais su, ma mère est partie avec son secret.

Noé envoie un texto à sa mère sous la nappe. « Déjeuner un de ces quatre ? »

— C'est peut-être mieux...

— Tu crois vraiment, Noé. En fait tu dis ça parce que tu n'as aucun doute sur l'identité de ton père.

— Et même si j'en avais. Les démonstrations d'amour comptent plus que la génétique.

— Tu casses ton image, Noé ? Tu nous révèles l'aspect généreux de ta personnalité.

— Pourquoi n'aurais-je pas de bons sentiments ?

— Tu les caches bien.

— Finalement, je suis plus chrétienne que toi, Jeanne, et je ne pointe pas à l'église pour m'en convaincre.

Noé éloigne la barquette de poulet à la citronnelle et se gratte. Cette odeur lui rappelle l'insecticide, la Sardaigne, le moustique invisible, la longue nuit de traque, Ilario qui se moque de ses boutons. Ilario, omniprésent.

Clarisse se décide enfin à parler.

— Paul me quitte. Je vous ai dit qu'il restait, j'ai menti.

— Tu plaisantes, Clarisse ?

— Stricte vérité.

— Bienvenue au club.

— Paul ne te quittera jamais.

— C'est ce que je croyais, moi aussi, Gab.

— Aux prochains dîners, on soumettra Jeanne et Clarisse au détecteur de mensonge, on gagnera du temps.

— Je pensais qu'il ferait machine arrière, Noé.

— Depuis trois ans, quatre mois, sept jours et vingt-cinq secondes, je pense qu'Ilario va faire machine arrière, ma chérie. Tu vois où ça m'a menée ?

— Paul m'a dit qu'il m'aimait et qu'il m'aimerait toujours. Je suis l'unique femme de sa vie, il n'aura jamais personne d'autre mais il ne veut plus vivre avec moi.

— Il va revenir.

— Non, il ne reviendra pas. Quinze jours, déjà.

— C'est une crise d'identité, dès qu'il aura besoin de repassage ou qu'il en aura marre des Bolino, il rappliquera.

— Tu n'y es pas, Gab. Paul ne part pas pour un trek-king en pays Bassari, il veut être libre pour accomplir sa mission.

— Il est tombé sur la tête.

— Paul va en Somalie pour travailler dans un orphelinat.

Noé stoppe net.

— Il est givré.

Jeanne joint ses mains comme si elle s'apprêtait à recevoir la communion.

— Il a peut-être reçu la grâce.

— Tu ne vas pas prendre la défense de ce cinglé, Jeanne ?

— Et pourquoi pas ? D'accord, il quitte ma meilleure amie mais Paul veut essayer de faire avancer l'humanité. C'est tout à son honneur.

Gab, pour une fois sur la même longueur d'onde que Noé.

— Avancer l'humanité ? Ça te détruit le cerveau tes histoires de curé, Jeanne. L'humanité de Paul, elle est au 122 bis, rue La Bruyère avec Clarisse et Gaspard. C'est le comble de l'égoïsme.

— Il va dispenser de l'amour là où il n'y a que misère, peur et souffrance. Il a tort mais c'est charitable. Clarisse doit être fière de son mari.

— Jeanne, si tu veux rester jusqu'au dessert, je te conseille de la boucler.

Noé ne contient pas sa colère. Elle pointe ses baguettes sur Jeanne.

— Tu es aveuglée et tu es à deux doigts de prendre mon poing dans la gueule.

— Je te parle d'amour et toi de violence. Vous prenez logiquement la défense de votre amie qui est aussi la mienne mais je suis sûre que Paul a fait son choix à la suite d'une longue réflexion. On s'en doutait, Clarisse. Paul n'est plus capable de te rendre heureuse, il a coupé les ponts, il est loin, très loin, dans sa nouvelle vie.

La bouteille de Veuve-Clicquot provoque Clarisse. Si elle craque ce soir, elle anéantit trois mois de sacrifices.

— Ce soir-là, j'ai cru que Paul me testait. Je le trouvais cruel de jouer avec mes sentiments, j'ai donc prétendu vouloir mettre un terme à notre destin commun. J'ai joué la fille soulagée, qui n'attendait que ça. J'ai mangé avec appétit, lui n'a pas touché son plat. J'étais ravie. Il s'attendait à me voir le supplier, me rouler par terre, « Je t'aime, mon amour »...

— C'est exactement ce que j'ai fait avec Ilario.

— Je n'ai pas bronché, j'ai même terminé son tartare, commenté l'assaisonnement... J'ai fait preuve d'une maîtrise incroyable et plus j'étais calme et détendue, plus je le voyais pâlir. Je guettais le revirement, je me disais qu'il voulait simplement savoir si je tenais à lui. Cette blague de mauvais goût allait bientôt finir. Paul m'aime mal mais pas au point de nous plaquer. On a commandé des cafés et au moment de demander l'addition, il a pris ma main. Mon cœur s'est emballé. Il m'a regardée fixement et avec une intensité et une force dans les yeux que je ne lui connaissais pas, il m'a remerciée pour ces années passées.

Clarisse allume une cigarette, depuis qu'elle a cessé de boire, elle consomme une cartouche par semaine.

— Moi, je pourrai assumer, mais mon fils, Jeanne ?

— Gaspard a bientôt sept ans. Il s'est construit pendant les trois premières années de sa vie. Son papa était irréprochable. Gaspard n'a manqué de rien.

L'épaisse couche de fond de teint de Noé s'empourpre.

— Tu devrais être enfermée, Jeanne. Un enfant a besoin de son père tout au long de son existence. Quand Gaspard demandera à Clarisse où il est, elle devra répondre quoi ? Il est avec les lépreux somaliens qui n'ont pas ta chance. C'est ton idée ?

— Gaspard finira par comprendre.

— C'est toi qui dis ça, Jeanne ? Tu as compris ta mère ? Tu lui as pardonné ?

— Ma mère a répandu le mal autour d'elle, elle a détruit, elle a assassiné mon père.

— Paul va aussi briser son fils. Tu me révoltes, Jeanne, je ne comprends pas qu'une fille sensée assène des conneries pareilles. Il va faire quoi en Somalie, franchement, se racheter une bonne conscience, alors qu'il se conduit comme un enfoiré chez lui ?

— Il cherche un sens à sa vie. Ça sera le meilleur passage du film.

— C'est vrai que la scène serait magnifique mais les chaînes ne l'accepteront jamais. Il faut faire pleurer dans les chaumières mais pas trop. La fuite de Paul, sa désertion, la déroute de Clarisse, son désarroi, risqueraient de plomber l'Audimat. Les chaînes sont catégoriques. Oui pour une comédie dramatique, non pour un film noir plein de pathos.

Quatre tasses, quatre assiettes, sorbet, litchis, infusion. Gab pose la casserole d'eau brûlante sur le tapis et s'approche de Clarisse. Une caresse dans ses cheveux orangés. Un baiser sur la joue.

— Retour à la réalité, vous vous organisez comment ?

198

— Paul a quitté la maison depuis une semaine, il est passé l'autre jour pour retirer toutes ses affaires, je lui ai proposé de laisser ce qui l'encombrait.

— Tu es trop gentille, Clarisse, qu'il crève.

— Il a refusé. Je dois prendre un nouveau départ. Il ne laissera rien derrière lui, aucun souvenir.

Noé s'ébouillante le palais.

— C'est un abruti, mais, pour une fois, il n'a pas tort. Je garde la brosse à dents d'Ilario et la dernière fois que je l'ai jetée dans un accès de colère, je suis retournée en pleine nuit dans le local poubelle pour la récupérer.

— Il habite chez ses parents en attendant que tout soit réglé. Les pauvres vieux n'ont rien compris... ils sont plus que jamais à l'ouest.

— Et son travail ?

— Je me suis fait passer pour un client. J'ai prétendu ouvrir ma boîte, j'avais besoin d'un conseiller fiscal et il m'avait été recommandé. Après m'avoir annoncé sa démission, on m'a dirigée vers son remplaçant. Impossible d'en savoir plus.

— Fais gaffe qu'il ne t'arnaque pas avec l'argent. Son métier est d'en céder le moins possible au fisc, il peut très bien exercer ses talents sur toi.

— Il fait le contraire, Noé. Il me donne tout.

— Bats-toi pour obtenir une pension alimentaire, mets-le sur la paille.

— Paul part là-bas avec un sac à dos, trois tee-shirts et des Pataugas.

Jeanne trempe ses lèvres dans l'infusion au jasmin.

— Qu'est-ce que tu comptes faire ?

— Je suis ravie que ça te préoccupe, Jeanne.

— Ne me fais pas dire des choses que je ne pense pas, Clarisse. Paul découvre la foi et, pour tracer son chemin, il a besoin de se consacrer aux plus démunis, mais je t'aime et je m'inquiète pour toi.

Clarisse dévisage Jeanne.

— Je ne vais pas vous offrir le spectacle d'une femme pitoyable et pour ça je vais bosser dur. Je ne flancherai pas quand Gaspard me demandera, il est où, papa ? Il revient quand, papa ? Je vais prendre rendez-vous avec la maîtresse pour lui expliquer la situation, je vais demander conseil au pédiatre... Je garderai la tête hors de l'eau, Jeanne. Et quand j'aurai réglé tous les problèmes, si toutefois j'y arrive, je penserai à moi, à mon avenir et je compte sur la palette de couleurs de Pablo. J'avais tout imaginé, Jeanne, j'aurais tout accepté, la garde alternée, les insultes, les coups tordus, Paul remarié avec un grand chauve percé, une veuve milliardaire, une gogo danseuse. Tout, mais ce qu'il me fait là, c'est dégueulasse.

— Tu n'étais plus amoureuse.

— Je ne pense pas à moi. C'est la réaction de Gaspard qui me fait peur.

— Gaspard comprendra.

— Tu devrais aller faire des animations dans les orphelinats, Jeanne. J'imagine la réaction des gamins quand tu leur diras que leurs parents les ont abandonnés par amour.

— Exactement, ils ont été abandonnés par amour. Ils sont séparés de leur père et de leur mère pour être nourris, instruits et soignés convenablement. J'ai donné des cours de lecture à de nombreux orphelins par l'intermédiaire de ma paroisse et je peux te dire, les enfants n'ont aucune amertume envers leurs parents.

Noé n'en peut plus. Le speech de Jeanne lui donne la nausée.

— Évidemment, ils ne les ont pas connus. Et Paul n'a pas le couteau sous la gorge, il a un bon job, il gagne bien sa vie, il a une jolie famille, il n'a aucune raison de se tirer... C'est bidon ces histoires de petits somaliens. Un type indifférent à son propre fils concerné par des enfants inconnus ? Ça ne tient pas la route une seule seconde. Excuse-moi, Clarisse, il ne me manquera pas, tu le sais, je n'ai jamais eu d'affinités avec Paul, je le trouve ennuyeux, sinistre, je reste polie, je ne voudrais pas te blesser. D'ici quelques mois, tu vas trouver ton rythme de croisière, tu sortiras, tu te sentiras libre, tu rencontreras des hommes séduisants et tu oublieras Paul très vite.

— Gaspard n'acceptera jamais.

— Au départ, il te fera la tronche, il dira des trucs qui te démoliront, il faudra être forte ou mettre des boules Quiès profond pour ne pas craquer. Les enfants appuient là où ça fait mal, et Gaspard, même si tu abats des montagnes et fais mieux que Mary Poppins, ne t'épargnera pas.

— Il a déjà commencé. Ce matin devant son bol de Miel Pops. « Dis, maman, papa te déteste, si tu partais et tu nous laissais seuls tous les deux, ce serait mieux. » J'ai senti mon café, il avait une odeur bizarre... un vague relent d'eau de javel, ça m'a foutu la trouille, je me suis dit que Gaspard essayait de m'empoisonner.

— Quand tu tomberas sur un homme suffisamment malin pour lui offrir le maillot de son joueur de foot préféré, Gaspard sera un agneau. Les enfants n'ont aucun discernement, le dernier qui a parlé a toujours raison. Dans ton cas, tu as un sacré avantage, Paul n'influencera pas son fils tous les week-ends et tu auras les coudées franches pour lui inculquer tes valeurs.

Clarisse fait défiler des photos sur son portable. Gaspard au judo, à la piscine, dans sa chambre, devant la télé, déguisé en pirate. Pas un sourire. Ces yeux sensibles qui ont vu des choses que Clarisse ne soupçonnait pas. Puis un ultime cliché. Paul est endormi sur le canapé du salon. Clarisse prend la photo et repart sur la pointe des pieds.

Ce soir, Clarisse la regarde pour la première fois. Paul est flou.

*
* *

Noé tamponne ses lèvres avec la serviette en papier du Palais de Chine. « Ouvert 7 J/7, livraison gratuite à partir de 30 euros ». Plus aucune trace de son gloss rouge. Elle a trop mangé, trop bu, trop parlé. Un tube First Lady à la main, elle repeint sa bouche sous le regard attendri de Jeanne.

— Comment va Tadeo ?

— Parfaitement bien, Jeanne, son père a retrouvé la foi entre les cuisses d'une sainte de vingt ans alors, forcément, mon fils s'épanouit.

Clarisse, soulagée de changer de sujet.

— Je l'ai vu l'autre jour, il est splendide.

— Ilario en miniature. Comment tourner la page ?

— Excuse-moi, mais il est mille fois plus beau qu'Ilario. Tadeo te ressemble beaucoup.

202

— Il a pris mon défaut à l'orteil gauche et il déteste le melon... À part ça...

Jeanne remet son serre-tête en place.

— Et toi, Noé, tes projets, ça avance ?

— Tu fais vraiment chier Jeanne avec ta philanthropie.

— Tu es bien contente de saturer ma messagerie avec tes résolutions à la noix.

Gab se lève pour débarrasser.

— Vous n'en avez pas marre d'aboyer, franchement, on dirait deux fillettes qui font un concours de grimaces.

— Ça m'étonnerait, j'ai eu une injection de Botox hier soir et je suis encore ultra-bloquée.

— Tu avais dit que tu voulais arrêter.

— C'était la dernière.

— C'est ton chirurgien qui doit faire la grimace.

Noé se déboutonne.

— J'ai vu un nutritionniste.

— C'est spectaculaire.

— Tu trouves que j'ai grossi ?

— Mais non, pas du tout. Tu es restée assise avec nous pendant tout le dîner, c'est ça, le miracle, darling.

— Il est sympa ?

— Si sympa, c'est poser des centaines de questions, de la durée de l'allaitement de ma mère, au nombre de contractions que j'avais supportées avant qu'on déclenche la péridurale, inscrire scrupuleusement mes réponses sur un cahier, mesurer tous mes membres comme si j'étais une Limousine au Salon de l'Agriculture, pincer le dos entre les omoplates, la peau des cuisses, du ventre, des bras pour calculer mon pourcentage de masse graisseuse et donner une ordonnance de trois pages pour des analyses de sang, alors, oui, il est super-sympa.

— Tu le revois quand ?

— À la fin du mois. D'ici là, je dois suivre ses consignes à la lettre. Si je ne le fais pas, il me vire. Pas de temps à perdre avec une patiente indisciplinée.

Jeanne a perdu trois kilos grâce à la grippe du mois dernier. Concentrée, elle fouille dans son sac à langer Peg Pérégo devenu au fil des années son unique fourre-tout. Son stylo Ségosphère. Une feuille arrachée de son agenda Crédit Mutuel. Un pickpocket pourrait se flinguer s'il volait le sac de Jeanne.

— Tu commences par quoi ?

— Un petit déjeuner tous les matins quelles que soient la météo, l'humeur, les nouvelles. 80 grammes de pain complet, 10 grammes de beurre, deux yoghourts, une tranche de jambon, une orange pressée, du thé vert à profusion. *La Grande Bouffe*, quoi.

Jeanne note avec application.
Clarisse, défaitiste.

— À la naissance de Gaspard, j'ai remplacé mon petit déjeuner par deux litres de café et un paquet de cigarettes. Ton toubib n'apprécierait pas du tout.

— Je mange quatre tranches de pain d'épice et un verre de jus de raisin quand je dors chez Christophe, des pancakes recouverts de sirop d'érable avec mon Danois, des œufs brouillés au saumon sauvage avec Gianluigi...

— C'est bon, Gab, on sait que tu passes ta vie à bouffer sans prendre un gramme et à baiser sans t'engager. Arrête là ton tour du monde gastronomique, c'est écœurant.

Gab fronce les sourcils. Langer ne lui a rien proposé d'autre qu'un Nescafé. Il a disparu dans la salle de bains après son interprétation et le clap de fin. Gab a ramassé ses affaires, repris son scénario froissé, elle s'est planquée derrière ses verres fumés et a commandé trois irish-coffees à la terrasse du premier bar-tabac.

Noé se cambre et lance ses mules à travers la pièce en parodiant le dernier clip des Pussycat Dolls.

— Je ne l'ai pas vu que pour ça. Je commençais à me faire du souci. Je n'éprouvais plus de plaisir. La bienveillance de Salomon ne donnait rien, celle de mon sex toy griffé non plus. Prendre mon pied, c'est fini pour moi si je ne me réalimente pas correctement.

— Ce n'est pas faute de te l'avoir dit.

— Vous m'avez dit quoi, Gab ? « Attention, Noé, tu es maigrichonne » ou « Tu n'es pas glamour quand tu nages dans ta robe »... Mon diététicien m'a dit que je courais à la catastrophe. Je suis carencée, mes os se déminéralisent, je risque une ostéoporose précoce et je ne pourrais plus jamais avoir d'enfant si je continue mes conneries.

— OK, faire un repas par semaine, c'est mauvais pour la santé, mais il ne me semblait pas nécessaire de consulter un docteur ès troubles du comportement alimentaire pour s'en persuader. En revanche, je ne vois pas ce que vient faire ton plaisir là-dedans. Salomon ne te plaît pas donc tu ne jouis pas. Normal. Ton vibromasseur répète inlassablement le même aller-retour donc tu ne jouis pas. Normal. Et pour conclure Ilario exulte avec un top model qui pourrait être ta fille et tu l'as, à juste titre, en travers de la gorge. Ta sous-alimentation n'a pas de rapport avec cette frigidité occasionnelle.

— Tu te trompes, Clarisse. Quand je suis à califourchon sur Salomon, je ne pense qu'à mon corps. Mon ventre très flasque, mes hanches pas assez saillantes, mes fesses trop rebondies. D'une semaine sur l'autre, je compare mes mensurations et je gagne un bon point à chaque centimètre perdu. La récompense suprême, celle que je convoite de tout mon cœur, ce n'est pas l'orgasme. C'est de toucher mes os. Si j'avais le meilleur coup du siècle dans mon lit, je ne sentirais rien.

— Je connais le meilleur coup du siècle, Noé. Tu ne tiendras pas ce discours après l'avoir eu entre tes cuisses.

— Gab, ton Danois, ton Italien, ton Américain, ton Péruvien, ton Croate ou ton Chinois n'obtiendraient rien. Je suis cadenassée à double tour. N'importe quel homme s'y casserait les dents.

Clarisse, narquoise.

— La queue !

— Je mets cette vanne lamentable sur le compte de ta récente séparation.

— Un peu de vulgarité est salutaire, Noé. À force de sacraliser le sexe et de jouer les bégueules, on passe à côté du plaisir.

— Je suis certaine que mon Danois viendrait à bout de tes blocages.

— Gab, tu n'as pas de nouvelles de ta brute épaisse depuis quatre mois. Sur nos conseils, tu as cessé de l'appeler, tu as promis de ne pas le revoir, tu as juré de ne plus l'évoquer... Je ne doute pas un instant que tu veuilles me le fourguer par amitié mais dis-moi plutôt qu'il te manque et que tu prends des cours de danois en cachette. Je n'ai pas de place

pour un homme, je n'ai rien à donner, rien à recevoir.

— On l'avait remarqué.

— Quoi, Jeanne ? Tu veux parler de choses plus
intéressantes ? Je t'en prie.

— *Joke*, Noé. Tu nous récites un *Que sais-je ?* sur
la vie intime des anorexiques, tu me paniques avec
leurs problèmes de squelette et tu voudrais en plus
que je te pose des questions ? Au cas où tu ne l'aurais
pas remarqué, ce n'est pas un mal qui me guette, je
suis ravie, tu as décidé de prendre le taureau par les
cornes mais on est là pour se détendre.

— Tu as eu droit à ton petit quart d'heure mélo,
Jeanne. Nous n'avons pas la chance d'avoir trouvé
du réconfort dans la prière, alors nous misons en
grande partie sur nos dîners entre amies pour soulager nos consciences. Maintenant si le règlement ne
te satisfait plus et tu trouves que l'ambiance est trop
lugubre, la prochaine fois, tu n'auras qu'à te décom-
mander.

*
*   *

Gab, devant le miroir.

— Vous en pensez quoi ?

Noé ferme son poudrier antioxydant et soupire.

— On pense quoi de quoi, Gab ?

— Vous n'avez rien remarqué ?

— On n'a pas eu le temps, ma puce, depuis que je
suis à table, je m'efforce de détourner les Scud de
Jeanne.

— Pitié, Noé, oublie ton nombril un instant.

Clarisse observe Gab sous tous les angles.

— Tu as un tee-shirt noir, un pantalon noir, une ceinture noire, des chaussures noires, des chaussettes noires, un bracelet noir, des yeux noirs...

Noé, spécialiste en relooking extrême, cherche en vain la métamorphose.

— Je te trouve en beauté. Tu as l'air sereine.

— Je suis allée chez votre Pablo, je lui ai donné carte blanche, j'avais besoin de me sentir forte et pas trop moche pour affronter le regard de mes acteurs, de mes actrices, des producteurs. Il m'a dit que je ressemblais à une basketteuse en deuil, il fallait absolument m'apporter de la légèreté, du dynamisme, de la modernité.

— Tu y es allée de ma part ?

— De ta part, de celle de Clarisse, il a été charmant, ça a duré deux heures et demi, mèches comprises, et je me suis allégée de 250 euros. Une fortune, surtout si ça ne se voit pas.

— Disons que je suis plus habituée à apprécier le travail de Pablo sur du long.

Gab maltraite son portable.

— Clarisse, je te sens gênée ?

— Si Pablo a voulu de la légèreté, du dynamisme, de la modernité, il a probablement obtenu...

— J'ai compris, c'est moche.

— Non, Gab, Pablo ne sait pas faire du moche. Il a un siècle d'avance sur nous.

— Jeanne ?

— Je ne suis pas certaine que Jeanne soit apte à juger, elle a la même queue-de-cheval tenue par le même chouchou depuis le BEPC.

— Toutes les opinions sont bonnes à prendre. Jeanne ?

— C'est postmoderne, je trouve ça mortel.

Noé sent venir la crise de colite. Saloperie de traiteurs.

— Pardon, « mortel » dans la bouche d'une bénévole du Secours Catholique, c'est l'enfer ou le paradis ?

Jeanne remet sa médaille en place bien visible sur son chemisier opaque et quitte la table.
Noé sourit sans déformer ses sillons nasogéniens.

— Je me suis trompée toutes ses années, j'aurais dû te demander des conseils plutôt que de dévaliser Marc Jacobs.
— Ne l'écoute pas, Jeanne. Noé ne pense pas ce qu'elle dit.
— Bien sûr que je pense ce que je dis, Clarisse. Je n'ai pas besoin d'un porte-parole pour arrondir les angles. Cols Claudine, méduses aux pieds, kilt aux chevilles...
— Je me fous de la mode, Noé. Je ne vais pas me ridiculiser dans un jean moulant sous prétexte que Kate Moss va au marché en slim.

Noé met en lambeaux sa serviette en papier.
Gab tente de les calmer.

— Vous n'allez pas vous fritter pour ma coupe de cheveux. C'est raté, mais j'ai toujours été mal coiffée. Pablo a fait son possible.
— Je préfère rentrer.
— Il est à peine minuit, Jeanne.
— J'en ai marre de servir de punching-ball.
— Tu n'es pas supposée tendre l'autre joue ?

Du palier, Jeanne lance un « Bonnes vacances » plein d'emphase.

Noé se raidit, elle cherche sa voix fleur bleue dans un coin de son disque dur.

— Salomon doit épouser une ancienne miss Normandie qu'il a rencontrée en cherchant des cailloux dans le sable de Deauville. Je suis maudite, Jeanne, tu dois me pardonner. C'est plus fort que moi, ça me rassure de tout critiquer. Tu me manques déjà, ma chérie, viens t'asseoir.

Jeanne demeure plongée dans l'obscurité du couloir.

— Des cailloux ?

— Pour faire des ricochets. Ça le rend hilare. Quand il les a tous lancés, il fait des concours de châteaux.

— Avec ses enfants ?

— Seul. Ses gamins ne creusent le sable que pour planquer leurs mégots.

— Un illuminé !

— Je les attire.

— Jeanne, reviens.

Jeanne claque la porte et retourne sur le convertible avec un large sourire.

— Je ne t'en veux pas assez pour partir.

Noé, voix habituelle.

— Je recherche un homme, un vrai de vrai qui fume des doubles Corona, un homme qui regarde la boxe en sirotant un cognac de son âge, un homme abonné à *l'Équipe* et à *Architectural Digest*. Un homme qui me regarde dormir en se disant qu'il a de la chance, un homme qui accepte de vieillir à ma cadence sans flipper de voir ses collègues culbuter des jeunes pousses. Il doit bien y en avoir un ou deux sur cette foutue planète.

Clarisse et Gab, sceptiques.

— Et le type de ton immeuble ?

— Il mue, c'est abominable.

— *So what* ? Tu ne veux pas prendre des cours de chants.

— L'autre matin, j'arrive chargée comme un baudet devant l'ascenseur, il débarque avec un turban en éponge autour de la tête, skate sous le bras, imberbe, une pâle copie de M. Pokora, tout ce que je vénère malgré mon grand âge.

— Tout ce que j'exècre, darling.

— Il me tient la porte, je le frôle avec mes paquets, il sent la transpiration de jeune, ça m'excite terriblement, il me fixe avec ses grands yeux noisette, sa pomme d'Adam bien saillante bouge tout le temps, je sens que je l'intimide mais je sais qu'il ne va rien se passer. Impossible de bloquer l'ascenseur, c'était en plein milieu de la journée et avec le stomato du septième, il y a un trafic incessant. Impossible de l'inviter chez moi, il y a des yeux partout, j'ai l'impression de vivre dans une vitrine, impossible de m'inviter chez lui, c'est trop petit... Il me lance un « Au revoir, madame » étranglé, je fais de mon mieux pour répondre un « Salut » jovial. Le problème, c'est que je ne sais pas être joviale. Il avait un regard étrange, je ne sais pas à quoi il pensait, j'ai retenu la porte un instant avec ce qu'il me restait de force dans le bras et là j'ai commis l'irréparable.

— Tu l'as invité à boire une grenadine devant un épisode de *Goldorak* ?

— Pire.

— Tu as laissé tomber tes paquets, tu as soulevé ta jupe et tu lui as dit, prends-moi là tout de suite, petit sauvageon ?

— Irréparable, Gab, pas grotesque... J'ai prétendu avoir acheté une trottinette à mon fils et ne pas savoir l'utiliser. De toute façon, je n'avais pas la patience de lui apprendre, donc s'il voulait bien s'en charger, son prix serait le mien.

— Grotesque.

— Il est très mignon, Clarisse. Tadeo a une maîtresse terrifiante aussi moustachue que Borat, un prof de judo patibulaire qui préfère s'adresser à Ilario, un prof d'équitation plus petit que Passe-Partout, l'entraîneur de son équipe de football pourrait être pas mal mais je l'ai vu en short et il a d'énormes varices sur les mollets qui semblent à deux doigts d'éclater... Si pour une fois, je peux enjoliver l'entourage de mon fils, je ne vais pas m'en priver.

— Amuse-toi, Noé.

— Je ne peux pas, Clarisse, je réfléchis trop.

— Avec un petit jeune, tu n'as aucune pression. Ce n'est pas l'homme de ta vie, il a un paquet d'hormones qui ne demandent qu'à s'exprimer et il va vraiment s'appliquer.

— Trois ans que je cherche, Gab. Trois ans de dîners avec des guignols qui ne pensent qu'à tirer leur crampe, trois ans de nuits bâclées conclues par des « Alors, heureuse ? » avec la langue chargée, trois ans de lutte désespérée.

Gab serre Noé dans ses bras. Elle est parfumée de Shalimar pour la semaine.

Jeanne consulte son agenda Crédit Mutuel. Il est vide. Aucun week-end en amoureux. Pas le moindre tête à tête romantique. Son mari préfère les repas d'affaires sans compagne. Ou les repas d'affaires sans elle... Ou les repas avec une autre ? Sa parano n'a pas de sens. Luc est incapable de mentir, il est trop simple, trop honnête pour gérer une double vie.

— Luc a un nouveau collègue formidable.

— Luc trouvait que François-Yves était formidable.

— C'était quelqu'un de la famille, Noé, il ne pouvait décemment pas lui tailler un short.

— Entre l'encenser et dire n'importe quoi, il y a une marge.

— En tout cas, Fr-Yv, lui, t'a trouvée exceptionnelle.

— Il est plus que légitime qu'il ne tarisse pas d'éloges sur moi, Jeanne, le malheureux n'avait pas parlé à une femme depuis sa puberté.

Conciliante, Jeanne opine de la tête.

— Clarisse ?

— Je ne suis pas prête, Jeanne, Paul est à peine parti.

— Et pour tes acrobaties dans les cabinets du Costes, il était bien là.

— Un coup de tête non prémédité n'a rien à voir avec la minutieuse programmation d'un rendez-vous avec témoins. D'autant que mon mari n'est pas encore mon ex et qu'il m'a juré que je serai la seule femme de sa vie.

— C'est stupide, Clarisse.

— Quand j'aurais signé les papiers et retrouvé mon nom de jeune fille.

Gab vérifie son écran tactile. « CreV. Suis 2 garde 2main à partir 6. Onsevoi ce w-e. Smac. Chris. » Elle efface le message sans entrain. Christophe est gentil mais il baise comme il écrit.

— Dis-nous à quoi il ressemble ce nouveau collègue.

— Rod *from* Montréal. Ancien champion d'université de hockey sur glace, un mètre quatre-vingt-huit de muscles en tous genres, trente-cinq ans, célibataire, vient d'arriver à Paris, ne connaît pas grand-monde.

Noé regrette sa réticence.

— Il y a forcément un spam.

— Pas à ma connaissance. Son père est un des plus gros agents immobiliers québécois, Rod a eu une jeunesse dorée, il aurait fréquenté Céline Dion.

— Ça se gâte.

— Il ne la voit plus.

— Une autre tare que Luc n'aurait pas été susceptible de voir ?

— Rien, les filles, à part son accent, il est parfait. Luc l'a invité pour faire un tennis l'autre jour au TPC, il l'a vu nu dans les vestiaires, et d'après mon mari, il est bien proportionné.

— File-lui mon téléphone, je peux le voir... Dès ce soir.

— Rod a autant de nanas qu'il veut, Gab, il ne veut pas tirer à droite à gauche, il veut se caser avec une fille bien.

— Je te remercie pour la fille bien.

— Ne le prends pas mal, Gab, mais Rod veut construire.

— Personne ne le lui interdit. Je peux même lui donner un sérieux coup de main.

— Tu envoies Christophe au grenier ?

— Qui ? Je l'ai déjà oublié.

— Rod veut fonder une famille, tu n'es pas prête.

Gab essaie de ne pas crier.

— Une famille au sens où tu l'entends. Ah non, je ne suis pas prête et je ne le serai jamais.

— Un jour, tu rencontreras un homme et vous déciderez de l'avenir à deux.

— Qu'en sais-tu, Jeanne ? Tu es au-dessus du lot parce que tu as quatre Maxi Cosy dans ton Multipla, une alliance qui te boudine l'annulaire et un livret de famille plastifié.

— S'il y en a une qui doute d'elle, c'est bien moi, Gab.

— D'accord, je n'ai pas d'enfant, je n'ai jamais été mariée et je suis farouchement hostile à cette arnaque qui consiste à signer un chèque en blanc pour un amour éternel, d'accord, je suis la seule que Pablo a saccagée avec des ciseaux, je ne sais pas cuisiner et le traiteur de ce soir devrait être dénoncé au service de l'hygiène...

— Personne ne t'accable, ma puce, et les nems étaient presque comestibles.

— Et arrête de m'appeler ma puce, Clarisse.

— À ta guise, Gab.

— Je ne suis pas une ratée.

— Personne ne te le dit. Tu as une volonté de fer, un projet génial et de la suite dans les idées.

— J'en ai rien à foutre, Noé, d'avoir de la volonté, des projets et des idées.

— Je n'ai pas envie de me battre avec toi, Gab. Je ne sais pas si c'est ton film ou si tu as des problèmes de thune en ce moment mais il faut te calmer. Prends Rod, prends Christophe, prends les deux ensemble, sors les muselières, les martinets, ce que tu veux, mais détends-toi.

Gab se tasse. Elle ne mesure plus qu'un mètre soixante-dix-huit.

— J'ai couché avec Langer.

— On s'en doutait, Gab. Langer couche avec tout ce qui respire, tu savais très bien que tu allais y passer.

— Je pensais vraiment qu'il voulait faire mon film. Que ça ne compromettrait rien. Je n'ai jamais eu l'intention de m'installer dans son appart. Je m'en veux, je m'en veux tellement.

— C'est une ordure. Tu devrais te pointer chez lui, le gifler, immortaliser la scène avec ton portable et balancer la vidéo sur YouTube.

— Langer a le bras long, Clarisse.

— Il est adulé parce que ça marche mais tout le monde le déteste. Attends deux, trois fours et il va être obligé de changer de métier, de nom, de continent... s'il n'est pas égorgé avant.

Gab descend à un mètre soixante-quatorze.

— Je vais tout envoyer bouler, c'est trop dur. Je ne supporte pas les commentaires des chaînes... Des petits péteux qui me demandent de baser Bedos parce qu'il sent le sapin, de rajouter un peu de comédie pour attirer les 18-25 ans, de prendre Catherine Frot parce qu'elle rassure la ménagère, de changer la fin, de modifier le début, de reprendre le milieu, d'être plus ceci, moins cela... Mon scénario devient une daube consensuelle.

— Accroche-toi, Gab. C'est le début. Tu dois montrer ce que tu as dans le ventre. C'est à toi de rassurer tes interlocuteurs.

— Comprends-moi, Clarisse, je veux bien m'aplatir quand une directrice de casting me rejette, je refuse de m'écraser devant de jeunes loups bac + 5 qui pensent que Wong Kar-Wai est un jeu vidéo.

Noé a fini de sucer un Spasfon Lyoc, elle a toujours un ventre énorme.

216

— Arrête tout, Gab. Moi, je fais d'énormes compromis en te laissant fouiller dans ma vie, toi, tu en fais en te laissant malmener par des merdeux incultes. Si aucune de nous n'y trouve son compte, autant laisser tomber.

— On doit l'encourager, Noé.

— Qu'elle arrête de pleurnicher. Ce n'est pas nous qui lui avons mis cette idée de film dans la tête.

— Si j'avais du blé, je partirais à Los Angeles. Je couperais les ponts, rien ne m'oblige à rester.

— Nous, quand même.

— Je suis capable de me passer de vous. Notre amitié est une illusion. On n'a rien en commun, on se moque des soucis des autres, Clarisse se déchirait, on n'a rien dit, Jeanne s'empâte, on la laisse, Noé pleure sur son sort de petite fille riche, on s'apitoie. Ça rime à quoi ces dîners ? On cherche quoi exactement ?

— C'est limpide. Toi, quand tu nous vois, c'est pour bosser. Tu te sers de nous sans état d'âme. Six mois que tu nous emmerdes avec ton scénario, ton casting, tes grands airs de tôlière du septième art. Six mois que je contrôle ce que je dis de peur que ce soit mal interprété. Tu as pourri nos dîners, Gab, tu peux te casser à L.A. quand tu veux. Je te paye un aller simple. Tu n'es pas indispensable. Ton absence ne changera rien. On continuera à se mentir, à cacher nos secrets, à oublier nos soucis en évoquant ceux des autres, on se soutiendra, on s'aimera, on se disputera... La vie, quoi.

21 juillet

À : Clarisse, Noé, Gab
Cc :
Objet : Minuit. Au secours !

Salut les filles,

Paimpol n'a pas ébranlé ma foi mais celle-ci a été mise à rude épreuve par ces vacances exécrables. Je n'avais pas pensé à prendre les affaires d'hiver et j'ai dû acheter des tenues adaptées pour le froid, en urgence. Les enfants sont malades depuis notre arrivée et j'enchaîne les nuits blanches. Luc a dû repartir précipitamment à Paris, pour son travail. Il a pris cette courageuse décision après avoir tapé énergiquement sur l'énorme baromètre en forme d'ancre de l'entrée, sans en faire dévier d'un millimètre la flèche bloquée sur le *p* de « Passable ». Les bulletins météorologiques ne sont guère plus encourageants mais les gens de la région prétendent n'avoir jamais vu ça... Il suffit de prendre son mal en patience.

La résidence est au bord de la mer. On ne peut pas la voir à cause du brouillard, mais on l'entend quand la pluie faiblit. J'avais trouvé, grâce à la paroisse, une jeune fille de la région pour m'aider. Trois heures de baby-sitting par jour en échange d'un hébergement à la maison lors des prochaines JMJ. Elle m'a fait faux bond et a trouvé une famille dans le Lubéron. Je ne peux pas lui en vouloir quand je sais que, là-bas, ils cherchent l'ombre.

Les journées passent très lentement. Nous restons dans l'appartement à guetter une éclaircie. Seul Joseph a le droit de sortir pour jouer au football avec un copain dont le père se dévoue pour les emmener au gymnase couvert. Si ça continue, je vais sympathiser, ça me fera du bien de parler à un adulte.

Bernadette a décidé de devenir chanteuse et elle apprend par cœur les chansons de Lorie. Marie a sa période « toi tu es cacafuya, toi tu es un gros caca qui pue », je ne me formalise pas mais au bout de quinze jours je trouve moi aussi que ça commence à puer. L'appartement est petit et il rétrécit chaque jour. Pierre s'est cogné à un coin de table et s'est ouvert l'arcade sourcilière, deux points de suture, il gardera une marque à vie. Heureusement que c'est un garçon, le pauvre chéri m'a fendu le cœur. S'il s'était blessé en jouant dans un Club Mickey, sautant sur un trampoline protégé par une casquette anti-UVA/UVB, derrière ses lunettes de soleil et tartiné d'écran total, moi en train de me cacher sous un parasol, écrasée par la chaleur et de vaporiser ma progéniture avec un brumisateur glacé, je me serais contenue, mais là, j'ai grondé Joseph, j'ai insulté Marie, j'ai puni Bernadette, j'ai mis un suppositoire à Pierre, je me suis vengée sur des crêpes au sarrasin indigestes et j'ai menacé Luc de rentrer à Paris.

Un siècle plus tard, le surlendemain matin, je me sentais tellement ingrate que j'ai accompagné tout le monde à la mer, « C'est ça, la mer ? Maman, pourquoi c'est pas bleu ? » Nous étions face à une mer hostile, le ballon de Joseph avançait tout seul, Marie reprenait de plus belle : « C'est trop dégueu caca du

nez prout berk la mer », Bernadette a éclaté en sanglots, et Pierre que j'avais lâché un instant pour
moucher mes morveux, a été renversé par une rafale.
Contre toute attente, on a rigolé, le premier sourire
depuis notre arrivée mais les choses se sont enveni-
mées très vite. Avec le sable et l'eau salée, Pierre a
attrapé une conjonctivite purulente.

Dans notre malchance, en cherchant des bonnets,
des écharpes et des gants, j'ai découvert un immense
centre commercial Leclerc, bien chauffé et ouvert du
lundi au samedi de huit heures trente à vingt-deux
heures. Je mets Pierre et Marie dans mon Caddie,
Bernadette pousse un mini-chariot et Joseph les
remplit. Nous errons dans les allées, Bernadette
nous casse les oreilles avec ses refrains, j'évite les
rayons surgelés pour oublier les intempéries, puis
nous faisons la queue entre un vieux sous sa casquette en laine polaire et un plaisancier buriné qui
fait le plein de soupes lyophilisées. Le temps de charger la voiture, d'installer les quatre gamins, de sortir
du parking bondé, de rentrer sur la nationale, pare-
chocs contre pare-chocs... C'est génial, la journée est
bien avancée.

J'ai un tel déficit de lumière que j'ai fait une séance
de lampes. Première fois de ma vie. J'ai laissé Pierre
et Marie à la jeune fille de l'accueil en échange d'un
pourboire de dix euros. Pierre était dans sa poussette
et ne s'est pas réveillé. Marie a continué sa litanie
scatologique. Je suis sortie rouge avec des pustules
blanches partout. Une amanite même pas véné-
neuse. La responsable m'a dit que c'était normal.
Noé, qu'en penses-tu ?

Ne vous méprenez pas les filles, je suis d'une
humeur de chien, exténuée mais malgré tout heureuse. L'autre nuit, j'ai été obligée d'accueillir
Bernadette dans mon lit et de regarder *Chapi Chapo*

pendant une heure. Bernadette fait beaucoup de cauchemars et se réveille en sueur. C'est bien la seule à avoir chaud. Elle regarde trop la télévision, au moins cinq ou six heures par jour, je ne sais plus comment l'occuper.

Dans les rues de Paimpol, on ne voit que des parapluies, des K-Ways, des bottes en caoutchouc, des courants d'airs et des chiens errants. J'ai fini par acheter *Gala*, *Paris Match*, *Closer*, *Public* et *Voici*. Tous ces corps dorés immortalisés par les téléobjectifs des paparazzis me donnent envie de tout balancer. J'ai des pulsions de jet-set, de jet privé, de jet-ski, de jet-stream, de Get 21... Quand les enfants dorment, je me mets en maillot de bain et je danse dans le salon. Je mets la musique en sourdine, je prends un porto, un deuxième et je me détends enfin. Je repense à notre année, aux problèmes de Noé avec la nourriture, à la réaction de Lindon si Noé lui saute dessus, au sexe mou de Hector, au film de Gab qui va cartonner, à l'actrice qui va accepter de prendre trente kilos pour décrocher le rôle de sa vie, à la tête de Salomon en train de faire des châteaux de sable, aux cheveux arc-en-ciel de Clarisse, à son divorce, à la nouvelle vie de Paul loin de son fils, à l'assureur de York, à mes gestations successives, à mon mari et surtout au père qu'il est devenu, à mes convictions, à tous nos plans sur la comète et à toutes nos désillusions. L'autre jour je pensais à la mort de ma mère. Joseph est arrivé, il avait soif, je me suis levée et il m'a demandé pourquoi j'étais en maillot. J'ai dit que j'en avais acheté un nouveau, je voulais l'essayer. Il s'est approché de moi. Les yeux plein de sommeil, il m'a demandé pourquoi j'étais si grosse. Ma mère a failli me faire pleurer, mon fils a réussi. Je l'ai pris dans mes bras et je lui ai raconté que j'avais mangé pour avoir beaucoup de force et bien élever mes enfants. Il m'a embrassée sur la joue, il m'a dit qu'il m'aimait, je n'ai pu m'empêcher de planquer mes cuisses derrière le torchon quand il est reparti vers sa chambre. Je me suis plantée devant le miroir et j'ai vu ce que je suis devenue. J'ai téléphoné à Luc, je l'ai réveillé, il croyait qu'un enfant était malade. Je lui ai dit que je commençais à faire du sport demain, que je voulais prendre rendez-vous avec un chirugien esthétique dès la rentrée. J'allais redevenir belle et désirable. Il m'a promis d'être toujours là pour moi. Au moment de raccrocher, je ne sais pas ce qui m'a pris, je me suis entendue lui reprocher de m'avoir laissé me transformer en sumo, par lâcheté, pour être tranquille. J'ai demandé s'il m'avait trompée. Il s'est offusqué sans me répondre. J'ai insisté. Cela n'avait pas d'importance, notre amour étant plus fort que tout. Et là, il m'a avoué une aventure avec une serveuse du Lina's en bas de son bureau. C'était entre Bernadette et Marie, il se sentait rejeté, il avait besoin d'un peu de la tendresse et de l'affection que je consacrais exclusivement au nouveau-né. J'ai enchaîné les questions. Le nom de la fille, son âge, où il le faisait, comment, la durée de cette relation, s'il avait pris ses précautions, pourquoi c'était terminé, est-ce qu'il la revoyait, à quelle fréquence, pourquoi ne pas l'avoir dit, avait-il songé à me quitter ? Je me sentais plus grosse et moche qu'à l'accoutumée. Mais je voulais être forte et fière, être dans la peau d'une épouse trompée supposait que je me plaigne et que je remette ça sur le tapis jusqu'à la fin de nos jours. J'ai fait volte-face, j'ai compati, je lui ai dit que j'en aurais fait autant à sa place, que sa souffrance était légitime, que cette fille devait être très bien et que leur aventure n'était pas une parenthèse sordide mais un élan d'amour pour sauver notre famille. La césarienne pour Bernadette m'avait traumatisée et j'avais fait vivre un enfer à Luc.

En bonne catho, j'ai pardonné et je me suis presque excusée.

En dépit de ce qui précède, je réitère mes invitations.

Clarisse et Gaspard, soyez les bienvenus. Je te rappelle que c'est toi qui m'as vendu Paimpol et tu mérites cette punition. Tu es une enfant du pays, et grâce à toi je découvrirai le charme caché de cette région.

Gab, tu peux venir avec Christophe, ton Danois ou Gianluigi ou les trois à la fois. Même Daniel Langer est le bienvenu. Ici personne ne le dérangera, il n'a participé à aucune traversée de l'Atlantique en solitaire. Tu pourras te concentrer sur ton scénario, tu n'auras aucune distraction.

Noé, il n'y a rien pour toi, ni personne, donc je n'insiste pas.

Si vous connaissez des gens dans le coin, n'hésitez pas à leur donner mes coordonnées.

Quant à vos ennemis, dites-leur que Paimpol est le paradis.

Le père du copain de Joseph s'appelle Alfred. Quarante ans, divorcé. Il se balade en claquette avec des chaussettes de tennis à l'effigie du Marsupilami. Il a un léger défaut de prononciation, je m'appelle « Chianne » et mon fils « Chioseph ». Il trouve que j'ai un côté « Bridget Chiones » en plus boulotte. Il voulait me faire plaisir, j'en aurai chialé. À part ça, il habite Quimper, vient à Paimpol tous les étés et a une passion pour les maquettes du Pont de Concarneau.

Alfred est de très loin le mieux de la résidence.

Nos dîners me manquent.

Nos éclats de rire, pas assez nombreux à mon goût.

Je me rends compte que j'ai été chiante ces derniers mois.

Je vous embrasse. Je vous tiens au courant. Pensez à moi et n'achetez rien pour vos enfants cet hiver.

Jeanne.

9 août

À : jeanne, GAB, noemieetonassis
Cc :
Objet : Tape la pomme, tape la poire !

Salamalekoum les copines,

Vous ne devinerez jamais ce que j'ai sur ma table de chevet.

Une coupe.

J'ai gagné le tournoi de tennis. Au premier tour, j'ai écrasé une vieille dame qui tenait à peine debout. À chaque changement de côté, elle oubliait de retirer le clip qu'elle avait accroché derrière sa taille. En s'appuyant sur le dossier, elle poussait un cri plus fort que le muezzin de Djerba. Elle a terminé le match à l'infirmerie sur une civière avec des compresses d'eau fraîche sur les yeux et un gros hématome en bas du dos. Au deuxième tour, j'ai humilié une gamine bien meilleure que moi. Ses parents se rognaient les phalanges dès qu'elle ratait une balle. Elle n'a pas supporté la pression. Elle a fini en larmes. Au troisième tour, je suis tombée contre une femme qui avait commencé le sport en général et le tennis en particulier deux jours auparavant. Au bout de trois

minutes d'échauffement, elle a eu des étourdisse-
ments et elle a abandonné. En finale, j'ai dû me
battre contre la GO aérobic moulée dans une combinaison short fluo plus éblouissante qu'un panneau solaire. Malgré les 50 degrés à l'ombre, les
tribunes étaient bondées. Je me suis battue furieu-
sement. Le public, en grande partie masculin,
n'était pas venu pour voir du beau jeu. Ça m'a gal-
vanisée et je l'ai explosée en deux sets.

Vous ne devinerez jamais ce que j'ai autour du
cou.

Une médaille.

J'ai gagné la course sur la plage. Imaginez-moi
dans un sac de jute noué sous les aisselles avec un
masque de plongée et un tuba. Je devais récolter
un maximum de drapeaux jaunes, assortis à mes
cheveux qui ont dramatiquement viré en ballot de
paille malgré des tonnes d'huile réparatrice appli-
quée matin et soir. J'ai battu un prof d'EPS de Calvi,
il a pris la course tellement à cœur qu'il a percuté
un des totems avec sa tête et s'est fait une double
fracture du nez. Le sang a giclé, c'était écœurant.

Vous ne devinerez jamais ce que j'ai sur la poitrine.

Un pin's « *I love Djerba* ».

Benny me l'a offert ce matin. Un Parisien assis
par malchance à côté de moi dans l'avion. Il est
podologue. Son vrai nom est Jean-Bernard ou alors
il a volé sa gourmette. Divorcé, trois enfants. Benny
n'est pas le genre de mec avec qui on part en croisière. Pas franchement tordant. Carrément infré-
quentable. Benny a des moments d'absence. Il
regarde ses enfants comme s'il les découvrait. Il vient
de retirer son alliance, il a encore l'empreinte. Il a

envie de s'amuser mais il manque de pratique...
Il m'a offert ce pin's ridicule en souriant béatement.
Je l'ai embrassé sur la joue. J'ai dit à Benny que je
n'avais jamais été mariée et que je travaillais dans
une banque au service clientèle. L'événementiel
aurait été trop difficile à expliquer.

Même si Benny serait fou de joie s'il se savait
coincé entre Benjamin Castaldi et Bernard Montiel.

Vous ne devinerez jamais ce que j'ai dans mon
agenda.

Les cartes de visite de mes voisins de table du petit
déjeuner. Je ne sais pas pourquoi je les ai prises ni
pourquoi je les garde.

La pêche du matin a été plutôt fructueuse.

Un couple de dentistes lyonnais, le mari me
faisait de l'œil sous le regard approbateur de sa
femme. Ils ont vite compris qu'ils n'échangeraient
rien avec moi. Ils sont charmants et m'ont proposé
40 % de réduction pour des facettes. Lyon n'est
qu'à deux heures de TGV et mon stomato est
odieux.

Des bijoutiers de Nîmes qui portent sur eux tout
le stock de la boutique. Trente-cinq ans de mariage
et ils n'arrêtent pas de se bécoter. Touchant. J'ai eu
droit à leur catalogue avec un bon de réduction de
150 euros sur la collection or jaune. Nîmes est à
moins deux heures d'avion et je n'ai jamais assisté
à la feria.

Des jumelles de Dijon. Étudiantes et gogo danseuses pour payer leur université. La deuxième activité
est en train de prendre le dessus. Elles mettent le feu
au village. Nous ne savons pas ce que veut dire
string. Je connaissais le principe de la ficelle qui
retient un petit triangle de tissu. Pour info, le petit
triangle ne se fait plus. N'ayant pas trouvé de place

dans un club de célibataires, elles se sont rabattues au dernier moment sur un club famille au grand dam de toutes les épouses et mères qui redoublent d'imagination pour rendre le paréo le plus opaque possible. Elles sont crispantes.

La brise de Djerba m'inspire de longues journées de farniente, mais dès le matin, la musique retentit dans tout le club pour la leçon de ragga hip-hop. Puis c'est ping-pong, leçon de tennis avec un Tunisien qui me dit « bien joué » même quand je ramasse la balle, catamaran, planche à voile, chutes à répétition, ski nautique, la tasse et le bas de mon deux-pièces au niveau des chevilles, pédalo pour compter les bleus sur ses cuisses... Enfin, la libération. Igor, GO animation déboule sur la plage, une dent de requin sur son torse imberbe et un maillot plus suggestif que du film alimentaire. Il distribue des tranches de pastèque et de melon qui attirent toutes les guêpes de la région. Igor est tellement beau qu'il a été sélectionné pour *l'Île de la Tentation*. Il a des yeux lagons, une peau nacrée, des plaquettes de chocolat du menton jusqu'aux talons et trois phrases dans son cerveau : « Tu vas bien », « Tu es très jolie », « Je suis heureux avec toi » en trois langues. L'homme idéal. Ici toutes les femmes adorent Igor et donneraient cher pour lui apprendre quelques mots supplémentaires en privé. Ma libido n'est pas compatible avec le sport à outrance. Si Igor montrait le moindre intérêt, je prendrais bien deux Guronsan. Mais pour l'instant, la question ne se pose pas.

Cet après-midi, après le repas, je me suis affalée sous un parasol. J'ai pensé à Paul, je regardais l'horizon, je me suis dit qu'il devait penser à moi, au même instant. Paul n'a jamais été un aventurier, il aime son confort et je suis sûre qu'on aura des nouvelles plus vite que prévu.

Gaspard traîne toute la journée avec des prépubères de dix, onze et douze ans terriblement en avance pour leur âge. J'ai surpris celui de dix en train de faire la cour à la GO yoga abdo-fessiers. Il voulait toucher ses seins en échange de sa montre. Gaspard fait la tronche dès qu'il m'aperçoit, il m'a avoué l'autre jour que ça faisait naze d'être dans les jupes de sa mère. Il se met des litres de gel sur le crâne et j'ai été obligée de lui acheter du parfum, il vidait mon vaporisateur. Gaspard aura sept ans dans quatre mois, je viens de lui renouveler un abonnement à *Okapi*, je me demande si je n'aurais pas dû opter pour *FHM*.

Il semble heureux et c'est le plus important. Il ne m'a parlé de Paul qu'une fois, le matin du départ. On était dans le taxi, il y avait 25 euros au compteur et il m'a dit que si papa nous avait emmenés, on aurait fait des économies. Plus aucune allusion par la suite. J'espère qu'il n'a pas hérité de la radinerie maladive de ma mère. J'appréhendais sa confrontation avec les autres parents présents dans le club, mais les familles monoparentales sont nettement majoritaires. Paul n'est pas indispensable au bonheur de son fils.

De loin je fais de l'effet, mais j'ai eu trente-deux ans il y a dix jours. À part la carte postale minimaliste et sous-affranchie de ma mère en provenance de Biarritz reçue avant mon départ et celle plus trash de Gab, une paire de couilles avec « *Happy* » sur la gauche et « *Birthday* » sur la droite made in London qui m'a valu une tête offusquée de mon concierge encore plus odieux maintenant que Paul m'a quittée, je n'ai pas eu beaucoup de lecture. Jeanne, tu as sans doute trop froid pour sortir poster une lettre. Quant à toi, Noé, du haut de ton paquebot, tu n'as pas trouvé un postier suffisamment zélé pour venir à toi en rameur. Je compte donc sur des cadeaux énormes et ruineux pour vous faire pardonner.

Désolée, je vous laisse. La trompette pour annoncer le dîner vient de retentir. Au programme, une soirée couscous, des danseuses du ventre, des charmeurs de serpents et des fakirs ventriloques. Je suis surprise par mes facultés d'adaptation. Je reviens dans deux heures...

*
* *

Je déconseille le couscous par 40 degrés. Le réfectoire était tellement chaud que j'avais des rigoles le long du dos et mes couverts glissaient. J'ai bu un litre d'eau glacée en sachant très bien que j'allais le regretter. La semoule a doublé de volume, j'ai la sensation d'avoir un menhir dans l'estomac.

J'ai dîné avec le podologue, le couple de dentistes lyonnais et les bijoutiers de Nîmes. L'ambiance était plutôt conviviale jusqu'à ce que les danseuses du ventre ne fassent leur entrée. Elles se sont attardées à notre table et une des épouses n'a pas apprécié. Son mari était plus imbibé qu'une poire Williams et il a commencé à faire des gestes déplacés. Le charmeur de serpent s'en est mêlé et il l'a menacé en brandissant son boa. La femme a hurlé, le mari a quitté la table avec fracas, j'ai saisi le bras de Benny, il m'a prise par les épaules et m'a dit qu'il avait un brevet de secourisme. Ça m'a rassurée. Les dentistes se sont absentés à la recherche d'une proie sans tabou. On s'est retrouvé en tête à tête ne sachant pas trop quoi dire. Nous étions entourés par des centaines de GM défoncés à la sangria, je voyais Gaspard à la table des enfants, il n'arrêtait pas de rigoler, j'ai regardé la bouteille de boulaouane sans envie, je me suis dit que j'assumais drôlement bien et que ma situation n'était pas si désagréable. Benny m'a fait ses yeux de cocker, il m'a caressé la main, j'ai songé que Paul ne m'avait plus pris la main depuis des mois.

Benny est allé chercher des cornes de gazelle et du thé à la menthe. J'ai retrouvé mes réflexes de célibataires en vérifiant si je n'avais rien coincé dans les dents. Benny est revenu avec une assiette plus haute que la pièce montée de mon mariage, il souriait et je me suis dit qu'il était sincère. D'ailleurs, peu importe.

Tout s'est compliqué quand Benny a voulu danser à la seule fin de me séduire. J'ai eu beau vanter le reflet du clair de lune dans la mer, les étoiles filantes, le bain de minuit, rien ne l'a distrait de la mission qu'il s'est assignée. Je suis restée assise. Benny se démenait vaillamment sur la piste. Je ne bronchais pas et lui s'agitait de plus en plus. Ses bras partaient dans tous les sens au point de cogner les danseurs qui étaient à sa portée. Une zone de sécurité s'est vite formée. Benny croyait que les gens le contemplaient. Il est devenu hystérique, il sautait, retombait par terre, faisait le pont, secouait les jambes avec frénésie. Tout le monde s'était arrêté et le regardait. J'étais pétrifiée, il confondait ma posture figée avec de l'admiration et il en rajoutait. Les sourires qu'il m'adressait devenaient des grimaces terrifiantes. Je commençais à flipper. Soudain, tel un junky qui croit pouvoir voler, il tente un saut périlleux arrière et retombe sur la tête. Un cri de bête puis plus rien. Je n'ai pas voulu en savoir davantage, j'ai couru dans ma chambre et je me suis enfermée à double tour. Je me suis demandée si les divorcés de longue durée finissaient tous par avoir d'étranges comportements. Des tics, des rituels. Le dance floor est un piège à cons pour les ravagés de l'amour. Benny ne devait pas s'exciter comme Iggy Pop quand il était marié, il devait se contenter de battre la mesure avec ses mains, il devait penser que seul Travolta a le droit de partir en vrille sous la boule à facettes.

Benny ne verra jamais les sous-vêtements que j'avais mis pour lui.

Je ne me souviens pas avoir vu Paul danser. Le jour de notre mariage, il a envoyé son père pour le remplacer, au mariage de Jeanne, il avait le pied dans le plâtre, à celui de Noé, il avait déchiré son pantalon et il ne s'était pas levé de la soirée. Quand j'y repense, il était vraiment insupportable. Tout n'est peut-être pas ma faute.

L'année prochaine, on devrait louer une maison toutes les quatre avec les enfants. Seule Gab aura une dérogation pour emmener un mec.

J'espère que vous prenez soin de vous.

J'espère que dans vingt ans on ne sera pas encore grands-mères.

J'espère qu'on fera encore des dîners pour dire du mal de tout le monde et même de nous.

J'espère que les cheveux gris seront à la mode.

Je vous aime et j'espère que c'est réciproque.
Vous me manquez.
Clarisse la douce.

P.-S. : C'est Europ'Assistance qui m'a délivrée, à l'aube, de Benny.

12 septembre

« Le papa pingouin, le papa pingouin, le papa, le papa, le papa pingouin... »

Clarisse est nerveuse.

— Noé, fais quelque chose. Demande au disc-jockey une autre chanson. Gaspard n'a pas vu son père depuis un mois et demi.

— Les enfants font très bien la part des choses. Tu ne peux pas le couper de la réalité et intervenir dès que quelqu'un prononce le mot papa.

— Ce n'est pas quelqu'un, Jeanne, c'est un synthétiseur cruel. Je ne veux pas que mon fils ait le cafard une semaine seulement après la rentrée des classes.

À contrecœur, Noé s'exécute. Elle va dans le salon où sont réunis tous les enfants pour l'anniversaire de Tadeo et revient avec un sucre d'orge dans la bouche.

— Ils s'amusent follement et Gaspard est déchaîné.

Jeanne et Clarisse la regardent, ébahies.

— Oui, je sais, j'ai pris de mauvaises habitudes pendant les vacances. J'ai grossi de deux kilos et réhabilité la junk food.

— Tu as rajeuni.

— Merci, Clarisse, mais je ne suis pas convaincue par ton compliment. Tu ne dirais jamais à une minette de vingt-cinq ans qu'elle a pris un coup de jeune.

— Le meilleur des âges, c'est la cinquantaine. On n'est pas encore grabataire. On a rempli notre devoir démographique, les enfants sont moins chiants, pouvoir d'achat maximum, à force d'avoir pris des baffes, on est un peu moins connes. On a compris que le point G était un leurre. On n'attend rien d'extravagant et on apprécie enfin notre ordinaire.

— Je me sens bouffie.

Jeanne secoue la tête pour y voir. Pablo lui a fait une frange qui couvre la moitié du visage.

— Prends vingt kilos et on en reparle. Moi, j'ai perdu deux kilos.

— Je n'ai pas remarqué.

— Merci, Noé. Après quinze jours de régime draconien, tes encouragements me touchent.

Clarisse, acerbe.

— On passe l'après-midi à commenter les résultats d'un pèse-personne ?

Noé s'assoit en tailleur. Son pantalon, très ample il y a quelques mois, commence à boudiner ses cuisses.

— Ilario s'est disputé avec Grazziella.

— Merde.

— C'est une excellente nouvelle, Jeanne. Ilario ouvre enfin les yeux et s'aperçoit que cette fille est un traquenard.

— Il y a un bébé, Noé, tu n'as pas le droit de te réjouir.

— C'est justement parce qu'il y a Kennedy que ça va foirer.

— Qui est Kennedy ?

— Le bébé, Clarisse. Grazziella adore les États-Unis.

— Elle est folle à lier. J'adore la France, je ne vais pas appeler mon fils Pompidou.

— Jeanne a bien écumé les évangiles.

— En attendant, Ilario déchante.

Clarisse saisit son paquet de cigarettes avec fébrilité.

— Et comment tu as appris que le torchon brûlait ?

— Tadeo a passé le week-end chez son père, à son retour, il était perturbé. J'ai voulu en savoir plus, sans le brusquer.

— On fait confiance à ton tact.

— Le bébé était en pleine colique du nourrisson, Grazziela voulait le garder dans sa chambre. Ilario a refusé catégoriquement un couffin au pied de son lit. Une dispute avec jets de projectiles a éclaté. Ilario a menacé de se tirer à l'hôtel, et Grazziella a menacé de se tailler les veines. Ilario l'a giflée, et Grazziella lui a craché au visage. Classique. Ilario n'a jamais donné un biberon, il n'a jamais changé une couche, il n'a jamais promené une poussette, il s'est intéressé à son fils vers quatre ans quand il a commencé à manger des pizzas à l'origan, dribbler avec un ballon et nager sans brassards.

— Tous les pères font des efforts.

— De moins en moins, Jeanne, et tant mieux. J'en ai vraiment bavé de l'époque des papas poules polyvalents. J'en ai rien à foutre que Brad Pitt soit un super-papa et qu'il puisse changer une couche les yeux bandés. Ça fait des années que je boycotte les magazines people qui nous gavent de papas modèles déguisés en Mrs. Doubtfire.

— Je suis émue quand Luc trempe Pierre dans son bain.

— Ce n'est pas émouvant, Jeanne, c'est pratique, commode, serviable parce que tu as le dos en compote, et que tu as déjà baigné les trois autres, plus tôt dans la soirée. Luc lave surtout sa conscience.

— Toujours est-il que Grazziella ne s'attendait pas à une telle réaction, et je leur donne deux mois.

Noé se prélasse sur la méridienne Louis XV.

Clarisse tend l'oreille. « Capitaine Flam, tu n'es pas de notre galaxie, mais au fond de la nuit... »

— Je ne voudrais pas passer mon temps à râler mais les enfants ne savent plus du tout qui est Capitaine Flam. Tu l'as déniché où, ton disc-jockey ?

— Entre la Sicile et la Sardaigne. Il s'appelle Monkey Josh, il vient du Bronx et il est super-cool.

— Cool, super-cool, trop cool, grave cool, archi-cool. Il ne te reste plus qu'à niquer ta mère.

— Il mixait à l'anniversaire de Roberto.

— Même si Roberto était le témoin d'Ilario à votre mariage et qu'il a pris fait et cause pour toi au moment du divorce, il a le nez dans la poudre depuis qu'il sait renifler et il n'a jamais bu autre chose que de la Smirnoff. Je t'assure, darling, je n'ai rien contre Monkey Josh, mais ici la moyenne d'âge est de cinq ans et j'ose espérer qu'il n'y a pas de dealer parmi eux.

— MJ organise les anniversaires des enfants des Beckham.

— Raison de plus pour t'en méfier.

— Tu es has been, Clarisse.

— Si, pour être à la mode, je dois m'envoyer de la cocaïne et fricoter avec une tête de gondole et son épouse siliconée, j'aime autant conserver mes critères.

Dès son retour de Tunisie, Clarisse a eu un mal fou à trouver le sommeil. Paul est dans tous les coins de sa chambre, avec un sourire, la tronche des mauvais jours ou le regard vide. Elle n'a aucune nouvelle.

Jeanne bloque sa frange avec deux barrettes de Marie en forme de coccinelle. Elle est ridicule mais elle y voit.

— Tu n'avais pas trop le mal de mer sur le bateau ?

— Ce n'est pas un bateau, Jeanne, c'est un yacht avec un jacuzzi, un hammam, un sauna et dix personnes à ton service.

— Quand tu parles ainsi, on a envie de te frapper.

— Je ne vois pas où est le problème ?

— Le problème, c'est que tu es insupportable. Tu as perdu le sens des réalités. Tu vis dans ta bulle, Noé.

— Je sais qu'il y a quatre millions d'obèses en France, deux millions de chômeurs et que 80 % de la population vit avec moins de 1 500 euros par mois. Mais je ne vois pas pourquoi il faudrait rentrer dans ces statistiques pour avoir le droit de s'exprimer. Je revendique mon statut, je revendique mon caractère, je revendique le droit d'être ce que je suis. Je ne vais pas m'excuser éternellement d'avoir beaucoup d'argent et des amis plus riches que moi. Je ne vais pas raser les murs pour guérir vos complexes.

— Et l'ambiance sur le yacht ?

— Je déteste les vacances. Les partager avec des millions d'autres me panique. Moi qui suis une oisive, ça me désole de les voir si enthousiastes après onze mois d'attente. Nous avons fui Bastia tellement la mer était embouteillée, nous sommes descendus vers Bonifacio en faisant du slalom entre des régates de l'UCPA, puis nous avons regagné la Sardaigne. Tout le monde s'emmerdait sur le bateau. L'atmosphère devenait tendue, au point d'envisager un sabordage. On a poursuivi notre séjour à la Vita Sarda, sur la terre ferme, c'est de là que le bateau est le plus beau. Bref, je me suis fait chier pendant ces vacances et je revendique aussi le droit de me plaindre.

Le téléphone.

— Allô, Gab. Attends deux secondes, je te mets sur ampli.
— J'ai envie de savoir comment la boum se passe ?
— Grosse fiesta, il ne manque plus que toi.

Clarisse calcine sa dernière cigarette avec son briquet « *I love Djerba* ».

— Nous sommes terrées dans la bibliothèque, on boit du Cacolac dans des verres en carton Pirates des Caraïbes et au loin il y a un forcené qui essaie de faire danser nos bambins sur de la transe.
— Je peux rappeler plus tard, si ça vous arrange.

Noé se rassoit, bref coup d'œil de trois quarts dos. Brushing trop gonflé.

— Ça nous fait plaisir de te parler, quoi de neuf de ton côté, ma chérie ?
— J'ai rencontré Vincent Lindon.

Noé, toutes griffes dehors.

— Sympa, pour une fois que je pouvais être utile, je constate que tu as préféré te passer de mes services.

— Ne le prends pas mal, Noé, je te jure, ce n'était pas prémédité. J'accompagnais un ex, chef opérateur sur un tournage. Lindon était là, je suis allée lui parler.

— Tu lui as dit qu'on se connaissait ?

— Tu le connais ?

— Oui, Jeanne, je le connais, sa fille est dans la classe de Tadeo. Elle devait venir aujourd'hui mais elle a malheureusement eu un empêchement. Il me semble vous l'avoir dit plusieurs fois, et je m'aperçois que ma vie n'intéresse personne.

— Au contraire, Noé, nous sommes vachement impressionnées. Nous savons que tu as lancé tes invitations en juin pour qu'il puisse s'organiser. En trois mois, aucune réponse. Félicitations.

— Il tourne dans le prochain Jolivet.

— Je le savais, Gab, il me l'avait dit avant que l'info ne circule sur AlloCiné.

— J'ai parlé trois minutes de mon film, il a semblé attentif, je lui ai donné mon scénario, il m'a promis de me rappeler d'ici la fin du mois.

— Je te souhaite plus de succès que Noé.

Les pupilles de Noé prennent la forme de poignards.

— Lindon remplacera Langer ?

— Lindon prendra le rôle qui lui plaît. On reprend tout à zéro.

— Ce n'est pas très moral.

— Je fais un film, Jeanne, pas du catéchisme.

— Tu ne peux pas disposer des gens à ta guise. Ils t'ont accordé leur confiance, tu vas les décevoir.

— Tu vois qu'il y a de l'ambiance, Gab, entre Jeanne qui veut systématiquement répandre le bien autour d'elle et qui s'érige en porte-drapeau du christianisme moderne et Clarisse...

— Je t'emmerde, Noé, si tu n'y vois pas d'inconvénient je vais acheter des clopes, je viendrais chercher Gaspard à la fin de la *rave*.

Clarisse est à cran.
Noé, urbaine.

— Et du côté des actrices, quoi de neuf, Gab ?

— Marion Cotillard, Cécile de France, Clotilde Courau, Marina Foïs, Judith Godrèche et Hélène de Fougerolles ont refusé le rôle de Clarisse.

— J'aurais fait pareil à leur place. Ma vie est trop craignos.

— Emmanuelle Béart, Emmanuelle Seigner, Julie Gayet et Sophie Marceau ont refusé le tien.

— Sophie Marceau ne peut pas me faire ça. Je l'ai croisée à l'inauguration de la boutique Marc Jacobs et nous avons été présentées, je lui ai même fredonné *Dreams are my reality*, on s'est beaucoup appréciées.

— C'est parce qu'il y avait des photographes, Noé. Tu chantes faux, cette chanson est horripilante...

— Je l'ai prise dans mes bras pour la remercier de tout le bonheur qu'elle m'avait procuré.

— Oublie Sophie Marceau.

— On cherche une comédienne enceinte pour Jeanne. Et les producteurs m'ont convaincue de ne pas jouer mon propre rôle. J'étais inquiète avant l'été, maintenant je suis carrément angoissée.

— Si Lindon accepte, elles vont toutes rappliquer. Je ne sais pas ce qui plaît aux hommes, Gab, ma vie privée en témoigne, mais je sais ce qui plaît aux femmes.

La voix de Gab, altérée par les parasites de son portable.

— J'ai un petit cadeau pour Tadeo, une voiture de police avec une sirène et des clignotants.

Noé serre les mâchoires. Son fils ne porte aucun intérêt à ces jeux. Il exècre les faux portables multicolores, les voitures télécommandées et les pistolets à eau. Tadeo aime son iPod nano, son quad, son Samsung Hummer, son aftershave, ses consoles de jeu en 3D et tirer à balle réelle dans un stand de tir avec son père.

— Tu n'as qu'à passer ?

— Impossible, je vois mon réalisateur. Depuis des mois, on cherche quelqu'un qui accepte de mettre en scène une histoire qu'il n'a pas écrite lui-même. Olaf tourne des pubs, il veut faire son premier film.

— Je croyais que tu cherchais à taper haut.

— Pas la peine de m'accabler, Clarisse. Au début, j'étais naïve. Aujourd'hui, je me contente de rencontrer des personnes bienveillantes qui aiment mon scénario et je peux te dire qu'elles ne courent pas les rues.

— Hormis son prénom, tout s'annonce pour le mieux.

— Moque-toi, Jeanne. Olaf est le descendant de Olav II Haraldsson le Saint, roi de Norvège qui imposa le christianisme dans son royaume. Au téléphone, je l'ai trouvé enthousiaste et dynamique, ça fait du bien. (Gab chuchote.) C'est marrant, les filles, vous ne devinerez jamais qui vient de s'asseoir en face de moi.

— Lindon.

— Paul.

— Marc Lévy !

242

Jeanne. Dans tous ses états.

— Génial. Bernadette l'adore. Elle a des posters de lui dans sa chambre.

— J'espère que tu déconnes, Jeanne.

— Pas du tout, Clarisse. Je préfère que ma fille soit la groupie d'un écrivain célèbre que d'une chanteuse dévergondée.

— Elle pourrait se contenter de Candy, Heidi et Maya l'abeille.

Noé croque dans une tablette de chocolat *fat free*.

— Je le connais très bien.

Clarisse dévisage Noé avec un mépris amusé.

— C'est-à-dire ? Tu l'as vu à la télé plusieurs fois ?

— Ça veut dire que j'ai tous ses romans dans ma bibliothèque, j'ai particulièrement apprécié le dernier qu'il m'a dédicacé au salon de Nice.

Jeanne ne tient pas en place.

— Il est comment ?

— Assis. Il boit un café, il a des lunettes de soleil, une veste en velours, il s'est adressé très gentiment à la serveuse...

— Et toi, Noé, tu l'as vu de près, tu lui as parlé ?

— J'ai fait la queue au milieu d'une centaine de retraitées avec l'œuvre complète de l'auteur sous un bras et l'appareil photo dans l'autre, je suis arrivée devant lui, il portait un tee-shirt gris froissé, une barbe de trois jours avec des reflets roux, il m'a souri, il a d'adorables taches de rousseur sur les pommettes, j'ai tendu l'ouvrage que je venais d'acheter à une des dix collaboratrices qui vidaient les cartons les uns après les autres, il m'a demandé de sa voix feutrée : « C'est pour vous ? », je lui ai dit : « Je m'appelle Noé ». J'ai bien vu qu'il n'était pas insensible, il est vrai que je relevais la moyenne, la dernière heure était plutôt du genre traitement hormonal de substitution, il a écrit mon nom, puis un « Très chaleureusement, Marc Lévy » et là, il s'est passé un truc violent, une sorte de plongée dans le passé. J'ai exactement ressenti ce que j'éprouvais avec Bruel au début des années 90. La même pulsion. J'avais envie de lui sauter dessus.

— Magnifique.

— Tu es désespérante, Noé.

— C'est toi qui es désespérante, Clarisse, tu fais de l'anti-Marc Lévy primaire alors que c'est le prince charmant du troisième millénaire.

— Quand tu pistais Bruel sur les Champs, tu avais quatorze ans, Noé, tu portais un perfecto Chipie et un cartable US qu'on avait recouvert de têtes de morts. Aujourd'hui tu approches la quarantaine et tu es en chaleur devant un mec sous prétexte qu'il écrit des best-sellers.

— Pour une fois qu'un Français réussit et fait parler de lui partout dans le monde, c'est formidable.

— Laisse tomber, Jeanne, Clarisse préfère les écrivains abscons publiés à compte d'auteur.

Jeanne trépigne.

— Gab, tu crois que tu pourrais lui demander un autographe ? Bernadette serait folle de joie.

— Je ne voudrais pas le déranger, Jeanne. Il est tranquille, il lit la presse...

Clarisse, en renfort.

— Je trouve pathétiques les connards qui demandent un autographe. Un gribouillis sur un lambeau de papier, je ne vois pas l'intérêt.

— C'est un souvenir. Ils croisent une vedette, demandent un petit mot, les enfants sont émerveillés, les stars flattées.

— Ça les gonfle, crois-moi, Jeanne. On leur tend un stylo qui n'écrit pas, un bout de napperon déchiré, on les tire par le bras, on exige une bise, une photo, on les tutoie, parfois on les confond...

— C'est pour faire plaisir à ma fille, Clarisse.

— Voyons, Jeanne, Bernadette ne sait pas lire. Tu n'as qu'à signer toi-même, elle ne verra pas la différence.

— Il part.

— Bon débarras.

— Je n'entends plus les enfants ?

— Monkey Josh doit être en train de les faire fumer.

Noé s'arrête devant le miroir vénitien. Elle est plus crêpée que Bonnie Tyler. Elle avait demandé à Pablo du volume, du vaporeux, de la matière... Pablo déconne complètement. Excédée, elle sort en claquant la porte.

— Et Paimpol, comment ça s'est terminé ?

— À peine montés dans le train, la pluie s'est arrêtée.

— Et Djerba ?

— Sportif, festif, asexué.

— C'est déjà pas mal.

— Je me revois en combinaison de plongée et pagne, à la tête d'une chenille de deux cents personnes survoltées...

— Mauvais trip.

Noé réapparaît avec trois Pepsi Max.

— Ils sont allongés dans le salon en pleine relaxation taoïste.

— Même Joseph ?

— Tous alignés, main dans la main, le visage paisible, les yeux clos.

— Très louche !

— C'est miraculeux, Clarisse. Joseph est un enfant hyperactif qui doit prendre des cachets pour rester calme ne serait-ce qu'un instant. Je considère que ce MJ est mieux que n'importe quel traitement psychotrope et, si Noé n'a rien contre, je lui demanderai de me confier le best-of de sa programmation.

— Tu es certaine que ce n'est pas un pervers ?

— Le monde n'est pas peuplé que de serial killers, de pédophiles et de kamikazes, Clarisse.

— Il faut apprendre aux enfants à se méfier de tout le monde. Je suis désolée mais je n'ai confiance en personne, même le Père Noël est un danger public.

— Laisse ce pauvre vieillard tranquille, Clarisse, tu débloques.

— Pas du tout. La mythologie du Père Noël est un désastre. On apprend aux enfants à idéaliser un vieux barbu. « Il faut être très gentil avec le Papa Noël, il faut faire tout ce qu'il dit, il ne faut pas le décevoir, sinon tu n'auras pas de cadeaux. » Très gentil avec un mec qu'on n'a jamais vu de sa vie ? C'est effroyable. On offre des millions d'enfants en pâture à des satyres déguisés. Je suis navrée mais moi je ne veux pas que Gaspard tombe dans le piège. J'ai brisé la loi du silence. Sans parler de cette histoire absurde de cheminée. Depuis qu'il est né, je barricade la maison avec des protège-portes, protège-coins, protège-prises, protège-feux, protège-balcons, et là soudainement je lui dis que le type le plus cool du monde fait de la varape dans le conduit de la cheminée.

Noé frotte son pantalon. Si le chat continue à se déplumer, elle devra le toiletter avec son shampoing antichutes.

— Tu ne vas pas boycotter le Père Noël ?

— Gaspard n'a plus son père, je n'ai aucune envie qu'il le remplace par un personnage de fiction potentiellement malfaisant.

— Il va prévenir nos enfants, Clarisse, ce n'est pas juste, laisse leur encore quelques années de rêve.

— Des années de rêve pendant lesquelles on transmet notre autorité à un vieillard lapon ? C'est lui qui doit apprendre à nos enfants à être sages et gentils, c'est une démission, Jeanne. On dépense en un jour le pognon de toute une année, on les gave de cadeaux, ils vénèrent un vieux chnoque sur un traîneau tiré par des rennes et n'auront plus jamais aucune gratitude envers leurs parents.

— Tu t'égares, Clarisse.

— Tu te fais plaisir en cachant les paquets, tu soûles ton mari avec des « Chéri, je crois que le petit a très envie d'un train électrique. Tu pourrais t'en occuper, tu sais moi et la mécanique... » Le soir, au moment de te démaquiller, tu fais le point sur la liste, sur les cachettes, sur ce qui reste à acheter, sur ce qui a été acheté mais que le gamin ne veut plus, tu es stressée, ruinée, mais tu ne craques pas. Le train fonctionne-t-il avec des piles, sont-elles fournies, si non, lesquelles conviennent ?

— Tu as peut-être eu des Noëls ratés, Clarisse, ce n'est pas la peine de généraliser.

— Crois-moi, Jeanne, tous les souvenirs de Noël sont effroyables. Je me souviens que j'entendais des bruits dans le salon, j'étais terrifiée, ma mère m'avait surtout demandé de ne pas bouger, le Père Noël n'aimait pas être dérangé pendant son travail. J'avais peur qu'il vienne me voir. Je grelottais à l'idée qu'il me gronde, qu'il reprenne mes cadeaux. C'était un cauchemar.

Clarisse décapsule sa cannette et reçoit une giclée dans les yeux. Les fêtes de fin d'année ont toujours été douloureuses. Paul absent, la belle-famille sera plus pesante. Dorénavant, elle pourra les envoyer promener. Elle protégera Gaspard en l'éloignant de cette mascarade.

Le portable de Gab crachote.
— Bon, il faut que...
Jeanne tripote sa part de gâteau.
— Gab, comment va Christophe ?
— Je ne vois pas le rapport avec le Père Noël.
— Je les aime tous les deux. Ils nous sont utiles.
— Ça ne l'a pas empêché de me lourder.
Jeanne se lèche les doigts.
— Christophe en avait marre que tu le traites mal.
— Il est tombé amoureux d'une infirmière originaire de Perpignan. « Une fille très douce, très famille et absolument pas ambitieuse », mon antithèse.
Noé relâche ses muscles dorsaux.

— La petite nouvelle a droit à tous les égards. Christophe est un pauvre naze. Il pense petit, il rêve petit, il peine à jouir et tes projets géniaux le font flipper.
— Christophe n'a jamais été l'idéal pour Gab, ce n'est pas un scoop, mais je ne vois pas l'intérêt de l'insulter.
— Ça me fait du bien, Jeanne. Les hommes sont machos ou lâches. Ils nous gâchent la vie en nous quittant et encore plus quand ils restent. À cause d'eux, on se goinfre d'antidépresseurs et on vieillit trop vite. Laisse-moi le plaisir de les critiquer, c'est le seul qu'ils me procurent.

— Ils nous permettent de donner la vie. Grâce à eux, on peut vivre cette aventure miraculeuse.

Noé glisse ses mains dans les poches de son pantalon, sort les fesses et rentre le ventre. Calendrier Pirelli saison froide.

— Écoute, Jeanne, ne le prends pas mal, mais pour moi tu es une extraterrestre. Tu es une vraie guimauve, tu compatis pour les pires des salauds, tu retombes enceinte après chaque retour de couche et tu passes l'éponge sur l'histoire de Luc.
— Tu voudrais que j'engage un détective ?
— Je ne veux rien du tout, Jeanne. Je suis totalement estomaquée que tu te laisses mener en bateau à ce point. Il t'a trompée et tu restes les bras ballants et la gueule enfarinée.

« Au pays de Candy, on s'amuse, on pleure, on rit, il y a des méchants et des gentils... »
Clarisse jette un œil polaire sur Noé.

— Ce MJ est grave.

Gab essaie de se faire entendre.

— Je dois vraiment y aller.
— Reste avec nous, maintenant, c'est trop facile.
— Oui, mais...
— *Shut up* !
— Je devrais aller chez Lina's, chercher la serveuse et lui expliquer que Luc est père de quatre enfants en bas-âge ?

Clarisse lance un sourire pacificateur à Noé. Les raisonnements de Jeanne finissent par les rapprocher.

— Tu ramènes tout aux gamins, Jeanne.

— Luc s'amuse avec une vendeuse de sandwichs et toi, qu'est-ce que tu attends pour réagir, tout casser à la maison de préférence en présence des enfants et aller assommer cette pétasse !

— Si je lui fais une scène, je le perds, Noé.

— Si tu ne fais rien, il ne te respecte plus. Tu n'as pas le choix.

— Je ne veux rien faire d'irrémédiable, je préfère jouer l'indifférence. Luc reviendra forcément dans le droit chemin. Trop de choses nous lient.

Gab soupire ou c'est le portable qui chuinte.

— Je n'ai pas votre expérience du mariage, mais je pense que Jeanne a raison. À quoi ça sert d'enfoncer des portes ouvertes ? Luc a consommé ailleurs, elle le sait, il sait qu'elle sait. Je ne vois pas l'intérêt de mettre de l'huile sur le feu.

Jeanne se lève et, cachée derrière le rideau, éclate en sanglots.

Noé se précipite. Le tissu, de la soie sauvage, a coûté une fortune.

— Arrête, on ne dit pas ça pour te faire pleurer.

Gab a du mal à suivre l'évolution.

— Qui pleure ?

— On ne t'impose rien, ma puce. On trouve juste que tu es trop gentille et qu'il ne faudrait pas que Luc en profite.

— Qui pleure ?

— Tu n'avais qu'à être là, Gab.

Tadeo débarque en trombe dans la bibliothèque.

— MJ veut qu'on fasse un karaoké, t'as planqué où les micros ?

— Je n'ai pas entendu.

Le gamin hausse les épaules et marmotte un « s'te plaît ».

Noé tente d'aplatir sa tignasse.

— Lourdes a dû les mettre sur la console dans la salle de jeux. À part ça, vous vous amusez bien ?

— Mortel, mam', MJ est de la balle.

Clarisse regarde Tadeo, effaré.

— Ton fils est comme le mien. Il ne parle plus que par onomatopées, borborygmes ou verlan. Pourquoi les enfants nous échappent-ils aussi vite ?

— S'il allait au catéchisme, tu n'aurais pas ce genre de problème.

— Paris Hilton a fait du catéchisme. Ça ne l'a pas empêché de faire de la taule.

Noé humecte ses lèvres et se crispe un peu plus.

— J'ai été convoquée par la directrice, une vieille revêche intégriste. Un sourire à faire reculer le GIGN, une poignée de mains qui a déformé mon anneau Cartier. J'ai compris qu'elle voulait exclure Tadeo. Elle m'a imposé de le faire suivre par un pédopsychiatre.

— Tu devrais l'écouter.

Gab sort de ses gonds, elle hurle.

— Tu manges trop, tu consultes, tu ne manges pas assez, tu consultes, tu dors mal, tu consultes, tu fais des cauchemars, tu consultes, tu ne joues pas, tu consultes, tu as le moral en berne, tu consultes, tu picoles, tu consultes, tu as des reflux œsophagiens, tu consultes, tu doutes, tu consultes, tu es trop sûre de toi, tu consultes, tu paniques en avion, tu consultes, tu bégaies, tu consultes, tu as peur de mourir, tu consultes, tu as peur des limaces, tu consultes, tu as peur des orages, tu consultes, tu as peur du noir, tu consultes, tu as peur de grandir, tu consultes, ton gamin de sept ans adore *Nip/Tuck*, tu consultes... Tu ne peux donc plus rien faire toute seule, Jeanne ?

Jeanne se voûte légèrement.

— La machine à laver le linge tombe en panne. J'appelle Darty pour un dépannage en urgence. Mardi entre neuf et treize. Pour une fois, Luc dépose Joseph à la garderie et Bernadette à la crèche de son boulot. Je prends un deuxième petit déjeuner en écoutant Morandini sur Europe 1. L'interphone sonne, il doit être pas loin de onze heures. J'ouvre la porte et je tombe sur un bourrin, physique de lutteur, grand gabarit, il explose son blouson et son cou est plus large que sa tête. Il n'a pas l'air commode, je lui indique immédiatement la cuisine, il pose sa caisse à outils et s'agenouille devant ma Whirlpool sous garantie. Je m'assois derrière lui, sans un mot, je suis totalement subjuguée par ses gestes. Il y a le bruit des clés à molette, sa respiration de gros fumeur, ses mains sont sales et laissent des empreintes à chaque fois qu'il empoigne la machine. Il a un cobra tatoué sur l'avant-bras et les ongles rongés. Au bout d'un moment, il se relève et me demande quelle lessive j'utilise, je lui montre mon baril de Le Chat Paillettes, il paraît contrarié, il me demande en quelle quantité, je remplis le doseur et, là, il élève le ton en disant que c'est ma faute, j'en mets beaucoup trop, les paillettes font des bouchons et « niquent les systèmes de vidange ». Je suis tourneboulée, je m'excuse platement, je lui promets de mettre beaucoup moins de paillettes et au lieu de le ramener à la porte, je ne sais pas ce qui me prend, je lui offre un café. Il me sourit, il a des couronnes argent de chaque côté de la mâchoire et ça m'émeut. Il a tout du taulard irascible. C'est le flash-info de onze heures et demie, je suis en robe de chambre, hirsute, pas douchée et je me grille une cigarette avec le mécanicien Darty. Il écrase son mégot dans sa tasse, il se lève en poussant la chaise, j'adore les bruits qu'il fait, il reprend son matériel, il se dirige vers la sortie. Je le suis, et au moment de prendre la poignée, il saisit mon poignet, il me plaque contre le mur et il me baise jusqu'à midi moins cinq.

Clarisse en oublie tous ses soucis. Noé cesse de se regarder dans les miroirs. Gab ne pense plus au retard d'Olaf. Même son portable s'arrête de grésiller.

— C'était un moment où j'étais complètement larguée. Luc bossait comme un dingue, il restait une semaine sur deux à Londres, j'avais un énorme baby blues, l'appartement qu'on devait acheter nous avait filé sous le nez alors qu'on était sur le point de signer, rien ne fonctionnait. Voilà, je l'ai fait une seule fois entre le sèche-linge et le congélateur et c'était vingt minutes inoubliables. J'avais la sensation d'être un bout de bidoche à sa merci, il me perforait, il y allait au marteau-piqueur, je hurlais tellement que j'ai eu une extinction de voix. Sans doute mon côté mec refoulé, je déteste les préliminaires et les amuse-bouches. Luc est un tendre et la tendresse m'inhibe complètement. Quand il est parti, je suis allée sous la douche et j'ai essayé de tout virer avec le jet du pommeau. D'après mes calculs, j'étais au neuvième jour du cycle et de ce côté-là je ne risquais rien. Dès que Luc s'approchait de moi, ce qui était exceptionnel vu mon accoutrement pour dormir, je lui disais que je ne me sentais pas prête, j'avais tellement la trouille d'avoir chopé une MST, je ne pouvais rien faire d'autre. Sans doute sa période Lina's. Quelques semaines après, j'ai commencé à avoir la nausée, je m'endormais dès que je me posais quelque part. J'ai fait une prise de sang. J'étais enceinte. J'ai vécu exactement pareil que toi, Clarisse, je me sentais coupable, ignoble, menteuse, paumée... Trois mois après, l'embryon faisait dix centimètres, j'étais clean et je sautais sur mon mari pour qu'il n'ait aucun doute sur l'origine de l'heureux événement. Luc ne connaît rien aux femmes et c'est vrai qu'entre le jour de l'ovulation, le jour de la conception, le nombre de semaines d'aménorrhée, la date du terme, c'était très facile de noyer le poisson. Quelques semaines avant la naissance de Marie on a déménagé, on s'est mis sur liste rouge, j'ai dit à Luc que le service après-vente de Darty était nullissime et que je préférais acheter mon électroménager chez Boulanger. Marie est née, tout le monde a trouvé qu'elle ressemblait à son père, personnellement je trouve qu'elle est le portrait craché de son géniteur, elle a ses oreilles, la forme carrée de son visage et la couleur de ses yeux. Luc est le seul homme que j'ai aimé. Il n'a pas mérité ce que j'ai fait et je serais vraiment mal placée pour lui reprocher quoi que ce soit.

20 octobre

La première fois, c'était en fin d'après-midi au Café Beaubourg. Il est arrivé en retard avec un cuir élimé et des cheveux roux en bataille. Il a allumé une cigarette en disant qu'il était en train d'arrêter. Il a commandé un Perrier-tranche, a balayé du regard l'assistance, puis a retiré ses lunettes en fermant les yeux. Olaf a bu son verre d'une traite, il a essuyé sa bouche, ses doigts étaient courts, ses ongles, bombés. Il fixait Gab sans réelle attention. Elle s'est sentie gênée et a baissé la tête.

Olaf a beaucoup aimé son scénario. Ces quatre femmes l'ont bouleversé. À la fois drôles, émouvantes, le casting s'annonce excitant. Ça le change des story-boards simplistes pondus par les créatifs survoltés des agences. Des tournages en Afrique du Sud ou à Miami pour vanter les mérites d'un coupé sport, d'un déodorant hypoallergénique, d'une barre chocolatée *sugar free*. Depuis des années, il rêve de cinéma. L'occasion ne s'est jamais présentée.

La deuxième fois, c'était un matin, au téléphone. Olaf a la voix enrouée. Entre de longs silences, il demande si elle veut regarder des films avec lui. Il veut connaître ses goûts. Olaf ne veut pas la trahir. Il tient à faire un film qui leur ressemble, à quatre mains. Elle doit sélectionner des scènes de cinéma qu'elle aime particulièrement, des couleurs, des mouvements de caméra, des émotions, des décors. Après ils en parleront.

La dernière fois, c'était jeudi. Olaf est arrivé vers quatorze heures, il avait un sac à dos et le visage crispé. Apparemment c'est le foutoir dans sa vie et ça se voit dans son sourire. Ils prennent un café, puis un autre. Olaf est nerveux. Il n'a pas encore arrêté de fumer. Il tourne fébrilement la petite cuillère dans sa tasse pour dissoudre un sucre imaginaire. Il remet sans cesse ses cheveux en place, il gratte sa barbe clairsemée. Son portable sonne, c'est sa fille, il se radoucit, un peu plus tard, c'est la directrice artistique de sa dernière publicité, il la rassure, Linda Evangelista est sublime dans les rushs, elle n'a pas de souci à se faire, sa beauté est éclatante, L'Oréal va être content. Puis la sonnerie de *Little Chicken*, son fils. Olaf a les larmes aux yeux, ils se verront ce week-end, double appel. La DA, il l'abandonne à sa boîte vocale.

Gab tire les rideaux, elle allume la télévision, le lecteur DVD, ils s'installent sur le canapé convertible. *21 grammes*, *Collision* et *La Femme d'à-côté*. Olaf approuve son choix. Gab fait des arrêts sur image. Elle montre ce qu'elle aime et pourquoi. Le visage de Fanny Ardant, sa grâce, sa lumière, la virilité fébrile de Depardieu... Mathilde... Mathilde... Le silence de plomb au début de *21 grammes*, le corps nu de Naomi Watts, l'expression chiffonnée de Sean Penn, Gab mastique nerveusement le capuchon de son stylo, Olaf respire au rythme de Penn, Gab est pliée en deux sur le canapé, elle cherche une position, Olaf n'a d'yeux que pour la silhouette gracile de Naomi, Penn possédé, Gab oppressée, la cigarette d'Olaf, le mégot incandescent de Penn. Quelle est l'odeur dans la chambre du motel, Mitsouko, le café froid, la fumée de Marlboro, la transpiration du perchman, l'humidité, le sexe ? Le blouson en cuir d'Olaf sent fort, il reste concentré, ses mains scotchées au cendrier. Les images défilent interrompues par les arrêts de Gab et ses « j'aime-j'aime pas ».

Vers vingt-trois heures, il part. Il l'embrasse sur les deux joues. Il ne tente rien. Il n'y songe même pas. Gab est à la fois comblée et déçue.

L'interphone.
Gab se lève, jette un œil sur le miroir, estompe son rouge à lèvres et efface le mascara qui a marqué ses paupières. Elle a fait un effort et c'est vraiment raté.

— Quand tu veux.
— Je vous ouvre, désolée pour l'attente, j'étais en ligne...

Gab consulte à nouveau son portable. Olaf ne l'a toujours pas appelée. Il devait venir hier. Il a envoyé un SMS laconique. « *Empêché. Je t'app. Ol* »

Noé, imperméable et cuissardes panthère et Clarisse, en survêtement molletonné sortent de l'ascenseur.

— Jeanne a décidé de se passer du monte-charge !
— Il fonctionne parfaitement.
— Elle ne veut plus en entendre parler, dès qu'elle en voit un, elle fait un bouton de fièvre.
— Comment elle est ?
— Mal.
— Encore ?
— Tu ne te rends pas compte, ils ont aspiré plus de dix kilos de graisse. Il lui faudra des semaines pour retrouver son centre de gravité.

Gab se penche au-dessus de la rampe.

— Tu tiens le coup, Jeanne ?
— Je n'ai jamais autant souffert de ma vie. J'ai l'impression de recevoir des coups de fouet.

Gab ne peut s'empêcher de faire une grimace.

— Je laisse la porte entrouverte. Surtout prends ton temps.

Noé retire sa pelisse dévoilant la fourrure assortie aux bottes.

— Tu passais un casting, Gab, ou tu repeins ton appartement ?
— Je me suis pomponnée pour vous les filles.
— La prochaine fois, évite l'eye-liner. Ça craint.

Clarisse s'affale sur un pouf.

— Je suis morte. Mon voisin fait des travaux, je viens de boucler la soirée d'inauguration d'un nouveau spa rue Pierre-Charron, ma mère s'est cassé le poignet en glissant dans sa douche, je l'ai soupçonnée de jouer la comédie, j'ai exigé les radios, c'est bel et bien brisé, et pour couronner le tout, Gaspard se réveille chaque nuit. Je le retrouve en pleurs... ça me déchire le cœur.
— Pauvre puce, que lui arrive-t-il ?
— À ton avis, Noé ? Tu crois qu'il épluche des oignons en plein milieu de la nuit ?
— Il te raconte ses cauchemars au moins ?
— Il ne s'en souvient pas. Et puis je n'ai pas le courage d'insister. Quand je vois mon gamin effrayé, je ne vais pas en plus lui imposer une séance de décryptage. Je fais exactement le contraire de ce que

je devrais faire, je le prends dans mon lit et il se rendort dans mes bras.

Noé, condescendante.

— Méfie-toi, Clarisse. C'est une mauvaise habitude. Ton fils ne pourra plus dormir sans toi et aucun homme ne pourra t'approcher.

— Merci, Noé, je sais que j'ai tort, mais je suis paumée. Gaspard n'a pas de nouvelles de son père depuis près de trois mois.

— Tu as essayé de joindre Paul ?

— Je n'ai qu'un numéro de fax au fin fond de la Somalie. Ça servirait à quoi ? À remuer le couteau dans la plaie. Gaspard, écris un mot à ton papa qui ne veut plus entendre parler de toi, au moins tu auras le rapport d'émission.

— Le salaud.

Noé adresse un bref sourire de circonstance à Clarisse.

Gab se frotte les yeux à cause du mascara.

— Vous croyez que Jeanne va y arriver ?

— Le problème n'est pas de savoir si elle va réussir, mais quand. Personnellement, je dois quitter les lieux à vingt-trois heures trente dernier délai.

— D'où les cuissardes ?

Noé décroise les jambes.

— Too much ?

— Si l'heureux élu n'a pas peur de se faire arrêter pour proxénétisme.

Au loin, dans un râle de douleur.

— J'arrive au deuxième. Commencez sans moi.

Noé fixe la porte avec un profond dédain.

— OK, Jeanne. Pas d'imprudence... Je n'en peux plus des hommes que je croise, je tombe toujours sur des cas sociaux. Des mecs mariés et peu fiables, des vieux garçons rouillés, des homos refoulés, des divorcés lessivés par leurs pensions alimentaires, des maniaco-dépressifs, des traders cokés, des branchés partouzeurs...

— C'est le problème de toutes les divorcées.

— Ça m'est complètement égal, Clarisse. Seul mon cas m'intéresse. À la limite, le tien. En revanche, ça m'énerverait que tu trouves quelqu'un avant moi. Si je reste seule jusqu'à la fin de l'année, je pète un câble.

— Il y a trop de femmes sur le marché, Noé, trop de femmes sur le bas-côté, trop de femmes qui n'auront jamais aucune perspective d'un voyage à deux. Les places sont chères et tout le monde veut voyager.

— Le surbooking m'emmerde déjà suffisamment quand je prends l'avion, je ne vais pas en plus le subir dans ma vie affective. Ça fait trois ans que je reste clouée au sol et que mon nom noircit les listes d'attente. Je ne peux compter sur personne pour sortir de ce pétrin. Alors, j'ai réagi, je prends les devants, je me suis inscrite sur Meetic.

— Toi ? Noé ?

— Oui, moi. Pourquoi pas ? J'ai un ordinateur extraplat extraléger extrarapide, je suis capable d'inventer un mot de passe et avec de l'entraînement de m'en souvenir, je passe mes journées à tourner en rond, c'est la solution idéale. J'ai la possibilité de me connecter avec vingt-cinq mille célibataires par jour. La devise ? « Faites-vous plaisir. » Pourquoi attendre ?

— De là à faire n'importe quoi.

— Je ne fais pas n'importe quoi, Clarisse, je décide de sortir utile et j'arrête de végéter dans des soirées qui grouillent de tocards. J'en ai marre de perdre mon énergie avec des hommes qui ne me méritent pas.

Gab revient de la salle de bains avec du Dacryoserum.

— Tu n'avais pas d'autres solutions avant d'en arriver là ?

— J'ai épuisé le réseau de mes meilleures amies, j'ai fait une croix sur Lindon et sur tous les papas de l'école, j'ai essoré celui des ex, les filles des amies de ma mère sont toutes très mariées et me considèrent comme l'ennemi public numéro un. Je te trouve mal placée pour me donner des leçons, Gab. Tes soirées speed dating sont autrement plus malsaines que mes discussions amicales sur MSN.

— Pourquoi n'as-tu pas essayé Facebook ?

— Évidemment j'ai essayé Facebook, Gab. En six mois, je plafonne à douze amies, dont vous trois et mes cinq cousines. Je n'ai pas un message sur mon mur, jamais une demande d'amitié un peu virile, mes poissons claquent du bec dans leur aquarium, mon jardin est désert, je suis obligée de m'envoyer à moi-même des cadeaux qui ne servent à rien, des verres qui ne se boivent pas, des fleurs qui ne sentent pas. Tout ça pour apprendre que si j'étais un légume, je serais une asperge, une voiture, une Lotus jaune et un serial killer, Barbe Bleue... Ce n'est pas avec ça que je vais construire mon avenir sentimental.

— Small World.

— Mais je m'en contrefous de retrouver le meilleur copain du cousin de mon fiancé en maternelle. Tout ça pour savoir qu'il est marié, qu'il file le parfait amour, que ces enfants sont des boutonneux surdoués, que son existence est paisible et qu'il ne sait pas quoi faire de ses stock-options. Je cherche l'homme de ma vie, Clarisse, j'ai passé l'âge de me faire des copains pour le plaisir de remplir mon carnet d'adresses. Je cherche un homme, pas un boulot.

— C'est pourtant là que ça se passe, Noé. Le terrain de chasse numéro un. Toutes les nanas de l'événementiel sont en chaleur dès qu'elles se connectent sur Small World. Tu peux avoir accès à des mecs exceptionnels.

— Draguer sur Small World, c'est pire que brancher l'homme de ta vie dans les backstages du défilé Victoria Secret. J'ai pris deux malheureux râteaux en moins d'une heure. Le boss d'une multinationale cotée au Nasdaq et le patron d'une compagnie pétrolière basée au Qatar. Tu sais ce que ça veut dire. Je suis à deux doigts de la punition suprême. Renvoyée sur Big World au milieu de la loose planétaire. Je ne supporterais pas.

— Et le nouveau collègue de Luc ?

— Jeanne n'est pas là, donc je ne vais pas accabler son mari, mais si je présumais qu'il avait un goût de chiotte, j'en ai eu une confirmation cinglante. Quand j'ai vu Rod, alias « le plus beau mec du Québec », je me suis retenue pour ne pas partir en sprintant. Rod fait peut-être un mètre quatre-vingt-huit de muscles, mais il a l'immense inconvénient d'avoir une acné purulente sur tout le visage. Il avait en particulier une énorme pustule au coin des commissures qui a explosé pendant le dîner. Nous étions en tête à tête au Ritz, où je suis très connue et je n'ose plus y retourner depuis cet épisode gore. Je n'avais ni flacon d'Hexomédine ni compresse antiseptique sur moi, j'ai dû contempler la coulée de pus jusqu'à ce qu'elle tombe dans son assiette.

Gab sort un instant, elle a besoin de respirer.

— Jeanne ?
— J'entrevois le paillasson du troisième.

Clarisse se met en position « huître », censée apporter calme et apaisement en hatha yoga.

— Tu es siphonnée, ma belle. Sur ces sites de rencontres, les gens ne cherchent qu'à baiser. J'aurais peur de tomber sur un malade.
— Il n'y en a pas plus là que dans les toilettes du Costes, Clarisse. Et puis tu n'as pas le couteau sous la gorge, tu peux discuter autant que tu veux. Si tu sens que ton interlocuteur est un gros dégueulasse, il suffit d'enfoncer une touche et il disparaît à jamais.
— Tu crois franchement que tu vas dénicher l'homme de ta vie ?
— Pour l'instant, je prospecte. Je suis sur plusieurs dossiers et, pour la première fois, j'en vois un ce soir.
— Tu es inconsciente.
— Je ne le vois pas dans une cave du 93. J'ai rendez-vous au Bristol, il y a rarement des tournantes dans les bars de palaces.
— Et tu vois qui ?
— Bazooka. Quarante-deux ans, divorcé, un fils de huit ans. Patron de média. Audi A8. Marseillais. Je crois franchement qu'on a plus le temps de faire l'amour en province.

Gab et Clarisse échangent un regard consterné.

— Il n'y a aucun patron de média à plus de vingt kilomètres de l'Arc de Triomphe. C'est un mytho de la Canebière. Au mieux, il est pigiste à OM Télé.

— Ça fait trois semaines qu'on *chatte* ensemble. C'est un type très bien, Clarisse, je t'assure.

— Excuse-moi, Noé mais à quarante-deux balais prendre Bazooka en pseudo, ce n'est pas rassurant.

— J'ai choisi Barbie.

Un murmure en provenance des escaliers.

— Je ne suis plus très loin. Je sens Noé.

— C'est bon, Jeanne, mon parfum à la vanille est un peu concentré. Mais c'est une odeur infiniment érotique qui, d'après le blog de Sienna Miller, a la cote chez les 25-30 ans qui rêvent de faire carrière à Hollywood.

— Entre quelques gouttes subtiles derrière les oreilles et presser une gousse entière...

Un râle de souffrance.

— Je fais une pause de quelques minutes. J'ai les jambes en feu. Ne m'attendez pas, passez à table.

Clin de d'œil de Clarisse à l'assistance.

— On devrait l'hélitreuiller.

Gab, les yeux plus rouges qu'un lapin atteint de myxomatose, sort sur le palier.

— Jeanne, tu t'en sors, tu veux de l'aide ?

— Surtout pas, Gab. Monter tes escaliers, c'est mon chemin de croix. La rééducation sera plus rapide.

Noé vérifie l'écran de son Cyber-Shot et éclate de rire.

Clarisse est excédée par l'attitude de Barbie.

— On peut profiter des blagues de Bazooka ou elles sont trop *private* ?

— Ce n'est pas un texto de Bazooka, mais de Loup de Mer. Une alternative très sérieuse.

— Tu ne chasses plus, tu pêches.

— De la pêche au gros. Son voilier mesure cent trente-cinq pieds.

— Tu t'inscris sur Meetic et par hasard tu ne tombes que sur des parvenus. Tu ne trouves pas ça louche ?

— On peut être riche, rechercher désespérément l'âme sœur et ne pas savoir s'y prendre ou ne pas avoir le temps. Et puis, j'ai été claire, dès le départ, j'ai annoncé la couleur.

Gab va vérifier le four à micro-ondes.

— Jeanne, on passe à table dans dix minutes. Un gratin de poisson, et c'est un ami de Noé qui l'a peut-être pêché.

— J'ai l'impression d'être dévorée par des fourmis rouges, que des vautours me déchirent la peau mais je crois que je serai là.

Noé étudie son reflet. Trop de blush. Elle a rarement été si vulgaire.

— « *Sans toi, le bleu des Caraïbes est gris. Le soleil couchant est sans éclat, les goélands cessent de voler, la brise sur mon pont en teck me donne des frissons.* »

— Et c'est ça qui te rend hilare ?

— Je reconnais que, pour un vieux baroudeur, c'est gnangnan.

— Je ne suis pas sûre qu'un mec qui ose écrire de telles conneries ait suffisamment de neurones pour avoir son permis bateau.

— Gab ?

— Je ne sais pas quoi te dire, Noé. C'est vraiment perso...

— Vous êtes formatées, les filles. Loup de Mer a cinquante-six ans, il a pris sa retraite il y a sept ans après avoir fait fortune dans les alarmes et les systèmes de surveillance. Il n'a jamais été marié, il n'a pas d'enfant. Je suis son premier amour.

— Tu pars en sucette, Noé. Croire au coup de foudre, à ton âge. Ton épave ne t'a jamais vue.

— Il a des photos.

— On sait que tu es très photogénique...

— J'ai envoyé des photos tout à fait banales.

— Tu as mis quoi ? Grande blonde mince riche et parisienne cherche mâle vigoureux pour finir ses jours.

— Je sais que Paul te manque, Clarisse.

— Je ne veux plus qu'on en parle.

— Ce que tu vis est ignoble, ça n'est pas une raison pour me cracher ton venin à la figure.

— Je me fais du souci pour toi. Tu es mon amie et ces individus sont des arnaques.

— Pas plus que tous les autres. Au moins je ne vois pas leurs têtes en *live*, je les juge objectivement.

— Leur seul objectif, c'est de te baiser.

— Ça me changera.

— Tu vas souffrir, Noé.

— Je vais finir pas être immunisée, Clarisse.

Noé hausse les épaules et fixe son écran.

— Alors, je réponds quoi ?

Jeanne apparaît dans l'encoignure, défigurée par la douleur.

— J'ai le mal de mer, je vais dégueuler.

— Tu l'as, ta réponse.

— Gab ?

— Pas mieux.

Livide, cramponnée à la poignée de la porte, Jeanne envoie un baiser à l'assistance.

— Je vous assure que je ne prendrai plus jamais un gramme de ma vie.

Gab détaille la nouvelle silhouette.

— Tu es magnifique, Jeanne, c'est saisissant.

— Et encore, je fais de l'œdème. D'ici quelques mois, à mes côtés, Noé aura tout du phoque.

— Laisse tomber les poissons, Jeanne. Noé fréquente un navigateur romantique.

— J'ai toujours pensé que Noé était faite pour les grandes traversées, les îles désertes, les Robinson Crusoé, les Vendredi, les atolls, les récifs coralliens, les lagons, les bernard-l'ermite, les sardines grillées, Christophe Colomb, les pirates, les Capitaine Crochet, *Némo*, les œufs de lump, les sashimis, *Vingt mille lieux sous les mers*, *Le Grand Bleu*, le Commandant Cousteau, *L'Homme de L'Atlantide*...

*
* *

Gab est définitivement démaquillée.

— Je suis amoureuse.

Noé expédie sa tignasse en arrière.

— Tu le mérites, ma grande, tu le mérites vraiment.

— Qui ?

— Olaf, mon réalisateur.

— Tu ne perds pas de temps.

— Mauvaise idée, Gab. Il ne faut pas mélanger le travail et l'amour.

— N'écoute pas, Clarisse. Elle est persuadée que Bollywood lui aurait fait un pont d'or si j'avais réussi à faire bander Hector.

— Je pense que si, un jour, Olaf ne veut plus de Gab, ce sera impossible de continuer le film. À part ça, je n'ai aucune réticence. Fonce.

Jeanne reprend ses esprits.

— Ça fait longtemps qu'on n'a pas été invitées à un mariage.

— Ne comptez pas sur moi, les filles. Et de toute façon, je ne suis pas vraiment son style.

— Cette manie de te déprécier en permanence commence à me taper sur le système, Gab.

— Tu voudrais que je dise quoi, Noé ? Il m'adore, il craque, il succombe mais il m'arrive au coude et il est en plein divorce...

Clarisse, d'un ton ferme.

— Alors il n'est pas prêt.

— Les hommes n'ont pas d'états d'âme, ma chérie. S'ils voient une femme qui leur plaît, instance de divorce ou pas, ils vont au contact. Ils se reconstruisent beaucoup plus vite que nous. Nos blessures sont plus profondes.

Gab poursuit avec mélancolie.

— Il a trois mouflets en bas âge qui l'épuisent, il passe sa vie à tourner des pubs avec des top models mineures qui lui font les yeux de biche, il est Mac, je suis PC... Je l'ai vu quatre fois dans ma vie et quand je le vois, il reste assis à mes côtés pendant des heures, on regarde des films, des personnages qui s'embrassent, qui s'étreignent, qui se déchirent, il clope, il tousse, il ne dit rien et moi j'ai le cœur noué, je n'ai qu'une envie, c'est qu'il me prenne dans ses bras et qu'on passe la nuit ensemble.

Noé affiche un sourire carnassier. Sa tenue lui donne une attitude de fauve.

— Saute-lui dessus.
— J'ai des sentiments, Noé, je veux lui plaire.
— Je résume la situation, il regarde des films qu'il a déjà visionnés mille fois sur une télé pourrie, il n'est pas rémunéré, crois-moi, Gab, il est très intéressé.

Gab fixe son vieil écran. À sa première rentrée d'argent, elle investit dans un plasma.
Jeanne semble oublier ses crampes.

— Que Dieu soit avec toi et t'accompagne dans ta quête de l'âme sœur.
— J'ai peur qu'il m'échappe.
— Tu devrais l'inviter à dîner.
— Il me prendra pour une fille facile.
— Un dîner, Gab, pas une orgie romaine.
— Il pensera quoi ?

Clarisse s'impatiente.

— Depuis quand tu te soucies de l'opinion des hommes ?
— Je n'ai pas envie de lui, Clarisse, j'ai envie d'être avec lui.
— *Oh my God* !
— J'ai envie de le protéger. Je veux le séduire, qu'il tombe sous mon charme mais de là à me le taper.
— Sur Meetic, tu n'as pas ce genre de problème. Avant de voir la personne, tu épuises tous les sujets de conversation, de la vie de ses arrière-grands-

parents au nom de son dernier doudou. C'est un soulagement de passer à l'étape suivante.

— Clarisse ?

— Vu le profil de l'individu, il ne te fera jamais le grand jeu. L'idée de Noé mérite d'être retenue.

— Jeanne ?

— Pourquoi veux-tu consommer tout de suite ? Laisse monter le désir. Tu dis toi-même que ce n'est pas sexuel. Apprenez à vous connaître, discutez, échangez, ce sont les meilleurs moments, Gab, ne te précipite pas. Tu as trop besoin d'Olaf pour ton film, ça va créer de la confusion.

Gab soupire.

— En fait, c'est chiant d'être amoureuse. Je savais que ce n'était pas fait pour moi. Dès que je vois un blouson en cuir dans la rue, je le suis, j'ai acheté ses cigarettes, je les allume et les laisse brûler dans le cendrier pendant des heures, j'appelle son portable de cabines téléphoniques rien que pour entendre sa voix puis je raccroche, j'écoute en boucle le seul message archivé que j'ai gardé. Je déteste être dépendante. C'est puéril.

— C'est délicieux de souffrir, Gab.

— Pas pour les athées, Jeanne. Le coup de foudre est une torture. Pendant des mois, j'ai dormi dans un pyjama d'Ilario. Je gardais son odeur contre moi et je n'ai jamais osé le nettoyer. Aujourd'hui, il me faut un homme pas trop beau, pas trop charismatique, je ne veux plus perdre mon sang-froid. La passion est un poison.

— La passion illumine, elle nous rend plus humain.

— En attendant je suis devenue un légume. Si vous voulez passer à table !

Noé regarde sa nouvelle montre en or, diamants et saphirs, achetée sur un coup de tête le jour où elle s'est aperçue que l'écrasante majorité des gens croisés dans la rue était plus jeune qu'elle.

Clarisse toise Noé.

— Je ne comprends pas pourquoi tu t'achètes des trucs aussi tape-à-l'œil.

— Je devrais venir en tenue de jogging pour avoir droit à une parole aimable.

— Je ne parle pas de ta tenue de femme de footballeur, Noé. En revanche, ce que tu as autour du poignet est indécent. Autant de pognon jeté à la figure des pauvres gens, c'est indigne. Ne t'étonne pas si un soir un loubard te coupe le bras.

— Je devrais m'habiller en souillon et laisser mes bijoux au coffre sous prétexte que le monde crève la faim ? C'est ta position, Clarisse ?

— Je dis juste qu'il y a des limites et tu les dépasses souvent.

La cambrure latino, Noé se dirige vers le portemanteau.

— Gab, ne m'en veux pas, j'ai rendez-vous avec Bazooka.

— Un magnat de la presse n'attend pas, Barbie, il refait le monde en attendant une pute made in Russia devant une Zubrowka frappée.

— Il faudrait que tu réapprennes à sourire Clarisse, ça pourrait te servir un jour. Ça ne te rendra pas plus heureuse mais tu seras moins antipathique.

— Dégage.

— Au fait, Bazooka est veilleur de nuit dans un parking à République, il vit en colocation avec un copain livreur chez Monoprix. Il se prétend généreux, poli, circoncis, il aime le look *casual* baggy et tong, les jeans neige l'hiver. Il joue à la pétanque, à la pelote basque et le veau marengo est son plat préféré. Je lui ai donné rendez-vous dans un bel endroit plutôt que dans un lounge pouilleux, je me suis habillée comme si je passais une soirée en tête à tête avec Jude Law. Je n'ai pas l'intention de l'épater mais de lui montrer ce que je suis vraiment.

— Tu vas raquer toute ta vie pour avoir l'illusion de faire des rencontres ? C'est ça ton idée, Noé ?

— Je ne veux pas jouer un rôle. Si Bazooka s'intéresse à moi pour le pognon et si je l'accepte, c'est que j'y trouve mon compte.

— Tu es misérable.

— Change de disque. Tu as toujours pitié de moi. Quand j'arrête de bouffer, quand je me cogne Salomon, quand j'éduque mon fils, quand je harcèle Ilario, quand je fantasme sur Lindon... Quoi que je fasse, je m'y prends mal, je suis à côté de la plaque. Eh bien, je m'en fous. J'ai décidé de vivre sans penser aux commentaires de mes meilleures amies. Je vivais en apnée, Clarisse, à force de tout calculer, de penser aux regards des autres, de m'étudier à la loupe après chaque peeling, j'étais en train de m'asphyxier. Meetic n'est pas la panacée, et je ne vais pas me remarier tout de suite. Je ne me fais aucune illusion, mais je m'amuse, j'ai des sensations fortes et par moments, de l'espoir.

— Bon, demain, j'appelle Olaf, je l'invite à dîner. Chez moi... Non, dans une brasserie... Non, plutôt dans un gastro... C'est une mauvaise idée. Il n'est pas prêt, il va partir en vrille. Olaf traverse un chaos affectif, il est trop vulnérable. Si je lui offre mon amour, je le persécute, je l'envoie au tapis, je le broie.

— Tu files les jetons, Gab. Tu n'es pas un tortionnaire nord-coréen.

— Il vient d'être largué, et lui déclarer ma flamme est aussi cruel que de proposer une ligne de coke à un toxicomane en sevrage.

— Je suis venue ici dans d'excellentes dispositions. Avec l'envie de vous transmettre ma bonne humeur, si rare, avec l'excitation d'un premier rencard. Mais là, je commence à saturer, je vous assure, les chéries, une réunion d'anciens combattants est moins lugubre que ce dîner.

— Désolée, Noé, on n'a pas ta chance.

— Je me demande pourquoi l'existence est si rude. Quel est mon dernier moment de bonheur ? Les rires de Gaspard ne me comblent plus. Ses dessins d'une grande maison sans papa ne me rassurent guère. Mon travail n'est que paperasserie et déceptions.

— Tu fais un métier de rêve, Clarisse.

— Il n'y a rien de gratifiant à organiser un week-end dans le Lubéron pour les meilleurs vendeurs d'Afflelou. Rien de valorisant à dealer avec un VIP le prix de sa présence à l'anniversaire du numéro douze d'Endemol. Je ne fais plus d'effort pour m'habiller, je laisse mes cheveux en jachère, je ne me maquille plus. Je n'attends rien, même pas le retour de Paul.

— Je propose un suicide collectif.

Noé remet son accoutrement et se dirige vers la sortie.

Gab, de ses fourneaux.

— Lindon m'a rappelée.

— Génial.

— Tu es horripilante avec tes « génial », Noé.

— Tu veux que je dise quoi, « Oh dommage » ?

— Tu peux te taire et attendre tout simplement que je raconte.

Noé envoie un « Je me casse » du bout de ses lèvres brillantes.

— On a parlé de toi.

— Très astucieux, Gab, tu crois que je vais tomber dans le panneau. Il y a un mois, je me serais roulée à tes pieds pour savoir ce qu'il a dit à mon sujet, aujourd'hui ça m'est égal.

— Dégage. J'ai toujours su que tu n'en avais rien à faire de mon film. Je suis naïve. J'imaginais que tu t'y intéressais, que tu te sentais concernée. Mais ta seule préoccupation, c'était d'approcher Lindon.

— Gab, arrête ta parano. Ce n'est pas ma faute si Olaf ne t'a pas encore sautée. Je te signale que tu aurais pu nous mettre dans une position délicate en exposant notre vie au grand jour. Tu ne t'es jamais demandé si on n'allait pas en souffrir ! Ton film me passionne et tu sais très bien que je suis la plus motivée.

— Le monde tourne sans toi, Noé. Ça nous arrive d'appeler Gab sans ta permission pour prendre des nouvelles de son long-métrage.

— Tant mieux, Clarisse, tellement attentionnée, c'est que tu y trouves ton intérêt.

— Petite conne.

Noé claque la porte.

— Il a dit quoi Lindon ?

— Bof.

— Heureusement que Noé n'est pas restée.

— Je parle de mon film, Jeanne. Il n'a pas été convaincu. Il trouve que ça ne lui apporte rien. Il souhaite un rôle plus important.

— Tant pis pour lui.

— C'est une question de goût, Clarisse. Il n'a pas aimé mon film et il s'en est sorti par une pirouette. Si Jacques Audiard ou Cédric Klapisch lui proposent une seule journée de tournage, je peux t'assurer qu'il accepte sans poser de questions.

— Lindon n'aime pas, mais il y a les autres.

Jeanne se redresse avec difficulté.

— Ça fait à peine six mois que tu as ce projet sur le feu, il faut des années pour monter un film.

— J'ai cru que je pouvais le faire, que j'étais capable d'écrire une belle histoire. J'ai cru mes producteurs, mon agent, les premiers comédiens qui avaient accepté de le lire. Je voulais rivaliser avec les meilleurs, me hisser au niveau des stars. Je me suis prise au jeu et je reviens sur terre sans parachute... Même Olaf oubliera le projet instantanément si on lui propose une publicité...

— Lindon ne t'a rien dit sur Noé ?

— Il ne voyait pas qui c'était.

— C'est insensé.

— Ça ne m'étonne pas.

— À l'entendre, il était sous le charme.

— Tu connais Noé, elle a besoin de ça pour exister. Elle a de plus en plus tendance à affabuler.

— Tu aurais dit quoi si elle était restée ?

— La vérité. Après un descriptif élogieux et précis, il ne voyait pas à quoi ressemblait la maman de Tadeo.

Jeanne fait des pas chassés de gauche à droite.

— Comment va Gaspard ?
— Mal. Il n'a jamais été aussi sage de sa vie.
— Il a mûri.
— Un gamin de sept ans ne devrait pas être triste.

Jeanne s'arrête net.

— Tu t'es vue, Clarisse ? Tu contamines tout le monde avec ta noirceur et tu projettes sur Gaspard un spectre qui est à des années-lumière de son univers. Des dizaines de fois par mois, mes enfants font la tronche. Parfois ils ont l'air tellement sinistre que je leur prends la tutuche.
— La température, Jeanne, sois gentille, ne nous infantilise pas.
— Les gamins ont le droit d'être lunatiques. Ça leur arrive, de se lever du mauvais pied, d'avoir des baisses de régime et des jours sans. La présence de Paul n'aurait rien changé, tu observes ton fils à travers une loupe et tu assimiles chaque clignement de paupière à une expression de désespoir.
— Pardonne-moi, Jeanne, mais pendant que tu étais en train de faire de l'alpinisme dans la cage d'escalier, je racontais à Gab et à Barbie ses cauchemars. Pas une nuit sans cris et pleurs.

Jeanne fait des pas chassés de droite à gauche.

— Excellent. Il extériorise ses angoisses. Crois-moi Clarisse, tant qu'un enfant a de l'appétit et ne reste pas prostré des jours entiers dans sa chambre, il n'y a pas de soucis à se faire.
— C'est ça, ta vision du bonheur, Jeanne. Tu te contentes des « tant que ». Moi, ça ne me suffit

pas. Gaspard était une canaille, il est devenu amorphe. Il pense peut-être que c'est la condition pour revoir son père. Il faut dire que Paul n'a jamais eu un mot aimable. Dès que Gaspard chantait, il lui disait : « Arrête de brailler », dès qu'il courait dans l'appartement, il l'engueulait à cause des voisins, Paul a passé son temps à le brider mais Gaspard était d'une insolence rassurante, aujourd'hui, j'ai une lavette à la maison, il met son bol dans le lave-vaisselle et retire ses chaussures pour ne pas salir la moquette.

— Et Paul ?

Clarisse, une pointe d'ironie dans la voix.

— Pas de nouvelles, bonne nouvelle.
— Gaspard t'en parle ?
— Jamais.

*
* *

Clarisse a le regard dans le vague. La cigarette encastrée au coin de la bouche, la cendre prête à tomber dans son assiette.

— Et si je partais en Somalie ?
— Pure folie, Clarisse. Paul a besoin de se retrouver seul, de faire le point. Si tu débarques, il va se sentir agressé.
— C'est moi qui ai subi l'agression, Jeanne.
— Il attend peut-être ça. Que tu débarques, que tu l'étonnes.
— Toutes les secondes depuis qu'il s'est tiré, je suis épatante. Je n'ai jamais craqué devant Gaspard, jamais de parole désagréable sur son père. Je suis loyale envers un fantôme.

— Tu es irréprochable.

— Ça me rapporte quoi d'être admirée par mes amies, bien vue par la maîtresse et encouragée par le pédopsy ?

— Tu cherches la meilleure solution pour Gaspard.

— J'ai l'impression de couvrir un enfoiré, d'être sa putain de bonne conscience. Qu'est-ce qui arrivera à Gaspard si je disparais ?

— Ne dis pas de sottises.

— On sera toujours là pour ton fils, chérie.

— Paul m'a dit qu'il m'aimait plus que tout, Gab. Est-ce que tu écrirais une histoire si absurde ? Je t'aime mais je te quitte.

— Il reviendra.

— Je n'y crois plus.

Gab tend un bol. Trop tard. La cendre atterrit en plein milieu du hachis.

— C'était déjà très mauvais, Clarisse. Ton acte de vandalisme n'était pas vraiment nécessaire pour flinguer mon dîner.

Timide sourire de la part de Clarisse.

— J'aime vous parler. Ça me soulage même si ça ne change pas grand-chose.

— Et si tu déménageais ? Tu prends pour ton fils une chambre deux fois plus spacieuse et tu l'impliques au maximum sur la déco, le papier peint, les meubles... Je parie que ses cauchemars disparaîtront.

— Tu crois honnêtement qu'une frise Transformers et un abat-jour Wallace et Gromit vont supprimer les angoisses de Gaspard ?

— Certaine. Il ne peut pas oublier son père dans cet appartement.

Le portable de Gab se déchaîne. Elle a choisi une chanson de Van Halen pour annoncer l'arrivée d'un texto.

— « *Barbie attend Ken. Surexcitée. Facétieuse. Haletante. Je vais faire un carton. Bonne soirée à vous 3. La petite conne embrasse Clarisse bien qu'elle ne le mérite pas.* » Je réponds quoi ?

Clarisse aspire, bloque, recrache.

— Concentre-toi sur Olaf. Montre-lui que tu le portes dans ton cœur. Un petit **SMS**, je ne vois rien de mieux.

— À onze heures du soir, c'est archi-offensif.

— Pas si tu lui écris : « *Bon week-end. Bisous. Gab.* » Tu restes sobre, sympathique. Parfait pour ton spécimen.

— Excuse-moi, Jeanne, mais c'est tarte.

— Et encore tu es gentille, Gab. Avec les yeux fermés et les mains bandées, mon fils taperait un message plus enlevé.

— Vous ne me comprenez pas. C'est précisément cette fraîcheur désintéressée qui va le charmer. Olaf ne côtoie que des publicitaires cyniques.

— « *Et si on dînait en tête à tête pour une fois ? On parlerait de mon film, de toi, de moi. Piètre cuisinière mais peux me surpasser. Je t'embrasse. Fort.* »

— Tu crois que ça fait envie ?

Clarisse aspire, bloque, recrache.

— Il doit se rendre compte que tu n'es pas qu'un projet professionnel. Le malheureux ne t'a vue qu'affalée de profil sur ce canapé, il ne fréquente que des mannequins qui doivent faire un gros numéro de cabotinage pour avoir une lumière bienveillante sur leur joli minois...

— Il ne sait plus où il en est, Clarisse. Ce n'est pas le moment d'attaquer.

— Tu ne l'attaques pas, tu lui tends la main. Tu lui dis : « Coucou, c'est moi, hello, Olaf », décidément, je ne me ferai jamais à ce prénom... « Je suis là, disponible. » Pas seulement une scénariste de talent mais également une femme... Il faut que tu te dévoiles.

— Qu'en penses-tu, Jeanne ?

— Depuis des années, je défends la stratégie de l'autruche, je n'aime pas les séductrices, les provocatrices, les croqueuses et surtout je suis sûre que les hommes bien ne sont pas attirés par les vamps. La seule question est de savoir si tu aimes les hommes bien.

Téléphone.

Olaf n'a que son numéro de portable, Gab branche le haut-parleur.

— Noé ! Que se passe-t-il ?

— Il se passe que ce sagouin n'est pas là. Toute la salle me regarde. Le pianiste joue en boucle *J'attendrai*. Un gros Américain avec des santiags et un Stetson m'a fait porter, avant de s'éclipser, une bouteille de Cristal Roederer avec un mot : « Suite 543. » Il me prend pour une pute. Ils me prennent tous pour une pute.

— Ce n'est pas faute de t'avoir prévenue.

— Je n'ose plus bouger. Le serveur change mon cendrier toutes les deux minutes, ce qui me donne atrocement envie de cloper, j'ai bu la moitié du champagne et je veux faire pipi mais je n'ose pas. Vous devez me délivrer. Venez tout de suite, je vous en prie.

— Tu sais quoi, ton Texan, à mon avis, c'est Bazooka, et si ce n'est pas lui, tu n'as qu'à l'essayer. L'aventure sera aussi intéressante.

Clarisse marmonne.

— Je n'ai aucunement l'intention d'y aller, Barbie peut crever.

— Clarisse, je ne t'entends pas mais je crois que c'est mieux. Surtout ne parle pas plus fort.

Jeanne, appuyée contre la cloison.

— S'il avait eu un empêchement, il aurait prévenu.

— Surtout qu'il est très spontané. Pas le genre à rédiger des brouillons avant d'envoyer un texto.

— Il a peur.

— Excepté mon banquier, personne n'a peur de moi. En plus, j'ai été d'une totale transparence. Vraie blonde, ancienne anorexique, des seins en WW, divorcée, un fils turbulent, riche, personnel philippin, lit Marc Lévy et adore, plus que trois points au permis de conduire, pas vraiment souriante, possessive, très snob.

— C'est bien ce que je pense, il est terrorisé.

— Au moins, j'ai été sincère.

— Soit Bazooka est un pervers masochiste et tu finiras par avoir des nouvelles, soit il a appris à lire avec la méthode syllabique et il a eu une mauvaise intuition. Il est en train de se faire traduire le texte par son copain vigile moins analphabète.

— Il est en retard, sa batterie de portable est vide, il s'est trompé de station de métro, il va bien finir par débarquer.

— Une heure, Jeanne !

— Tu es trop pessimiste.

Clarisse ouvre la bouteille de Bon-Pasteur 1995. Un verre, rien qu'un verre. Elle craque lamentablement.

— Il est peut-être là, derrière une colonne en marbre ou un énorme bouquet de fleurs. Il t'observe.
— Dès que je renifle, un serveur en livrée accourt. Tu ne peux rien faire dans cet endroit sans être contrôlée, répertoriée, archivée... Après avoir pris une telle claque, jamais je n'oserai remettre les pieds dans cet hôtel et je vais être obligée de renoncer à tout shopping faubourg Saint-Honoré.

Gab s'approche du haut-parleur, ses mains recouvertes des Mapa jaune.

— Le Bristol, c'est intimidant, Noé.
— Un mec qui ose le jean neige n'a aucune inhibition. C'est moi le problème, c'est toujours moi.

Jeanne se fige. Elle se cramponne de toutes ses forces au yucca. La pauvre plante, considérablement affaiblie par l'arrosage sporadique de Gab dépote. Jeanne s'écroule.

— Aïe, aïe... J'ai une crampe dans la fesse droite, les filles, venez m'aider.
— Vas-y, Clarisse, grouille, je suis en train de me mettre du collyre dans la salle de bains.
— Le pianiste me fait un clin d'œil, c'est super-gênant.
— Au secours, Clarisse, relève-moi s'il te plaît, je suis en train de prolonger de plusieurs semaines mon œdème fémoral.
— Clarisse, qu'est-ce que tu fous ?

Aucune réaction. Clarisse boit au goulot.

— Le pianiste récidive, je crois que j'ai un ticket...
Il n'est vraiment pas terrible... Le sosie de Clayderman avec un catogan...

— J'ai mal, j'ai mal. *Goddammit* !

— Il pourra enseigner le solfège à Tadeo...

— Aidez-moi !

— J'arrive, Jeanne, tiens bon, j'en ai pour dix secondes.

— Aïe, j'ai un mal atroce, saloperie de lipo de merde. Je te jure, Clarisse, si je m'en sors, je te colle un procès pour non-assistance à personne en danger.

— Et de trois... Je rougis !

Clarisse est submergée par un fou rire.
Gab accourt dans le salon, glisse son épaule sous l'aisselle de Jeanne et tente de la relever.
Jeanne hurle de toutes ses forces.

— Depuis quinze jours, je suis transformée en momie avec des collants de contention, la moindre bouchée me provoque des ballonnements sans précédent, l'œdème envahit les pieds. J'ai dû acheter des Moon Boots en 45 pour ne pas risquer l'amputation...

— Je fais quoi, les filles ? Il a un nez plus gros que son micro, il arrive à peine aux pédales, mais il enquille les clins d'œil.

Jeanne, furibarde.

— Quinze jours que le geste le plus tendre auquel j'ai eu droit, c'est celui de l'infirmière qui m'a désinfectée, quinze jours que je maudis mon chirurgien, ce culte de la minceur qui a pourri mes dix dernières années... *Bloody Hell* !

— Je suis cramoisie.

— Ta gueule.

— Charmant.

— Comprends-moi, Noé. Clarisse est méchamment bourrée, Jeanne a démoli un mur porteur dans sa chute, ne te formalise pas, raccroche et fous-moi la paix.

27 novembre

— Allô, Luc. Non, je ne fais pas un procès d'intention à ta mère, mais les filles ont pris leurs repères dans la chambre rose et je ne vois pas l'intérêt de changer leur habitude à la dernière minute. Non je ne suis pas de mauvaise humeur. Au contraire, j'ai fait du shopping toute la matinée, j'ai pris un interminable bain moussant, j'ai bouquiné autre chose que des carnets de santé. S'occuper de soi a des vertus insoupçonnées.

Jeanne a perdu six kilos. Elle ne porte plus que des jupes au-dessus du genou. Les cuisses sont larges, les mollets dodus, la cheville enrobée mais l'ensemble n'est pas ridicule.

— Ta mère veut passer quelques jours à Paris... En coup de vent ? Tu sais très bien ce que ça signifie, Luc. Minimum quinze jours, qui plus est dans la chambre du petit. Pierre commence à peine à faire ses nuits. Oui, c'est sa grand-mère. Mais non, j'aime beaucoup ta mère. Tu sais pertinemment que ce sera invivable si nous sommes tous les sept sous le même toit. Pourquoi elle ne prend pas une chambre d'hôtel à côté de la maison ? Je ne vois vraiment pas le problème. L'argent ? Ce n'est pas à cause de ce qu'elle offre aux enfants. OK, OK, bon je préfère te laisser, ce genre de conversation a le don de m'exaspérer.

Elle vient quand ? Juste avant les vacances de Noël ? Un homme ? Ta mère vient à Paris pour un type ? Ta mère a soixante-douze ans, Luc, elle a passé l'âge de faire des rencontres. Et ton père ? Ils vont divorcer ? C'est du délire, chéri, ça fait plus d'un demi-siècle qu'ils sont ensemble. Ton père décline, certes, ce n'est pas une raison pour l'abandonner. (Jeanne bloque sa respiration.) Non Luc, tu as tort. On ne refait pas sa vie quand c'est presque fini, c'est une question de décence, de respect pour la famille. Ta mère est d'un égoïsme... Et que va-t-on dire aux petits ?

L'interphone.
Jeanne attrape le hoquet.

— On se rappelle demain matin. Bises.

Jeanne essaie de respirer avec le ventre. Sans succès. Elle boit un verre d'eau d'une traite. Inefficace. Elle ne va pas demander à Gab ou Noé de lui faire peur.
Elle ouvre la porte.

Gab, treillis et blouson noir, les cheveux aux fesses, tend un énorme bouquet de roses à son hôte.

— On ne m'a pas offert de fleurs depuis une éternité. Merci, ma grande.
— Elles viennent de Christophe. Il a enfin compris que je suis beaucoup mieux que son infirmière. Pour la première fois de sa vie, il a franchi le seuil d'un fleuriste. Il croit que je vais oublier ce qu'il m'a fait subir. Or, il n'est pas question que je salisse un vase pour cet abruti que tu as systématiquement défendu. Je me suis dit que ça te ferait plaisir.

Au loin, des hurlements.

— Non, non, non et non. C'est fini, je te dis. *E che cazzo. Ciao.* Je suis poursuivie, c'est du délire.

Noé surgit et arrache son oreillette avec théâtralité.

— Une sangsue ! Aucun intérêt.

Jeanne sursaute. Noé est effrayante, mais son hoquet ne faiblit pas.

— Ilario t'empoisonne encore la vie ?

Pas de réponse.
Jeanne fait quelques pas élégants en direction du nouveau sofa déjà maculé de taches.
Noé s'exclame :
— Tu es torride en jupe.
— Ne te moque pas, je ne suis pas au bout de mes efforts, mais Luc en a marre de mes djellabas taille 52.
Noé tente un regard réprobateur.
— Tu ne dînes pas avec Luc que je sache... Mais non, ma chérie, je plaisante, tu es ravissante. Vraiment chapeau, je te félicite. Tu reviens de loin.

Jeanne s'assoit. Dans le mouvement, la jupe se relève et boudine ses cuisses. Elle essaie de croiser les jambes. En vain. Elle met un coussin sur ses genoux et repart à la charge.

— Ilario fait des siennes ?
— On ne s'est jamais aussi bien entendu.

Gab retire son blouson militaire.

— Et le Bristol ?

— J'ai fini le champagne et je n'en pouvais plus. J'ai surmonté ma honte pour aller aux toilettes en rasant les murs. Sinistre.

— Bazooka ?

— Aucune nouvelle. Ce taré s'est rayé de Meetic. À moins que ce soit Meetic qui ne l'ait viré pour muflerie.

— Qui est le prochain ?

— Je veux bien tenir le crachoir toute la soirée mais je dois absolument avaler un truc.

— Vous me reprochiez de faire les mêmes plats familiaux un peu lourds. J'ai changé de style.

— N'importe quoi, Jeanne. De l'os à moelle, de la poutargue, de la langue de bœuf, des pieds de porc, du boudin noir, des oursins, des encornets farcis...

Jeanne va vers la cuisine en essayant de redescendre sa jupe.

— Gab, c'est incroyable, tu as une perruque ou des rajouts ?

— *Cheap*, n'est-ce pas ?

— Je n'irai pas jusque-là... Travelo me semble plus approprié.

— J'ai trois jours de tournage dans une superproduction américaine. Je joue une esclave dans un *remake* d'Hercule interprété par Bruce Willis.

— On te paye pour ça ? Moi, je suis prête à me ruiner pour passer trois jours avec lui.

— Un mois de loyer.

— Quel beau métier, Gab.

— Sans doute, mais ça n'a pas empêché Mathilde Seigner, Charlotte Gainsbourg et Alice Taglioni de nous dire non. J'ai écrit une énième version de mon scénario. Mes producteurs veulent maintenant en faire un téléfilm. Olaf part trois semaines à Prague pour des pubs. Diefenthal m'a appelée l'autre jour, je n'ai pas osé répondre.

— C'est au moment où tu t'y attends le moins...

— Je sais, Noé, tu m'as raconté ce bobard en début d'année. C'est foutu pour mon film.

— Et moi, est-ce que tu peux me rappeler ce que j'ai fait de mon année ?

— Tu n'as rien tenté. C'est moins humiliant qu'un échec.

— Comment ça, je n'ai rien tenté ? Je me suis battue seconde après seconde pour garder la tête hors de l'eau en acceptant de me voir telle que je suis. J'ai essayé de remonter la pente pour Tadeo...

— Je te parle du stress des fins de mois, Noé, pas de tes angoisses existentielles.

Noé encaisse puis se détend.

— Tu as raison, Gab. J'arrête de me morfondre et de reluquer mon nombril. Les hommes dignes de ce nom sont attirés par les femmes épanouies et sereines. Les névrosées finissent par faire le vide autour d'elles.

Jeanne réapparaît avec un plateau Mister Bean chargé à ras bord.

— Dîner macrobiotique pour ces dames.
— Tu charries ?

Jeanne pose les ramequins sur la table et attend les réactions de ses amies.

— Un repas expérimental. Ça devrait vous faire plaisir, vous ne jurez que par la nouveauté...

Jeanne remplit les verres.

— C'est un vin médiéval aux épices. Hypocras de son vrai nom. À base de cannelle, de gingembre, de clous de girofle et de cardamome. C'est très surprenant et excellent pour le système nerveux.

Perplexe, Gab fixe la boue au fond de son verre.

— Et ça ?
— C'est du tahin à base de sésame complet. Tu trempes tes petits morceaux de chapatis dedans et tu vas m'en dire des nouvelles.
— Qu'est-ce qu'on risque, une migraine, des nausées, des brûlures à l'estomac ? Ce n'est pas la mort !
— Je comprends que tu fondes à 'vue d'œil, Jeanne. Tu devrais breveter ton menu.

Noé et Gab ne touchent à rien.
Jeanne consulte sa montre. Puissant hoquet.

— Je me demande ce que fait Clarisse. Je n'ai pas réussi à la joindre de toute la journée.
— À midi, elle était vivante.
— Tu n'es vraiment pas drôle, Gab.
— Elle m'a laissé un message pour savoir si je pouvais passer la prendre avant le dîner. Quand je lui ai répondu, vers treize heures, que c'était possible, je suis tombée sur sa messagerie. J'ai pris un deuxième casque si toutefois elle veut que je la raccompagne.
— Ça ne lui ressemble pas. Clarisse ne quitte pas son Bluetooth.
— Tu as appelé à la maison ?
— Répondeur. Puis femme de ménage évasive. Puis re-répondeur. Sa mère garde Gaspard.
— Et au boulot ?

— Son assistante m'a dit qu'elle était en clientèle tout l'après-midi.

— Tu crois qu'elle a repris l'alcool ?

— Elle a craqué l'autre soir, mais je lui fais confiance.

*
* *

Noé a surmonté ses réticences envers la nourriture biologique.

— J'ai déjeuné avec Ilario.

Gab et Jeanne à l'unisson.

— Tu nous fais marcher.

— C'est mon fils. L'autre soir, Lourdes venait de le coucher, Tadeo voulait me voir. Plus de quatre mois qu'il refusait que je le borde. Il m'a dit qu'il en avait marre qu'on soit en guerre Ilario et moi et qu'il voulait que son père et sa mère signent l'armistice.

Jeanne gobe des fèves germées par poignées. Son hoquet a enfin disparu.

— Comment as-tu fait pour le convaincre ?

— Tout simplement. Il devait venir à Paris pour un vernissage, pour une fois, sans son escort girl, je lui ai dit que Tadeo avait manifesté le désir qu'on se voie tous les trois. Il s'est méfié, je n'ai pas insisté, il a réfléchi et nous a donné rendez-vous chez Sormani. Une heure après, on était devant des penne all' arrabiata.

— Vous ne vous êtes pas engueulés ?

— Pas un mot au-dessus de l'autre. Un grand moment. Grâce à Vincent Lindon. Il était là et dès qu'il m'a aperçue, il s'est précipité.

— Lindon s'est levé ou tu lui as sauté dessus ?

— D'un commun accord, on a décidé de se saluer. Ilario est d'une jalousie maladive. Ça faisait des années que je n'avais pas vu Tadeo aussi heureux. Le petit chéri que j'accusais de tous les maux est finalement mon plus grand allié. Il a compris que Grazziella ne remplacerait pas sa maman, qu'elle rendait son père de mauvaise humeur, il a compris que Kennedy était une rivale, que tous les trois ensemble, c'était mieux. Ilario, Tadeo et moi c'est la meilleure solution.

— Tu oublierais toutes ses saloperies ?

— Je n'ai pas été irréprochable, Gab. Aujourd'hui, je m'y prendrais autrement.

— Comment tu t'y prendrais ? Plus de scène quand il te trompe, plus de menace quand il te ment, plus d'insultes quand il instrumentalise Tadeo ? Ce mariage a été une succession de coups bas, de chantages, d'intimidations. Tu ne vas pas lui pardonner, Noé ?

— J'ai envie, Gab, très envie.

— Tu perds ton temps.

— Je préfère le perdre avec lui que le gagner avec n'importe quel placebo.

Jeanne jette un coup d'œil sur sa montre. Vingt-deux heures.

— C'est merveilleux.

— Contente-toi de parler cuisine énergétique, Jeanne, mais n'encourage pas Noé, elle se fourvoie.

— Elle mûrit, son âme embellit. Et tu as trouvé Ilario changé ?

— On s'en balance, Jeanne.

— Sublime, un peu vieilli, élégant, précieux à souhait.

— Fais gaffe, Noé. Si tu replonges, tu es cuite.

— Je ne voyais que le père de mon fils et non plus un ex-mari cruel. C'était reposant.

— Tu es accro, Noé, tu sais très bien qu'il est malfaisant. Tu te sabordes.

— Ça fait des mois qu'on essaie de faire la paix, il a suffi que notre fils le demande une seule fois et ça marche.

— Tadeo a peur de te perdre, Noé. Tu es ingérable pour un gamin de sept ans. Tu maigris, tu le délaisses, tu gamberges sur tes rides, tu connais à peine le nom de sa maîtresse... Il est malin, il a décidé de te flatter, de t'amadouer. Comment ? Il suffit de t'offrir ton plus grand drame sur un plateau d'argent. Il a pigé qu'en te rabibochant avec Ilario, tu lui serais éternellement reconnaissante. Le problème, c'est qu'il n'y a rien d'acquis entre Ilario et toi. Vous êtes programmés pour vous entre-tuer. Ce déjeuner est une bombe à retardement.

*
* *

Quelques giclettes de son vaporisateur de poche. Aqua di Parma. Le parfum d'Ilario tout contre sa peau. C'était le bon temps.

— J'appelle Clarisse, non ?

— Ne stresse pas. Tu sais très bien qu'avec son boulot elle ne peut rien prévoir.

Messagerie.

— Oui, Clarisse. J'espère que tu n'as pas encore un problème de taxi. On t'attend, Jeanne est une attraction à elle toute seule, en minijupe lamée, Gab a des extensions d'un mètre de long, censées faire fondre Bruce Willis... Je t'embrasse fort. Au fait, si tu n'aimes pas la nourriture biologique pure et dure, si la perspective d'émietter du chapatis toute la soirée te terrifie, achète-toi un sandwich et un pour Gab et moi.

Gab avale subrepticement un cachou Lajaunie.

— Olaf n'est pas intéressé.
— Comment ça, il n'est pas intéressé ?
— Il m'a dit que j'avais de la personnalité, une vraie sensibilité, une certaine grâce, du courage, du talent...
— OK, il n'est pas intéressé.
— J'ai suivi vos consignes à la lettre, déjeuner à la maison autour d'un plateau de fromages extrêmement faits, bordeaux extrêmement onéreux, j'ai attendu le moment propice et quand j'ai senti qu'il était vraiment bien disposé, j'ai tenté de lui prendre la main.
— Bravo, Gab.
— Il l'a retirée comme s'il s'était électrocuté.
— Il est trop mal, Gab, tu n'y es pour rien.
— Olaf m'a souri plein de gêne, il a fini son verre, sans jamais quitter du regard l'écran noir de la télévision. J'ai débarrassé, j'ai tenté de me justifier, de le rassurer aussi. Je me suis approchée pour lui arracher un baiser du bout des lèvres. Il était nerveux. Il trépignait sur sa chaise en fer forgé et ne demandait plus qu'à partir. Mais il ne bougeait pas. Il ne voulait rien faire mais il ne me fuyait pas. Il restait là, à côté de moi. Il a essuyé avec son pouce, la larme sur ma joue. Un geste bref et maladroit. Puis beaucoup de silence, l'odeur du saint-nectaire plus fort que

l'embarras. Conséquence de cet épisode, Olaf a annulé deux séances de travail.

Le HTC X7500 de Noé émet un bip. Elle lit le texto à voix basse.

— Je *chatte* avec un homme de vingt-cinq ans depuis quelques semaines. Il s'appelle Dominic. Il sait poser les bonnes questions, il ne parle pas que de lui, il cultive le mystère.

— À proscrire immédiatement.

— Au contraire, c'est la première fois que j'obtiens une telle qualité d'écoute. On convient d'un rendez-vous au Néo.

— C'est quoi, le Néo ?

— Renonce, Jeanne, et admet que tu vis dans un monde parallèle. J'arrive dans le bar vers minuit. Il y a des escadrons de bombes atomiques de l'Est entourées par des bobos qui noient leurs pulsions dans l'alcool, je me demande ce que je fous là. Autant vous dire tout de suite que tous mes efforts, ceux de Pablo et de Marc Jacobs, sont restés vains. C'est un endroit où si tu n'as pas dix-huit ans et ne mesures pas un mètre quatre-vingt, tu ressors avec des complexes pour le restant de tes jours. Je me case à une table, je brûle mon paquet de cigarettes en cinq minutes chrono, j'apprends par cœur la carte en russe, je compte les vieux cons et un quart d'heure plus tard je commence à penser que c'est la règle de Meetic de ne jamais venir à un rendez-vous. Une heure du matin, une ravissante jeune femme plus rachitique que Nicole Richie, et je m'y connais en rachitique, me demande si elle peut s'installer à ma table. J'accepte. Elle m'offre une cigarette. J'accepte. On parle de tout et de rien. À cause du bruit, je ne saisis pas grand-chose de la conversation. J'ai cru comprendre qu'elle était venue avec des amies qui se sont fait brancher par des types louches. Je ne raconte pas toute ma vie, encore moins ce qui m'amène dans ce poulailler. Je me fais passer pour une amie des frères Pourcel, le restaurant juste au-dessus, je les attends, ils ne vont plus tarder. Un mensonge simple, chic, à mon image.

Noé hume sa coupe d'hypocras.

— Tu n'aurais pas une boisson plus classique avec des bulles par exemple ?
— Désolée, Noé, j'ai cessé d'acheter tout liquide gazeux à cause des enfants. En revanche, j'ai un kir aux figues et au vin blanc biologique.
— De l'eau du robinet ?

Gab se déplie et disparaît dans la cuisine.

— Tu apporteras la suite, s'il te plaît. J'ai tout mis sur le plateau Bob l'éponge.
— Vingt-trois heures trente ! Clarisse abuse.
— Il y a forcément un problème, Noé. Tant pis, j'appelle sa mère.
— On lui donne quinze minutes.

Gab revient avec une grimace à peine contenue.

— Quelle aventure !
— J'ai fait très light. Une crème de fécule de manioc pour commencer. Puis un gratin de tofu et de wakamé.
— Ne m'en veux pas, Jeanne, mais je préfère ne pas te demander ce que c'est.
— Tu veux savoir, Gab ?
— Sans façon.

Noé interroge Gab du regard. « Toi qui étais dans la cuisine, tu n'as pas trouvé par hasard un aliment comestible ? »

Gab semble répondre. « Rien. Que des graines de lin, de sésame, de courge, des racines déshydratées, du pollen et de la Blédine... »

Noé reprend son histoire.

— Je trouve la fille plutôt aimable, intelligente. Une Christy Turlington trash. Je lui offre une coupe, une deuxième. Je finis par lui raconter ma déconvenue avec Bazooka, elle m'avoue qu'elle aussi est abonnée aux nazes. Elle parle un français parfait avec un léger accent, elle me dit que sa mère est italienne mais qu'elle l'a abandonnée quand elle avait neuf ans. Son père est de Bourg-Saint-Maurice, il travaille dans les remontées mécaniques... Je commence à fatiguer, elle le sent, elle me demande mon nom, je le lui donne et à mon tour, je lui pose la question. Elle me répond Dominic.

— Non !

— Je ne te crois pas.

— En fait, c'était mon rendez-vous.

— Tu t'es cassée au moins ?

— Je trouvais ça intéressant. Une fille très belle qui se fait passer pour un homme pour obtenir des *dates* avec des femmes très seules.

— C'est un bouillon de culture ce site.

Gab, très excitée.

— Tu as fait quoi ?

— J'ai deux versions. Une pour Jeanne, soft. Une, plus détaillée, pour toi et éventuellement Clarisse, si on la revoit.

— Je vais chercher des paillettes de levure de bière.

— Elle commence à me caresser la cuisse, elle glisse son pied entre mes jambes, personne ne peut imaginer ce qui se passe sous la table. Elle se penche pour me dire qu'elle a envie de moi. Son trip, c'est l'initiation. Elle est irrésistible. Je la suis jusqu'à un hôtel, on monte dans la chambre, elle me déshabille, elle me complimente et affirme que je mérite un homme exceptionnel.

De la cuisine, Jeanne pousse un cri.

— C'est fini ?
— Non, Jeanne. Mais tu rates le meilleur.
— Pierre, Marie, Joseph, doux Jésus !
— Ce que tu peux être name-dropping, Jeanne.
— Elle retire ses vêtements. Elle est sur moi, elle embrasse mes seins. Je suis paralysée. Elle descend, elle me lèche, j'essaie de contrôler, je ferme les yeux, la situation m'échappe. J'écarte mes jambes, je laisse faire, c'est grandiose...

Jeanne réapparaît sur le seuil de la cuisine. Si son fils avait dessiné un énorme tag « Nique ta mère » dans le salon, elle n'aurait pas eu l'air plus courroucé.

— Version épurée ?
— J'ai couché avec une femme. Une découverte. D'ailleurs, Gab, j'accepte volontiers que tu abordes cet aspect de ma personnalité dans ton film. Je parais plus moderne, plus subversive, ça enrichit le personnage.
— Tu n'as pas fait ça ?
— Si, Jeanne, et j'ai beaucoup aimé.
— Tu es lesbienne ?

— J'ai fait l'amour avec cette fille. Une fois, pour voir. C'était une expérience. J'ai pu faire le point sur mon désir, mon corps, et toutes ces années de frustration.

— Comment peux-tu te faire une femme et prétendre après que tu n'es pas gouine ?

— Ce n'est pas parce qu'un jour tu pètes les plombs et tu décides de manger macrobiotique que tu vas manger macrobiotique jusqu'à ton dernier soupir.

Gab a très envie de faire l'amour. Seul Olaf occupe son esprit.

— Et depuis ?

— Je n'arrive pas à m'en débarrasser. Elle m'insulte en italien et ça me rappelle les jours noirs d'Ilario.

— Bonté divine, tu sombres dans le péché.

— Prends tes gouttes, Jeanne. Il est hors de question que je la revois. Je l'ai fait et je ne le regrette pas mais je ne pense qu'à me faire pénétrer par un homme bien monté et que ça dure longtemps.

— Ça te rassure, Jeanne ?

Jeanne mâchonne une vague protestation.

— Je suis et je demeure hétéro. Tu n'as aucun souci à te faire.

— Au point où on en est, Jeanne, dis-nous ce qu'est le wakamé.

— Une algue vert foncé au goût d'huître.

— Je savais que c'était la question de trop.

*
* *

00 h 50.

— On ne va quand même pas appeler la police ?
— J'essaie une dernière fois...

Gab s'étire. Elle enchaîne les séances de musculation pour son prochain rôle.

— Clarisse, envoie-nous au moins un texto pour dire que tout va bien et que tu n'as pas l'intention de venir.

Inquiète, Jeanne raccroche.

— Tant pis, j'essaie sa mère.
— Clarisse ne nous le pardonnera jamais. En plus, tu vas la réveiller, l'inquiéter pour rien. Je passerai à son appartement avant de rentrer.
— Peut-être qu'elle écluse dans un bar ? Qu'elle s'est fait renverser en traversant ?
— Elle a rencontré un homme charmant et elle a perdu la tête.
— S'il fallait rater un dîner, c'était vraiment celui-ci.
— Si vous avez encore faim, j'ai des galettes de quinoa. Pierre en raffole.
— C'est bon, Jeanne. Pierre a deux dents qui se battent en duel, il n'a connu que le lait maternel, le Diargal et la compote de pruneau. Ta mention « Pierre en raffole » n'est pas convaincante.
— J'ai recommencé à peindre.
— Bravo, ma chérie.
— Des femmes nues ?
Noé prend une taf et enfume Jeanne.
— Je cherche des modèles. Ça t'intéresse ?
Le hoquet de Jeanne reprend de plus belle.
— Figuratif ?

300

— Surréaliste, Gab... Je fais dans l'autoportrait. Le premier est une assiette creuse avec à l'intérieur un pois chiche.

Jeanne fronce les sourcils.

— Tu te flagelles.

— Au contraire, j'ose enfin regarder ma vie en face. Rien dans le ventre, rien dans la tête.

Gab prend la main de son amie avec la complicité qui unit deux artistes.

— J'ai toujours été fan de ton univers, Noé. C'est important que tu travailles là-dessus, ça va te faire du bien.

Les deux femmes s'embrassent tendrement.

Jeanne se sent mal à l'aise et dissimule sa gêne par une quinte de toux forcée.

— Je ne suis pas sensible à l'art contemporain. Une fois, Luc m'a traînée jusqu'à la Fiac parce qu'un de ses clients exposait là-bas. C'était d'une laideur indescriptible.

— Dis que tu n'aimes pas, Jeanne. Ne dis pas que c'est moche.

— Je n'aurais rien acheté. Pas la moindre petite toile, sculpture ou mobile. Les dessins de Pierre font plus d'effet.

— J'ai un ami galeriste qui a vu mes premières toiles, il les aime beaucoup. Avec un peu de chance j'expose à la Fiac l'année prochaine.

Gab, debout.

— Impossible de trinquer avec un vin médiéval. Luc n'a pas une cave ?

— Luc ne boit pas.

— Enfin, Jeanne, tu vas bien nous dénicher quelque chose de buvable.

— La galerie m'a commandé vingt pièces.

— Fais-nous goûter ton vin de figues, Jeanne. Au moins, c'est pétillant.

Jeanne s'exécute, revient avec la décoction et sert ses amies.

— Vingt toiles ! Bravo et félicitations.

— Tu risques de faire fortune.

— J'ai déjà fait fortune, Jeanne. Je ne fais pas ça pour l'argent mais pour vous étonner. Pour changer cette ironie dans votre regard. Ça vous scotcherait si mon talent était reconnu ?

Gab trinque avec Noé.

— À Noé, à ton expo, à tes rencontres choc, à ta renaissance, à moi, à mon film qui ne verra sans doute jamais le jour, à Bruce Willis, aux cheveux courts, à Olaf, aux aventures extraconjugales, à Jeanne, à ta nouvelle garde-robe, au wakamé, à la bonne bouffe...

La sonnette de la porte d'entrée.
Jeanne accourt en petites foulées.
Livide, Clarisse entre dans le salon.

— Qu'est-ce qui se passe, Clarisse ?

Noé tend généreusement son assiette.

— Elle a faim.

— Viens t'asseoir ma chérie (Jeanne prend la main de son amie et sursaute.) Tu es gelée, tu trembles, mais parle.

Noé se colle contre son amie et essaie de la réchauffer.

Clarisse éclate en sanglots et se cache le visage dans les mains.

Gab détaille Clarisse. Pas de vêtements déchirés, ni de bas filés. Aucune trace de lutte ou de coup.

— Quelqu'un t'a fait du mal, Clarisse ?
— Tu as bu, c'est ça ?

Clarisse est défigurée. Les mots qu'elle essaie de prononcer se brisent au fond de sa gorge.

Jeanne saute sur le téléphone.

— On va retrouver ce salaud, Clarisse. Il ne va pas s'en sortir, crois-moi.

Clarisse fait signe à Jeanne de poser le combiné. Noé n'en finit pas de réchauffer le dos de son amie, ses doigts sont brûlants. Gab a peur de bouger, peur d'entendre, peur de savoir. Elle reste blottie contre l'accoudoir, inutile et dépassée. Jeanne s'en veut de ne pas savoir quoi dire, et cette jupe trop courte, elle se sent misérable.

Clarisse reste prostrée, elle n'a plus de larmes. Elle regarde ses amies sans savoir par quoi commencer. Elle ne peut pas leur dire qu'elle est pétrifiée derrière la porte depuis deux heures.

Clarisse les observe comme si c'était la première fois, un regard implorant avec une lassitude infinie. Personne ne peut soulager sa douleur et son immense chagrin.

31 décembre

Tout le monde est là.
Jeanne, Luc, Joseph, Pierre, Marie et Bernadette.
Noé avec Tadeo.
Gab toute seule.
L'appartement semble trop petit.

Clarisse étouffe, elle va dans son bureau.

Paul voulait faire une chambre s'ils avaient un nouvel enfant. Du linge en attente de repassage est empilé sur le fauteuil. Dans un cadre, un dessin de Gaspard, le verre est fendu à la suite d'une dispute. Elle en a oublié la cause. Elle préfère garder les bons souvenirs.

Clarisse s'écroule sur le canapé convertible. Paul y dormait depuis des mois. C'est là qu'il ressassait ses angoisses, qu'il cachait ses tourments. C'est ici qu'il a trouvé la seule issue possible à ce mal de vivre qui le rongeait. Ici, à côté de sa femme, de son fils, de leur indifférence, il a élaboré son plan pour se libérer de cette douleur insupportable. Cette dépression que personne ne voyait.

Clarisse aurait dû s'en rendre compte, elle est responsable. Elle s'est contentée de se plaindre, de lui faire des reproches, de le tromper. Son mari, le père de son fils. Quand la vie reprendra-t-elle le dessus ?

On tape à la porte. Jeanne, Gab et Noé entrent dans la pièce et s'installent autour de leur amie.

— On peut se joindre à toi ?
— Je déteste le 31.
— Gaspard s'amuse beaucoup.
— Alors, si Gaspard s'amuse...

Jeanne prend la main de Clarisse.

— Il joue à la bataille navale avec Joseph.
— Formidable.
— Ta bûche était délicieuse.
— Formidable.

Clarisse relève son visage, blême, amaigrie, un sourire figé.

— Je passe une bonne soirée, les filles, je vous assure. Je suis infiniment triste mais aussi très émue. Jeanne, je te trouve ravissante avec ta robe bustier violette et jaune, cette rose en tissu orange accrochée dans tes cheveux, ce châle parsemé de marguerites noué sur tes épaules.
— Luc me regarde comme une plante tropicale. Très bariolée, très vorace, très carnivore.
— Tu rayonnes. Et toi, Gab, tu as dérogé à ton légendaire dress code. Tu as osé le bandana rouge autour du cou.
— L'unique pièce de couleur dans mon dressing. Je l'avais acheté au concert de Renaud à Béziers en 1987.
— Noé, tu n'as jamais été aussi resplendissante.
— *Tanning* au pistolet plus gélules au bêtacaroténe plus prolongateur de bronzage.
— Je vous aime. J'ai de la chance de vous avoir.

Noé s'effondre dans un coin de la pièce. Pour Clarisse, elle a décliné un week-end à Marrackech, une semaine à Miami et une autre à Bali. Elle brûle d'impatience d'entendre les douze coups de minuit, de prendre un billet d'avion, de changer de fuseau horaire.

Clarisse pose un regard lugubre sur son amie.

— Tu as des nouvelles d'Ilario ?

— Le moment est vraiment mal choisi, tu ne crois pas ?

— Je pose les questions qui me passent par la tête. Quand je te vois, je pense à ton ex-mari. De la même façon que vous crevez d'envie de me poser des questions sur Paul.

— Tu nous en parleras quand tu seras prête. On n'est pas pressées, Clarisse.

— Plus d'un mois... Je ne sais toujours pas quoi dire. Personne n'a rien vu venir. Le dernier Noël chez ses parents, il était content. Moi, ivre et malheureuse. Qu'aurais-je dû faire ? Je croyais que c'était moi, le problème. Je me demande quand il y a songé pour la première fois.

Noé fixe Clarisse. Impossible de lui dire qu'elle revoit Ilario régulièrement. Lundi dernier, ils ont passé la nuit ensemble. C'était dans une suite du Plaza Athénée. Ils ne voulaient pas perturber Tadeo. Ils ont bu, ils ont ri, ils ont fait l'amour. Noé n'a posé aucune question. Ni sur Grazziella, ni sur ses autres aventures, ni sur ses intentions. Elle s'est contentée de vivre l'instant présent. Elle a dit qu'elle l'aimait. Il n'a pas relevé parce qu'il était soûl.

Jeanne s'évente avec la brochure d'un marbrier. Ses nausées reprennent.

Gab traverse la pièce avec la démarche d'un motard qui vient d'aligner huit cents bornes. Le film avec Bruce Willis vient de se terminer et n'a pas été à la hauteur de ses espérances. Toutes ses scènes seront coupées au montage.

— J'ai revu Olaf à une avant-première. Il m'a saluée cordialement, il m'a demandé où j'en étais.
— Tu en es où ?
— Pas d'actrices, pas d'argent et donc plus de film. Je n'ai même pas réussi à articuler cette phrase. J'ai bafouillé. Il allait mieux et ça m'a démolie. Je lui ai écrit une lettre débile. Je m'en suis aperçue à l'instant précis où je la lâchais dans la boîte. Trop tard. J'espère m'être trompée d'adresse.

Clarisse sort une enveloppe de sa poche.

— Paul m'a laissé ça.

Clarisse, mon amour,

Je suis maintenant en paix. Nous avons vécu de merveilleuses années, nous avons eu un fils formidable, vous m'avez comblé. Je vous aime depuis le premier jour.
C'est plus fort que moi, cet amour ne peut rien changer. Il n'y a pas d'explications, personne ne peut comprendre. Je vais partir avec le souvenir de Gaspard et de ses fous rires qui lui font tant te ressembler.

Pardonnez-moi ce que je vous fais subir.

Je veux que vous soyez heureux.
Gaspard doit savoir que tu es la femme la plus extraordinaire que son papa a jamais rencontrée. Il est le petit garçon que tout papa rêve d'avoir.

Clarisse, mon amour, Gaspard te protégera de tout.

Clarisse replie la lettre. Aucun souvenir précis. Les bras de son mari ? L'odeur de sa peau ? La chaleur de son corps ? Elle l'a laissé partir, elle ne s'est doutée de rien. Elle l'a détesté, elle l'a maudit. Elle a appris à vivre sans lui, à trouver l'existence plus douce seule qu'avec un homme qui ne la désirait plus.

— Vous croyez que je dois le dire à Gaspard ?

Gab hésite.

— Paul est parti. En sept mois, Gaspard ne t'a parlé de son père que très rarement. Je ne vois pas l'intérêt.
— Il faut tout lui dire, Gab. Le petit ne peut ignorer la vérité. S'il l'apprend d'une autre voix que celle de sa mère, il ne s'en remettra jamais. Les enfants sont sensibles et Gaspard doit se douter de quelque chose.

Clarisse ferme le poing. À l'intérieur, les mots de son mari, sa déclaration d'amour, sa souffrance, ses adieux. Tout ça dans cette boule de papier froissé.
Jeanne cherche en vain le regard de son amie.

— Tu devrais lui lire cette lettre, ma chérie. Il ne comprendra peut-être pas tout mais il te fera confiance. Gaspard doit savoir que son papa est parti pour toujours mais qu'il continue à le voir et à l'aimer.
— Épargne-nous ta vision niaise du paradis, Jeanne. Gaspard a déjà une idée précise de la mort.
— Tu es athée, Noé. Gaspard a été baptisé que je sache.
— Il avait à peine trois mois, Jeanne. Se faire asperger d'eau bénite par un prêtre même sympathique ne fait pas forcément de toi un croyant. Tous ces

euphémismes font des ravages. On crée des généra-
tions de mauviettes. La foi est un leurre. Un conseil,
Clarisse, élève Gaspard à l'abri de tels préceptes.

Gab ne tient plus en place.

— Vous n'allez pas vous disputer ce soir !

Les quatre femmes se taisent.

Noé pense à la première fois qu'elle a vu Paul.
Clarisse les avait présentés à un vernissage de David
Lachapelle. Elle l'avait trouvé banal mais gentil.
Exactement le contraire d'Ilario. Alors que son ex-
mari dévalisait la galerie, Paul avait passé la soirée
au bras de sa fiancée. Le plus dur avait été d'éluder
les « Qu'est-ce que tu en penses ? Il te plaît ? Je fais
le bon choix ? ». Noé le trouvait tellement moins
bien que son amie.

Gab se souvient d'une soirée au Palace, il y a huit
ans. Clarisse n'avait pas pu venir, elle avait une obli-
gation familiale. Elle avait chargé Gab de surveiller
Paul, elle le connaissait depuis peu et voulait savoir
s'il était sérieux. Ils avaient d'abord flirté dans sa
Clio rouge en écoutant Police, Paul l'avait raccom-
pagnée chez elle et ils avaient baisé dans le local à
poubelles. Gab avait eu un fou rire et très peu de
plaisir. Clarisse épousait Paul six mois après.

Jeanne retire son châle fleuri et l'enroule autour
des épaules de Clarisse.

— Il y a quelques mois, j'emmenais Bernadette
chez le pédiatre et j'ai croisé Paul. J'ai eu du mal à
le reconnaître. Je l'ai appelé, il ne s'est pas retourné
immédiatement. Le feu est passé au vert, Paul s'est
retrouvé bloqué sur le trottoir. Je le sentais très gêné

de me voir. Plus j'étais chaleureuse, plus il semblait nerveux. Il évitait mon regard, il restait évasif. Je n'ai pas insisté car il devenait presque désagréable. Après, il y a eu l'histoire de la Somalie... Je ne te l'ai pas dit parce que je pensais que ça n'avait pas d'importance.

— Moi aussi, Jeanne, j'ai cru que tout ce que je vivais avec Paul n'avait pas d'importance. Je trouvais tout anodin, insipide, inutile.

— Tu n'y es pour rien, Clarisse.

Les frimousses de Gaspard et de Tadeo apparaissent l'une au-dessus de l'autre. Plus bas, les fossettes de Bernadette et ses couettes en bataille.

— Tadeo veut qu'on fasse une action-vérité.

Noé arbore un sourire satisfait. Tant que son fils se contente de telles subversions, elle est flattée, mais cela laisse présager une adolescence chaotique.

Jeanne rétorque.

— Pourquoi pas un strip-poker ?

Tadeo bombe le torse du haut de sept printemps.

— On aurait grave préféré, mais Gaspard a paumé ses cartes.

Jeanne doit préserver ses enfants de ce sauvageon.

Clarisse a besoin de prendre son fils dans les bras. Elle s'agenouille et le serre de toutes ses forces.

Gaspard, gêné, tente de reculer.

— C'est bon, maman, tu m'écrases.

— Je t'aime, mon lapin.

Tadeo pouffe.

Gaspard rougit.

— M'appelle pas lapin, s'te plaît. Roger Rabbit est un bouffon.

Clarisse fait durer l'étreinte.

— Tu es mon trésor, tu le sais, ça. Hein, mon chéri. Mon immense trésor.

Tadeo éclate de rire.
Gaspard s'empourpre davantage.

— OK, OK, j'ai compris, c'est bon maintenant, arrête, m'man.

Noé saisit le bras de Tadeo et tente un baiser du bout des lèvres.

— Tu sais, Gaspard, Tadeo adore me faire des câlins. Et tu sais comment je l'appelle ? Mon pinson doré... Tu vois, tu ne t'en tires pas si mal que ça avec un lapin.

Gaspard se détend. Tadeo est vexé, Noé le paiera cher. Bernadette accourt dans les jupons de sa mère et exige une bise. Jeanne ne se fait pas prier.
Les enfants disparaissent dans un courant d'air. Derrière la porte, des cris d'impertinence, de rébellion. Gab se demande si elle doit faire un enfant. Clarisse reste à genoux, un peu rassurée. Jeanne caresse son ventre.

— Je suis enceinte.
— Ton four est tombé en panne ?
— Salope !
— Merci, Jeanne, je ne t'en demandais pas tant.

— Nous sommes très heureux, Noé. C'est ce qui pouvait nous arriver de mieux à Luc et à moi.

— Tu nous emmerdes, Jeanne, avec ton bonheur. Tu nous soûles avec tes concepts foireux sur la famille modèle. Il y a quatre mois, tu étais au fond du trou, il y a deux mois, tu te faisais charcuter pour retrouver une forme humaine et du désir dans le regard de ton mari, et maintenant tu attends...

— Des jumeaux, Noé, c'est vraiment un cadeau du ciel.

— Je peux te féliciter même si je pense que vous faites une connerie, je peux t'engueuler même si ça m'est égal que tu aies six enfants avant trente ans... Dans quelques semaines, tu vas nous faire chier parce que tu seras à bout, à cause des poussées dentaires de ton Igor et de ton Grichka. Je suis sûre que Gab avait des trucs formidables à nous raconter. Des nouvelles de son film, de ses tournages à venir, de Christophe, de ses mystérieux ex... Moi, je me suis radiée de Meetic parce qu'à part ma souris je ne pelotais pas grand-chose. J'ai effacé Salomon et Pablo de mon répertoire, le premier m'a fait perdre mon temps, le second a failli ruiner des années d'amitié. Dorénavant, je mets mon réveil et j'emmène Tadeo à l'école. J'ai croisé Lindon avec une femme qui aurait pu être moi mais moins bien conservée, je lui ai souri sans penser à mes rides. J'ai viré mon diététicien parce qu'il trouvait que j'avais grossi trop vite. J'ai décidé d'arrêter l'achat compulsif de portables dernier cri et d'accepter que personne d'autre que vous n'ait vraiment essayé de me joindre cette année. J'ai peint sept toiles en un mois et ça me procure une immense satisfaction. Mais voilà, Jeanne, qu'est-ce que tu veux qu'on raconte maintenant ? Tu tires toujours la couverture à toi avec des annonces déplacées.

Noé est intarissable.

— Tu vois, Jeanne, rétrospectivement la première partie de ma vie était plutôt médiocre, je vais me battre pour que la deuxième soit moins pathétique, mais j'ai peu d'espoir. Je ne sais pas ce que je suis en droit d'attendre. J'ai le sentiment que ça ira de mal en pis. Et il est inutile que l'on me tire les cartes pour le savoir. Je vais m'acheter une console Nintendo DS pour muscler mon cerveau, un Power Plate pour tonifier mon fessier, du Viagra pour réveiller ma libido, je vais m'inscrire sur « Mes copains d'avant » pour me donner l'illusion que je n'ai pas trop changé par rapport au CP, je vais flipper à chaque mammographie, chaque anniversaire, chaque nouvelle ridule... Les bons moments seront rares et je finirai par m'habituer aux mauvais en me disant que c'est la même désolation partout. Je tourne en rond et le cercle est de plus en plus étriqué. Il m'étouffe. C'est une perspective effrayante. Excusemoi, Clarisse, mais parfois, je me dis que Paul a eu du cran.

— Du cran, tu veux dire de la lâcheté.

— Ni l'un ni l'autre, ou les deux à la fois. C'est un signe de lucidité.

Jeanne cherche une position confortable. Enceinte depuis un mois, elle a déjà le comportement de celle qui va accoucher demain.

— J'ai le droit d'être heureuse, Noé.

— Mais il n'y a aucune raison, Jeanne, tu te racontes des histoires.

— Elle a le droit, Noé.

— Elle me stresse, Clarisse. Je l'aime, mais elle me fait flipper.

— Jeanne partage son bonheur avec nous. On devrait l'en remercier.

— Contente-toi d'interpréter des ombres dans tes sitcoms, Gab.

— Je ne vois pas pourquoi il faudrait que je sois malheureuse pour que tu me comprennes.

— Parce que c'est un signe d'intelligence, Jeanne. Un signe de bonne santé mentale, d'honnêteté intellectuelle. Tu te planques derrière ton gros ventre pour ne pas voir la vérité en face, tu nous récites des poncifs sur ton couple. Mais j'en ai rien à faire que vous soyez plus soudés que Bernard et Bianca. Je n'y crois pas une seconde à tes histoires d'harmonie conjugale. Ça n'existe pas et ça n'existera jamais. Tu nous mens, tu te mens. Crois-moi, une femme après trente ans n'a aucune raison d'être heureuse. Et puis, franchement, ça changerait quoi si on était heureuses ?

Des Klaxon.
Des cris.
Des sourires.
Des baisers.

À l'heure des bilans et des doutes, l'ivresse se mêle à la joie, la peur à la solitude.

Minuit.